家好月圓 上

文創風 253

恬七 著

目錄

序

恬七

動筆寫《家好月圓》之前，某七剛剛結束了一個新題材的嘗試，結果並不十分的理想。痛定思痛，總結再三，某七將失敗的原因歸結在腦洞過小之上。這個問題，屬於先天缺陷，雖是心有不甘，但某七也只能黯然接受。

可這點困難，並不能打擊到某七在寫作上的熱情，先天不足後天可以彌補，可如果放棄，那就真的是回天乏術了。於是某七便給自己打氣加油，重新拾起了信心，潛下心重溫起讀過的那些經典，慢慢的，心裡對種田文升起了極大的興趣。

某七突然覺得，也許自己也可以寫一個這樣的故事，平淡如水的日子裡，處處有著不少溫情。苦也不覺苦，累也不覺累，一家人為了共同的目標齊心努力著，歡聲笑語足夠沖淡一切外物帶來的不圓滿，這樣的生活，不也正是每個平凡人所追求的嗎？努力而踏實。

熱血之下，立志要塑造一個這樣的女主角，美麗而不俗豔，善良卻不迂腐，勤勞而富有智慧。寫這樣一個男主角，英俊卻不輕浮，勤勞卻不呆板，真誠而不魯莽。然後，讓這樣的一對夫妻，在貧窮之中彼此相偕，一路扶持著走向幸福，在共患難中相互瞭解，在共富貴中彼此精神交融，沒有爭吵，沒有背叛，相濡以沫地共度一生。

可提筆不久，問題就來了，要讓女主角在穿越前安排怎麼樣的一個身分與生活背景，成了某七糾結的難題。這些設定，直接影響到女主角的性格、生活習慣以及對生活的感悟，更涉及到她與男主角的互動交流。

邏輯控的某七又開始糾結了，為了讓整個故事豐滿，讓女主角更有血有肉，情節又更合理些，某七作為親媽，只能給她設定了一個有些悲慘的前世。但，親媽就是親媽，前世的種種不好又算得上什麼，某七給她的穿越生活安排了非常好的一群人。

有擔當的老公、有性子潑辣卻護後輩如心頭肉的奶奶、有性情綿軟卻從不給家裡人添亂的婆婆，還有一群或善良或自私，或是擁有小人物生活智慧的村民。這些人的出現，帶給女主角的又何止是新鮮的體驗？更是讓她不再懷念從前，心甘情願地在穿越後的世界裡，打造美好生活的動力。因為，這是一個給了她愛的世界。

可以用未穿越時的知識與所學，來改善家人的生活，可以用她對生活的理解，去感染其他人。在這個過程裡，不只實現了自我，彌補了前世所有的缺憾，更在不知不覺中，將那個年輕的男人變成她人生中的引領者，成了可以為她遮風擋雨的大樹。

一生一世一雙人，有夫有子有耕田，這裡有一個美好的開局，同樣也有一個完美的結局，所以，一起來看某七精心打造的故事吧！

第一章

溫月是在一個婦人的小聲哭泣中醒過來的，她睜開眼的時候就看到自己正被一個奇怪裝束的女人攬在懷裡，周圍還有一個身子壯碩的婦人正用大嗓門跟另外幾個女人吵成一團。還沒等她看清楚是怎麼回事，就見攬著她的女人驚喜地叫道：「月娥，妳醒了？」

乍見這一切，溫月一下子就愣住了，這是夢嗎？怎麼這麼真實？

那攬著她的女人見她不說話，就像是不認識自己似的，心中一慌。「月娥啊，妳別嚇娘啊，告訴娘，哪兒不舒服了？四嬸、四嬸，妳快來看看，我家月娥這是怎麼了？」

那個正跟大家吵成一團的婦人聽了，也顧不得別的，忙轉身湊到了她的身邊。「大川娘，怎麼了？」

那抱著溫月的女人慌張地道：「妳看看，看看月娥怎麼了？她怎麼不說話呢？」

那壯碩的婦人這才看向溫月。「大川媳婦啊，妳倒說句話啊，看把妳婆婆給嚇的。」

溫月已經徹底傻了，因為怕是在作夢，她剛剛狠掐了自己幾下，在感覺到鑽心的痛後，她已然明白，這一切都是真的。

那壯碩婦人見她兩眼發直，像是不認人的樣子，心裡也有些慌了，忙又大聲道：「大川媳婦？妳還認得我不？」

她再次茫然地看了看眼前這群古裝打扮、衣服上補丁摞補丁的人，溫月又一次昏了過去。

而她的再次昏迷，也將圍在外圈那些氣勢洶洶的女人嚇到了，一時間都沒了聲音。那個身體壯碩的婦人回過頭，狠狠地看著那幾個女人道：「今兒若是大川媳婦出了什麼事情，妳們全都是殺人凶手，就等著吃牢飯吧！」

那幾個婦人又哪裡見過這種場面，「吃牢飯」這三個字足以讓她們嚇得哭爹喊娘，眼看著她們一個個的兩腿開始發抖，其中一個雙腮高聳的女人尖叫道：「妳嚇誰啊？還見官呢，不過就是推了她一下，誰知道她怎麼這麼不經事！」

「安靜！」就在這時，幾個男人推開了人群，其中一個年長的男人看了看溫月，對抱著溫月的女人道：「這位嫂子，妳還是快帶著妳這媳婦回家去吧，這樣哭也不是辦法，我會讓人找個大夫去看看的。」

那壯碩的婦人在一旁聽了，忙感激地看著他道：「周里正，還是您公道，咱們的委屈就全靠您了。」說完，她幫忙抱起溫月，便離開了。

眼見著她們離開，那幾個看似一夥的婦人也想偷偷溜走，卻被周里正大喝一聲，她們只得站在原地動也不敢動。周里正看著她們，憤怒道：「妳們這些個死婆娘，一個個的是不是太閒了，我們爺們在外面還沒有起爭執，妳們就先欺負上人家了！」

說到這裡，他看著那個腮骨高聳的女人似是不服想要辯駁，便又高聲道：「就妳，鐵子媳婦，我看妳就是禍害！妳別以為我不知道，妳不就是看著人家是外來的，分了幾畝好田，就想要欺負人家嗎？我今兒把話撂下了，妳們要是真讓這些後來戶起了怨，到時鬧大了，妳看官老爺治不治得了妳！光是辦妳個不聽皇上的聖旨罪，到時不只是妳一家倒楣，整個村子都要遭殃。」

眼看那鐵子媳婦嚇得癱倒在地上，里正這才哼了一聲，轉身就走。身後的鐵子媳婦見了，哭著叫道：「里正啊，您老別走啊，我就是氣不過自己早看好的幾畝田被占了去，沒啥別的意思啊，怎就犯了王法了？」

跟在里正後面聞訊趕來的幾個男人，一個個冷著臉把站在那裡直哆嗦的女人全都拉走，有的還邊走邊罵著。這些外來戶是占了他們村的田，可就是他們不來，自己村子的這些勞力也根本種不過來，更何況人家是官府讓他們來的，就算有不滿，誰也不敢說出來啊！

鐵子媳婦哭得上氣不接下氣，見大家都走了也沒人理她，這才從地上爬起來，也顧不得她一身的土，一步步地往家裡走去，只想著回去後，她男人知道這事不要打她就好。

溫月再次睜開眼睛的時候，看到的是低矮的屋頂，黃土砌起的土牆到處塞著稻草，剛剛那個抱著她哭的婦人坐在她身邊沒有離開。雖然知道自己的想法不對，可是她多想再暈過去一次，然後再睜開眼時，是不是就會在她那五十坪的潔淨小窩裡了？

那婦人見溫月又睜開了眼睛，一直苦著的臉總算是露出一點喜色。「月娥啊，妳可醒了，要喝點水嗎？」

溫月看著眼前這個身材瘦小、臉上滿是褶皺的女人，緩緩地把眼睛又閉上。不過是一場宿醉，為什麼一切就都變了呢？

那婦人見溫月不出聲，突然放聲痛哭道：「月娥啊，妳可別嚇娘啊，妳這到底是怎麼了，哪兒不舒服啊？大川進山已經十多天了，也沒個消息，是死是活的娘也不知道，妳要是再出了啥事，娘可怎麼辦啊？」

溫月本就一直處在迷迷糊糊的狀態中，那婦人在她耳邊的嚎啕大哭更是讓她的頭疼到不行，就在她實在難以忍受想要大叫的時候，便聽到外面一個蒼老的聲音叫罵道：「嚎，嚎，一整天就只知道嚎，好好的日子都是被你們給嚎敗嘍。」

那婦人聽到外面的叫罵聲，馬上止了哭聲，想要起身說些什麼，可是看了看又睜開眼睛無神看著屋頂的溫月，卻是又放不下，最終，她還是坐到溫月的跟前小聲說著。「孩子啊，妳可不要嚇娘了，大川幾天沒回來了，如今妳是娘唯一的指望。若是妳再有個什麼三長兩短的，可讓我怎麼活啊？」

見她還是不說話，那婦人心中悽苦，那些天殺的臭婆娘，幹什麼非要在月娥跟前說什麼大川死了的話，若不是她們說這些難聽話，月娥又怎會因為不想聽而急著離開，拉扯中摔了一跤。幸好肚子裡的孩子沒事，不然她就是豁出命去，也不能讓她們好過。

對了，孩子！那婦人想到孩子，眼中迸出一絲光亮，她忙晃著溫月的肩膀道：「月娥啊，妳可不能出事啊，妳還不知道吧，剛剛大夫來過，他說妳有了，有孩子了呀！」

「孩子？」溫月小聲重複了一遍，一直置於身體兩旁的手也同時覆上了她的肚子，那婦人見溫月終於有了反應，這才高興地點頭道：「是啊，是孩子。月娥，為了孩子，妳也要快點好起來啊，可不能這樣糊塗著了。」

溫月覆在小腹上的手不停地上下撫摸著，她的眼眶漸漸泛紅，真是可笑，上一世自己是如此想要一個孩子，可是偏偏沒有這個機會，如今在這樣奇怪的世界裡，卻偏偏有著一個她曾經久久期盼的孩子。

這到底是怎麼樣的緣分，才會讓她經歷這些，難道說是老天為了補償她，所以才讓她來到這個世界上，做一個完整的女人嗎？雖然這個事實還是太難接受，可是溫月也不會在經歷這麼多事之後，再一次地大喊大叫。她張開有些乾澀的嘴，迷茫地看著那婦人道：「怎麼辦？我不記得妳是誰了。」

那婦人聽了後，卻沒什麼太大的反應，她只是抓著溫月的手道：「沒事，孩子，沒事！我剛剛已經問過大夫了，他說妳這是因為受了太多的刺激，一下子接受不了才傷了腦子，往後時間長了會慢慢想起來的。」

眼前這個女人溫柔的安慰，讓溫月慢慢平靜了下來，雖然不知道她接下來該怎麼辦，可是這肚子裡的小生命卻是她心中的期待。

她，想要做這個孩子的媽媽。

就在屋中的氣氛無比溫情的時候，屋門被人哐噹一聲推開了，剛剛的叫罵聲再次響起。

「妳們兩個，又在一起嘀咕些什麼呢?!整天裡不是嘀咕就是哭，就不會讓人痛快了？」

溫月抬眼看去，是一個上了年紀、身材十分瘦弱的老太太站在那裡，正中氣十足地大聲嚷著。

那婦人見狀，忙止了又要落下的眼淚，轉頭對那老婦人道：「娘，您別罵了，是我的不對，我往後一定樂呵呵的。」

婦人的話音一落，那老太太就馬上停了嘴，恨恨地瞪了她們一眼就轉身出了門。

那婦人淡淡地笑了笑，又對溫月道：「好好歇著吧，一會兒娘給妳送飯過來，妳奶奶這幾天是因為心裡難受，所以性子有些拗，別怕啊。」

溫月還要開口，門外那老婦的聲音又不耐煩地傳來。「妳倒是快點出來啊，難道就讓我一個人做飯啊？」

婦人只得無奈地邊應著，邊迅速地對溫月道：「妳再睡會兒吧，晚點娘再來陪妳。」

那婦人出去後，溫月仰躺在那裡，雙手緊緊地貼著小腹，似是想感受裡面那鮮活的小生命。想來任何一個人，在初知道穿越這種事情真實發生後，沒有幾個人是可以平靜接受的吧。所以，在她清醒的那段時間，她有那麼一瞬想要試著再死一次，看看是否可以重新回到原來的世界。

可就在她焦躁迷茫的時候，卻得知這身子裡竟然有一個小生命，她猶豫了。孩子啊，這曾經是她多麼渴盼而不可得的奢求，就這樣以不可思議的形式出現了。想著她在那個時空裡，經歷了無數身體上的苦難與心理上的折磨後，卻總是沒辦法得到一個孩子時，所受的一切苦痛在這一刻，似乎也都算不得什麼了。

「哈……」溫月苦笑一聲，任眼淚順著臉頰滑進了鬢角，她知道自己是個無用的，在父母無止境的吵鬧中長大，刻薄的母親、狂躁的父親，讓她變得敏感、脆弱，習慣用強勢來偽裝。可她偏偏遇到了那樣一個男人，他的溫柔包容像五月的陽光一樣，照進了她一直冰冷的心房，讓她以為自己得到了救贖，可是誰又能想到，婚後的十年，這個她視為生命的男人也可以將她如垃圾般拋棄。

她是怎麼穿越的呢？是了，她是那樣悲傷、那樣絕望，卻又假裝堅強地挺直了脊梁，沒有在那男人面前露出一絲的脆弱，即使他與那個女人的親暱如同尖刀深深地刺進了她的心裡。然後呢？然後便是她回家後流露的脆弱與那些空空的酒瓶吧。

也好，那個世界又有什麼是值得她留戀的呢？她死後留下的財產也因為她的離婚，可以讓那對貪婪而又自私的父母名正言順的全部繼承，就當是全了她最後一片孝心了，從此再不相欠。

而她……溫月又一次將手搭在小腹之上，嘴角逸出一絲微笑。她不要辜負上天對她的恩賜，不要錯失她人生中失而復得為人母的機會，即使這是一個陌生的世界，即使這張臉並不是她所熟悉的。

也許是這身子太過虛弱，也許是因為靈魂與這身體還不能完全融合，溫月在昏沈之中又慢慢地睡了過去。直到她再一次被外面的大聲叫罵給吵醒，她皺了皺眉頭，悄悄下床從窗戶縫隙往外看著。

此時天色將暗，只見白日裡那個老婦人正扠著腰指著一個女人破口大罵，而那個自稱是自己婆婆的女人，則站在老婦人的身後，時不時地拉扯她似是想要勸阻。

「妳個臭娘兒們，多黑的心腸啊，我家川子媳婦可是有身子的人，幸虧她福大命大，不然我老婆子一定天天在妳家門口燒紙唱白，咒妳不得好死，現在竟還好意思來我家？來就算了，還張著兩副爪子，妳這臉可真夠大的！我告訴妳，妳別瞅著我們是外來戶就欺負我們，我們也是在官老爺安排下來的，不是我們非要賴在你們這裡的，惹急了我，我老婆子就豁出命去，找官老爺說道說道！」

她瘦小且佝僂的身子，似乎飽含著巨大的力量，那被罵的鐵子媳婦雖然比她壯上不少，可是卻完全被這老太太的氣勢壓了下去，傻愣愣地站在那裡，一句話也說不出來。

這時，鐵子媳婦身邊一個相貌憨實的男人，一臉為難地看著唾沫橫飛的老太太，苦著臉道：「大川奶奶，這事是我媳婦不對，我在家已經把我媳婦教訓了一頓，這就帶著她來賠不是了。」

老太太卻不依不饒地道：「你教訓你媳婦就教訓唄，告訴我們幹啥，那是你們兩口子的事，你媳婦就是欠人罵！你趕快跟我說說，你現在打算怎麼辦？就因為我家現在沒個男人，你們就敢來欺負我們這些孤兒寡母，把我孫媳婦打得頭上直冒血，你們就啥意思也沒有？捱幾下你的婆娘就完事了？」

鐵子媳婦這才明白過來，嗷的一聲就叫了起來。「妳這個死老婆子，妳是想幹啥，還要訛我們家啊？本來就是妳那個孫媳婦自己身子弱，幹啥來賴我？」

「妳放屁！」老太太聽了，跳著腳罵道：「紅口白牙的，那麼多人看著呢，妳也敢抵賴？她要是自己摔的，老婆子我屁都不放一個，她身子再弱那也是妳推的，妳害的！」

鐵子媳婦臉上的橫肉因為過於激動而抽動了幾下，想要開口再說，可老太太根本不給她機會，兩手往胸口一橫，斜眼看著她道：「妳就說吧，今兒這事妳打算怎麼辦？」

「要錢沒有，要命一條！」鐵子媳婦撲通一聲坐在地上，兩腿一盤，大哭了起來，口中不停地嚷嚷著「外來戶欺負人啦」。

這時，站在老太太身後的婦人害怕地拉了拉她，意思是讓她不要吵了。可是老太太卻回手推了她一把，罵道——

「妳這個喪門星、窩囊廢，我是倒了幾輩子楣才找了妳這麼個兒媳婦喔！可憐咱們一家人，老的老，弱的弱，又遇上這麼欺生的一個村子，大川要是真沒了，咱們可怎麼活？我苦命的孫兒喔！老天啊，祢可睜開眼看看吧！官老爺啊，你又在哪兒啊，這是要逼死人了啊！」說完，她也一下子坐到了地上，用著跟鐵子媳婦一樣的姿勢，手拍著地面大聲地哭叫起來。

那婦人尷尬地站在那裡，卻再也不敢多說一句話，眼看著院子裡圍的人越來越多，坐在地上的一老一少的哭聲更大了。鐵子黝黑的臉已經氣得變成了醬紫色，就在他急得直轉圈的時候，旁邊一個跟老太太年紀差不多的老頭開口道：「我說大川他奶奶啊，妳也別叫了，妳就說說，想要鐵子家賠點啥吧！」

老太太聽了，抹了一把臉上的鼻涕、眼淚道：「我也不是那麼不講理的人，可是我家川子媳婦剛有了身子就被放了這麼多的血出去，我不要多，十個雞蛋就行。」

「啥？」鐵子媳婦聽了，一下子從地上站了起來。「妳還真豁得出去妳這張老臉！十個雞蛋？虧妳也說得出口，沒有、沒有，別說沒雞蛋，連蛋殼都沒有。」

「沒有雞蛋，就給二兩肉，總之妳要賠我家孫媳婦的那些血。」老太太毫不氣短地說道。

鐵子媳婦往地上吐了口唾沫。「我呸！妳想得倒美，妳孫媳婦的血有啥值錢的，來、來，妳把我的頭也砸出血來，她流多少我賠她還不成嗎？」說著，鐵子媳婦就把頭往老太太的身上頂。

老太太見了，竟也不含糊，隨手從地上撿起一塊石頭就要往鐵子媳婦頭上砸。

本來只是想嚇嚇她的鐵子媳婦哪想得到老太太是真要打啊，嚇得大叫一聲就往後跑，老太太卻拿著石頭就要追。

鐵子見了，嚇得一把攔住了老太太，求饒道：「大川奶奶，這事是我媳婦不對，我們賠、我們賠，明兒一早我就送來。」

老太太見目的達到了，扔了手裡的石頭，對鐵子道：「一會兒就送來吧，明兒送我怕你媳婦又扯壞心眼，你是個好孩子，但你這媳婦你得好好管教，不然以後肯定給你招禍。」說著，她還重重地嘆了口氣，一臉同情地看著鐵子。

眾人見已經沒了熱鬧看，都紛紛地散了去，鐵子也帶著他那不甘心的媳婦走了。那婦人見大家都散了，這才小心地對拍著身上泥土的老太太道：「娘，咱這樣鬧行嗎？咱們可是外來戶啊！」

老太太狠狠地剜了她一眼。「咱本來就是外來的，他們就欺生，再像妳性子這麼軟，咱們還能在這裡站住腳嗎？為啥他們不去別人家吵，還不是想欺負咱們家都是女人嗎？妳快去廚房做飯吧，別讓我看到妳，看到妳我就覺得活著真沒勁。」

溫月輕輕合上窗戶，又躺回炕上，消化著她剛剛聽到的一切。

第二章

破舊的房門「嘎吱」一聲被推開，婦人兩手分別端著大碗公走了進來，見溫月還是躺在那裡，她輕輕的叫道：「月娥啊，妳還睡著嗎？起來吃點粥再睡好不好？」

溫月也確實感覺有些餓了，她對著那婦人笑了一下。「嗯，我醒了。」

見她要起來，婦人忙把碗放到桌上，伸手扶著溫月起了身，又將枕頭墊在她的身後，關心的問道：「怎麼樣，還有哪兒不舒服嗎？」

溫月搖搖頭，從婦人手中接過大碗公，看著裡面綠綠黃黃的分不清是什麼東西時，溫月皺了下眉，那婦人見了，有些愧疚地道：「那個，月娥啊，家裡現在也只有這些東西了，妳就先湊合著喝點這野菜粥吧。」

溫月明白這個家的條件不好，所以雖是沒什麼食慾，卻也不會不識好歹地說不想吃，她順從地端起碗大口吃了起來，那婦人見她吃得飛快，不安的臉上也變得輕鬆了許多。「孩子啊，妳吃著，我慢慢跟妳說說。」

婦人知道溫月已經摔壞了頭不識得人與事，心中定是很不安，所以她坐在一邊，慢慢地跟溫月介紹著她們的情況，而邊吃邊聽的溫月，腦中也慢慢地有了大致的瞭解。

這身子的原主也姓溫，全名叫溫月娥，今年只有十六歲，嫁進這個家已經有一年了。而這身子二十歲的丈夫方大川前幾天進山打獵，卻一直沒回來。眼前這個女人是她的婆婆，方大川的娘，姓李；而外面那個潑辣的老太太則是方大川的奶奶，姓趙。

他們這一大家人，原本是住在邊境的農戶，可因為這些年邊境局勢緊張，現任皇帝聽了大臣的提議，在那個地方建了軍事管制區。而他們那幾個村子的百姓則被遷徙到內地來，在路上時因為遭遇到土匪，混亂逃命中方大川的爹與他們一家人走散了，現在也不知道是死是活。

他們剩下的這些人被官兵送到了這人丁並不興旺的周家村落戶安頓，可面對手頭不寬裕，到處需要用錢的現狀，自持有幾分身手的方大川便揹著弓進了大山，哪知這一進山十幾天都沒有出來。

說到這裡，李氏終是忍不住心中的痛苦，嗚嗚地哭了起來，溫月見了也不知該如何勸，只能默默坐在那裡。良久之後，李氏才抹了抹眼淚，看著坐在那裡表情木訥的溫月，心裡又是一酸。兒子已經沒了消息，媳婦又變得糊塗起來，這毫無指望的日子該怎麼過啊！

「妳又在嚎什麼，還不快滾出來，把雞蛋煮給那個喪門星補補身。」屋外又傳來趙氏那如同破鑼一樣的叫喊聲。

李氏吃驚地往屋外看了一下，一邊起身一邊自言自語道：「真的送雞蛋來了？」

她推門出去就看到趙氏正與鐵子媳婦同時拉扯著一個柳條筐，趙氏見李氏終於出來了，大聲叫道：「妳怎麼這麼慢啊，鐵子媳婦給咱們送賠禮了，還不快過來幫我！」

李氏小跑著到趙氏的跟前，也接了笸，那鐵子媳婦還是戀戀不捨地不肯鬆手，趙氏見狀，便對李氏道：「媳婦，妳把笸托住嘍。」

李氏不知道她想做什麼，可多年相處已經讓她習慣了聽趙氏的話，見她穩穩地托住了笸，趙氏伸手作勢就要撓鐵子媳婦的臉，嚇得鐵子媳婦鬆開抓著笸的手，忙捂上了她的臉。裝著雞蛋的笸就這樣落到了李氏的手中，趙氏滿意地嘿嘿笑，推了一把還在發愣的李氏。「還不快拿進屋去，把笸還給人家。」

李氏「喔」了一聲，轉身就進屋去了，留下鐵子媳婦站在那裡生氣地看著她們，牛喘不已。

第二天一早，李氏正在廚房裡做著早飯，就聽到趙氏在外面叫道：「別忘了給川子媳婦弄個雞蛋吃啊！」

李氏應了一聲，想了一下說道：「娘，我給妳也煮一個吧。」

「妳個敗家娘兒們！」屋外，趙氏冷不防地又開罵。「統共就那幾個雞蛋，妳還要煮給我這個活不了幾天的老太婆吃？妳是作死呢，都給妳媳婦吃，給她補補！」

當溫月在李氏的招呼下來到飯桌前時，就看到三碗菜粥擺在那裡，等她坐好後，李氏才又小心地拿出一個還燙手的雞蛋放到她跟前。「快吃吧。」

趙氏早已端起碗吃了起來，溫月看著只有她一個人才有的雞蛋，猶豫了下。「這個……」

李氏看了看趙氏，溫和地笑了一下。「好孩子，這是奶奶專門留給妳的，有身子的人，就應該好好補補。」

聽到李氏的話，溫月便明白這雞蛋便是昨天趙氏撒潑耍賴，豁出一切跟鐵子家要來的。溫月本已在心裡將趙氏定義成一個刁鑽潑辣、蠻不講理的老太太，可今天眼前這個雞蛋卻讓溫月的臉上火辣辣的。

她輕輕開口，略有些彆扭地對著趙氏喊了一聲。「奶奶。」

她想將這雞蛋放進她碗裡，哪知趙氏啪的一聲把筷子用力往桌上一放，怒道：「給妳吃妳就吃，做出這副樣子幹什麼？妳以為我是疼妳？我只是因為妳肚子裡有我那可憐孫子的孩子！」

李氏見了，也在一邊勸道：「好孩子，娘知道妳有孝心，等以後咱們日子好過了，娘就做給奶奶吃，妳先吃吧。」

一個普通的雞蛋，吃得溫月心口發酸，眼圈有些泛紅，李氏見溫月又哭了，忙道：「月娥啊，是不是想大川了？雖然他們都說大川沒了，可是娘不信，娘知道我的大川不會就這麼把咱們撇下不管的，所以妳也千萬不要瞎想，聽到沒？」

趙氏聽到抽泣聲後，也是眼睛一紅，默默地望著窗外遠處的大山愣神。過了好半天，她用袖口抹了下眼睛，說道：「都別哭了，大川娘妳趕快收拾收拾，跟我上地裡去。家裡就是沒男人，咱們也要把家撐起來，大川媳婦就在家裡好好歇歇吧。」

李氏「欸」了一聲，站起身就開始收拾碗筷，溫月見了，也起身幫忙道：「娘，碗不多，我來洗就好。妳和奶奶是要去種地嗎？」

李氏拿過溫月手裡的碗。「讓妳休息妳就休息吧。這才二月，離種地還有段日子，主要是地荒廢太久了，需要好好拾掇拾掇。」

種地這種事，溫月是一點都不懂的，說句實話，她也只知道糧食長在土裡罷了。李氏洗淨了碗，交代溫月幾句就匆忙跟著趙氏離開了。溫月站在破敗的院子裡，看著眼前的田園景象，不禁添了幾分愁緒，打小就生長在城市裡的她，能過好這落後的古代農耕生活嗎？

溫月本就不是一個懶人，既然李氏與趙氏不讓她跟去田裡幹活，她乾脆挽起袖子打掃起屋子來。

忙碌了一個上午，溫月也只收拾出正房的三間屋子，在收拾屋子的時候，溫月才發現這裡的房屋結構完全不同於她在現代看到的東北農村房屋的結構。雖然也是三間房屋，可是中間那間卻不是有鍋的灶間，只是一個過堂擺了一口大大的水缸，而睡覺的屋子雖然也是土炕，卻是在炕下中間的位置開了燒柴的灶膛。怪不得她今天早上去吃飯的時候總感覺有那麼一點彆扭，因為廚房是單獨一間的。

這種結構實在是太不科學了，冬天燒炕的時候多費柴火啊，不知道是他們住的房子是這種格局，還是這個時代的房子都是這樣的。

雖然心中存有疑慮，可是為了不顯得過於異常，溫月還是決定將這個疑問放在肚子裡，等熟悉這裡的環境後再做打算。

溫月想煮飯，可是她不知道該用什麼生火，也不知道堆在灶膛邊的那一堆枯草能不能支撐她煮好一鍋飯。只這一刻，她便倍感無力，現在的她又跟廢人有什麼差別呢，什麼都不會做，眼看著太陽已經過了頭頂，心灰意冷的溫月坐在門檻上，傻傻地看著那已經漏了縫的院門，等待著李氏與趙氏回家。

到了下午，春風的威力開始顯現了出來，大風捲起滿地的塵土，在半空中飛揚。陽光也因為涼風不再有溫暖，站在陰暗的角落裡，甚至會感覺到寒意。眼看著太陽已經西斜，目測著也有三點多時，李氏和趙氏總算是出現在她的視線中了。

兩個同樣瘦弱的脊背上扛著一捆粗粗的枯草，蒙著灰塵的臉上幾乎看不出她們的情緒，溫月忙回了屋裡，端了盆水出來想讓她們洗洗，哪知趙氏接過去後不領情地道：「行了，妳就不要忙和了，好好照顧著自己，把肚子裡的娃兒給我們方家生下來，就是頭功一件了。」

她那混濁的雙眼看向了溫月的小腹，眼中是掩飾不住的希冀與珍視，李氏欣慰地道：「聽奶奶的話，回屋去吧，外面風大，別著涼了。」

溫月沒辦法，只能又轉身回她的屋子，李氏看著溫月的背影，有些激動地對趙氏道：「娘，您覺不覺得打從月娥摔壞了腦袋後，人變了不少啊？」

「這才幾天的工夫，能看出個啥？過些日子再看看吧，妳什麼時候也能讓我省點心。」

趙氏把她洗過的水盆給了李氏，悶聲道：「將就著洗洗吧，妳挑水也不容易。」

李氏鼻子發酸，想要掉眼淚又怕趙氏看到，忙一把水潑到臉上。婆婆雖然凶，可卻只凶在面上，心裡對她一直是好的，只怪她自己不爭氣，性子軟，遇事總是沒個主意。只這短短的四個月，她先是沒了男人，兒子又是生死不知，若是沒有婆婆在這裡堅強地撐著家，她早就不知道磕死在哪塊石頭上了。

晚飯依舊是野菜粥，溫月的碗裡依舊是飯比菜多，雖是沒有食慾，可是看著趙氏和李氏那幾乎全是野菜的碗時，溫月只覺得她手中的碗是那樣的沈重。

吃過晚飯，先進屋的趙氏看著被收拾乾淨的屋子，先是愣了一下，接著坐在那裡喃喃道：「難道說，摔壞了腦子真能變了性子？要真是這樣，那可真是好，大川啊，你可一定得回來啊！看看你這已經變好的媳婦，還有你媳婦肚子裡的孩子，回來跟咱們好好過日子啊。」

李氏看著乾淨的屋子，也是百般滋味，媳婦能改了她那整日裡的嬌小姐脾氣是好事，可是最應該享這福氣的人，現在卻是不知生死。

孩子啊，你可千萬要回來，娘不能沒了你啊！

鄉下窮苦人家沒有幾個是捨得點燈的，每到天一黑，整個村子陷入了寂靜之中，人們紛紛上炕睡覺。溫月也一樣躺在冰涼的炕上，是的，炕是涼的，趙氏她們揹回來的枯草只夠做飯所用。

就在她翻來覆去，怎麼都睡不著的時候，恍惚間聽到院子裡傳來一陣奇怪的聲響，溫月嚇得心臟猛跳了幾下。難道有賊？不會吧，這麼一窮二白的家，怎麼還會招賊呢？還是看她們一家全是女人，所以想來占便宜？

溫月越想越心驚，藉著灑進屋裡的月光向外看去，卻只能影影綽綽地看到一個龐大的黑影站在院子中央。不看還好，看過了更是倒吸一口涼氣，難道說是山上的野獸跑下來了？可看著那黑影仍繼續往屋子的方向移動著，趙氏屋裡也出了聲音，隨後就是開門聲，溫月也大起膽子抱著地上的長條凳準備開門出去。

就在這個時候，溫月聽到趙氏用顫抖的聲音叫道：「是大川嗎？」

然後，一個顯得極其疲憊的男人聲音就傳了過來。「是我，奶奶。」

接著，屋內的溫月就聽到院子裡李氏和趙氏齊齊的痛哭聲，間或有什麼東西掉到了地上，發出了悶悶的聲響。躲在門後的溫月心亂如麻，一直以為已經是死了的男人竟然活著回來了，這讓她一個冒牌貨該怎麼和這個男人一起生活？

就在溫月還在那裡不知所措的時候，她房間的門被重重地拍響了。「月娥啊，妳快出來，是大川回來了，是大川啊！」

這樣大的聲音，溫月也沒辦法假裝沒聽到，無奈下她只能打開房門，看著門口一臉激動的李氏，輕輕叫了聲。「娘。」

李氏拉著她的手就往外走。「月娥啊，看看，是大川回來了呀。」

月光下，溫月看到一個年輕的男人站在那裡，他的臉上盡是憔悴之色，衣角與袖口處已經成撕裂的條狀，下巴周圍那長短不一的鬍碴更讓他顯得有些邋遢。只這一眼，溫月就不想再繼續觀察下去，她轉頭對趙氏道：「奶奶，進屋說吧，夜裡涼。」

趙氏這才笑道：「可不是，還是月娥說得對，咱們光顧著高興，都沒讓大川進屋來歇會兒。」她的手一直緊緊拉著大川的手腕不肯鬆開，這就要拉著他往屋裡去，李氏在一邊看了看，指著地上那一團龐然大物道：「大川，那是什麼？」

方大川回頭看了一眼，道：「熊瞎子（注），我就是為了牠才在山裡這麼多天沒回來，害妳們擔心了。」

進了屋裡，趙氏拿出了一直捨不得點的燈油，藉著微弱的光亮，上下前後好生地看了看方大川，見確實沒有外傷，這才說道：「你這個孩子，往後可不能這樣了，錢財都是身外物，你不知道這些日子你把我們嚇成什麼樣子了。」

溫月見趙氏說著就紅了眼眶，李氏也在一邊抹起了眼淚，什麼感覺都沒有的她忙站起身道：「我去倒水來。」說完就匆匆地出去了。

方大川看了眼溫月的背影，眼裡閃過一絲失望之色，一邊的李氏見了，忙解釋道：「大

注：熊瞎子就是俗稱的熊，因熊視力不好，故又有「熊瞎子」之稱。

川啊，你不在家時，月娥這孩子受苦了。」

她慢慢地把溫月如何受了傷，又是如何失去了記憶，還有肚子裡已經有了孩子的事情一一告訴了方大川。最初，方大川聽到月娥與母親被人欺負，眉頭緊鎖，表情冷凝，可當聽到溫月肚子裡有孩子的時候，他先是不可置信，然後便一臉的狂喜，看著李氏和趙氏「嘿嘿」地傻樂起來。

等到溫月端水進了屋，就看到方大川對著她笑個不停，李氏在一邊拍了下他的腦袋道：「月娥，妳別理他，他這是聽說他要做爹了，高興的呢。」

溫月把水端到他的跟前，方大川接過，「咕嚕」幾聲就喝了個乾淨，趙氏心疼地看著方大川道：「行了，孩子在山上折騰了十幾天，可是吃了苦了，讓他回去好好休息休息吧。」

李氏忙點頭同意，正準備要接著交代幾句的時候，卻聽方大川說道：「不了，我瞇一會兒就行，外面那東西得趁早上沒人的時候，送去鎮上賣了，若是白天被人見到又該有眼紅的了。我之所以天黑了才進門，也是因為這個原因。」

方大川的一席話，讓溫月忍不住側目，真沒想到這男人還知道變通。

趙氏聽了點頭道：「你說得對，這年月犯紅眼病的人太多了，既然這樣，你今兒就在你娘屋裡睡一宿吧，讓你娘去我屋裡頭。就別去折騰你媳婦了，她帶著身子，得好好休息，你起得早，別吵到她。」

方大川雖然想跟溫月多說說話，可是聽了趙氏的考慮後也覺得很有道理，於是就歇在了李氏屋裡。

回到房中，溫月腦子裡亂哄哄的，滿心裡都是對以後與方大川相處的擔心，可當她將手放在小腹上時，想到那裡孕育著的小生命，她突然覺得眼前的困難不算什麼。不過是和一個男人一起生活，又能難到哪裡去？

方大川的歸來給這個家帶來了無限的喜悅，那從溫月穿來之時就一直籠罩在這個家中的哀愁，也被早春的暖陽驅入無人的角落。整個上午，溫月沒有聽到趙氏的一聲叫罵，也沒有看到李氏偷偷地抹淚，這兩個女人臉上的笑容一直都沒有斷過。

快樂的氣氛無疑是會感染人的，一直心有忐忑的溫月每每看到她們兩人的笑臉時，就有一種安定的感覺。這讓她覺得，其實方大川的存在真的很重要，她也實在不需要左思右想的這麼矯情，接受了這個身體，不就是等於接受了這個身分嗎？好好地、認真地活下去，不是比什麼都重要嗎？

剛過了中午，方大川還沒有回家，趙氏和李氏兩個人閒不住，終於決定還是去地裡幹活，順便挖些野菜回來。溫月見了，也想要跟著一起去，可是李氏卻不同意，只讓她留下來在家裡等著方大川回來。溫月沒辦法，只能目送著李氏和趙氏出了門，又一次失去了瞭解外面世界的機會。

就在溫月將屋內的被子一件件的抱出來，掛在晾衣繩上曬的時候，她聽到自家的院門發出了一絲聲響，因為有被子擋著，溫月在沒看清來人時的第一反應，便以為是方大川回來了，可當她將頭從被子的一邊探出去後，卻看到院子裡竟然是一個陌生的男人，只差幾步就要來到自己的跟前。

第三章

溫月在吃驚之下高聲道：「你是什麼人？」

那男人見到溫月後，眼裡閃過一絲驚豔之色，他早就聽人說，這村裡有一個相貌很是俏麗的小婦人，心癢癢的便想來看看，卻一直沒時間。昨兒個他來村子裡收貨，聽人說那小婦人的男人進山死在裡面了，便覺得老天都在幫他的忙。

這個小婦人果然是天生的美人胚子，完美的鵝蛋臉，一雙美眸勾人魂魄，陽光下看去似美玉瑩光，雖不施粉黛，可紅唇粉嫩，如剛成熟的蜜桃，讓人忍不住想要嚐一嚐。只可惜了這一身粗服陋衣，將她的身段掩蓋了去，嘖嘖，他口中忍不住讚嘆道：「真沒想到啊，這山窩裡還真能飛出金鳳凰。」

溫月見這人雖然衣著光鮮，可是舉止卻是異常的粗俗，忍不住退後幾步，皺眉道：「這位公子，你是不是進錯人家了？請你出去。」

周清潭連連搖頭道：「不不不，小娘子，我就是來尋妳的。」

見溫月還是警惕地看著自己，周清潭又往前走了兩步，想要再近一些看看溫月，可溫月又後退了幾步，順手撿起地上的一根柴棒道：「我不認得你，你現在馬上出去，不然我可叫人了。」

周清潭見了，呵呵兩聲笑道：「真沒想到，小娘子看著柔弱，竟然還是個烈性子。我若是不知道妳家裡沒人，又怎麼會這樣就進來了呢？小娘子，我勸妳還是不要喊的好，若是真招來了其他人，妳一個女人家怕是有口也說不清。人言可畏，小娘子妳可曾聽過？」

溫月不接他的話，只握緊了手中的棍子指著他道：「出去，馬上出去，我不懂什麼叫人言可畏，我只知道惡人當是天理難容。」

周清潭聽了溫月的話，竟是放聲大笑道：「好，小娘子果然與那些粗鄙村婦大不相同，我喜歡。」

他用拇指在下巴上蹭了幾下道：「小娘子，妳也不用怕，我是聽說妳已經死了男人，這才來的。在下姓周，名清潭，在鎮上也是小有產業，不如小娘子妳跟了我，以後白日裡吃香喝辣，夜裡還有人來給妳暖床，豈不快哉？」

溫月見他果然是個下流胚子，啐了他一口道：「青天白日的，你在胡言亂語什麼，誰說我家相公沒了？我相公還活得好好的呢，你現在馬上給我滾出去，不然一會兒我相公回來了，定會要你好看！」

周清潭對溫月的反應似是成竹在胸，並不吃驚，這樣的女人他見多了，表面上看起來和貞潔烈女一樣，等沾上了身，哪一個不是火辣蕩婦？年紀輕輕的小婦人，幾個守得住寂寞？若真都是那貞潔烈女，他這樣的人行走世間還有何樂趣可言？

他對溫月的恫嚇並不害怕，反而又向溫月走近幾步，嘴角更是掛上了自信的笑容。

溫月見了真是怒極，真當老娘是病貓不成？或許這個時空裡的女人不敢做那大膽之事，可她溫月卻是沒什麼在害怕的，幾次警告之後，周清潭都當耳邊風，溫月索性揚起了手中的棍子朝他身上抽過去。

周清潭一開始毫無防備，但畢竟是個男人，在挨了幾棍後，便一個反手抓住了棍子另一頭，就要用力扯去。眼看著棍子就要離了手，慌亂中溫月看到方大川的身影出現在院門口，她忙高聲叫道：「大川，你快來，有流氓啊！」

在溫月呼救的瞬間，手中的棍子不小心被周清潭搶了過去，他揉了揉發痛的肩膀道：「小娘兒們，妳這招對我沒用，我勸妳千萬別喊，真喊了人來，我可要說是妳勾引我了，妳啊，就乖乖地跟了我，周爺我從來都不虧待自己的女人。待過了今日，我領妳同我的那些女人認識認識，妳以後就不用過苦日子了。」

他話音剛落，就感覺背後似是有什麼東西帶著一股風掃了過來，還沒等他回頭看，就已經被方大川一腳踹倒在地上。方大川沒理會疼得直叫的周清潭，反而緊張地看了看溫月，不放心地問道：「妳沒事吧？」

「我沒事。」溫月擺擺手說。

聽溫月說她沒事，方大川馬上走向倒在地上的周清潭，揮起拳頭就砸了過去。手無縛雞之力的周清潭又哪裡是方大川的對手，沒幾下又被打倒在地，方大川順勢壓住他，拳頭如雨點一樣砸在他的身上。

他的拳頭很硬，直打得周清潭再也不敢嘴硬，哀嚎著求饒，可方大川卻是打紅了眼。這個混蛋，要不是他回來得早，他的媳婦指不定會被他給禍害了，這種爛人說什麼都不能放過！

趙氏和李氏只在地裡幹了一會兒活就開始往回趕，哪知道剛到門口就看到方大川正在院子裡打人，眼看著那個被打的男人已經滿口是血，趙氏怕打出人命，忙跑了過去，抱住方大川的胳膊道：「大川啊，這是怎麼回事啊？別打了，再打就死人了！」

方大川這才停了手，站起身看向蜷縮著的周清潭道：「你以後還敢不敢了？」

「不敢了、不敢了。」周清潭忙回道。

方大川往地上狠狠地啐了一口。「知道出去怎麼說嗎？」

「知道、知道，就說是我摔的。」周清潭忍著身上的疼痛說道。

方大川滿意地點點頭。「實話告訴你，我也不怕你出去胡說，你剛剛說的話我可都聽到了。調戲了那麼多的小媳婦，我想要是被她們的男人知道了，一人一拳也能把你打爛。所以你最好給我老實點，別逼我不給你活路。」

「不敢，不敢。」周清潭心裡發苦，自己可真是倒楣透了，這死了的人怎麼就回來了呢？只怪自己太大意，竟然讓人抓住了把柄。那些話真要是被他說了出去，到時自己不死也要脫層皮了，家裡那隻母老虎也不會饒了他的。

他倒在地上悔不當初，顧不得身上的疼痛，緊抱著方大川的大腿道：「兄弟啊，今天的事你千萬不能向外說，我賠你錢就是了！」說著，他便慌張地把手伸進懷裡，拿出一個鼓鼓的錢袋就要給方大川。

方大川手一擋，不屑地道：「誰稀罕你的髒錢，快滾吧！以後別讓我看到你。」

周清潭見方大川不要錢，心裡更沒底了，猶豫之間，就聽方大川大喝一聲。「還不走，打你不疼是不是？」

看著方大川又瞪向自己，周清潭嚇得忙站起身，連連擺手道：「這就走、這就走。大兄弟，你可千萬別說出去啊！」

直到周清潭一瘸一拐地離開後，李氏才走了過來，一臉驚魂未定地看著方大川，問道：「大川啊，這是怎麼回事啊，那人是誰？」

「沒事，就是一個無賴，在鎮上看我賣了熊，就一路跟著我來了，我也大意，竟然沒發現。」方大川說道。

溫月有些吃驚地看著方大川，不明白他為什麼要撒謊，方大川卻對著溫月微微搖了下頭，示意她不要說話。

李氏剛剛離得遠，並沒有聽清他們的談話，所以對方大川的話深信不疑，她拍了拍胸口道：「嚇死我了，幸好只是被他一個人盯上了，大川啊，他出去不會亂說吧？」

看著他娘到現在還臉色慘白，方大川知道這回又把她嚇得不輕，趕緊搖頭道：「不會的，妳放心吧，看他剛剛求饒的樣子，這次被我打怕了就不敢了。」

趙氏卻在一邊說道：「那你剛剛說媳婦兒啊、調戲啊，是什麼意思？」

「喔。」方大川頓了一下說道：「他在城裡時從一個跑商的人家出來，門口有個女人送他被我看到了，所以我拿這個威脅他呢。」

趙氏聽了方大川的解釋，也放下了疑心，對他們道：「那行了，不要在外面站著了，有話都回屋說吧。」

說完，她邁開腿就往自己屋子裡走去，方大川看溫月就要跟上，忙拉了溫月的手，對李氏道：「娘，我這衣服髒了，我讓月娥給我找件乾淨衣裳。」

突然被方大川握住了手，不大習慣的溫月迅速將手抽了出來，方大川愣了下，雖說臉色有些落寞，卻也沒說什麼。

等進了屋後，溫月從那個用石頭墊起一隻腳的破櫃子裡給方大川找了件衣裳，方大川邊換衣裳邊道：「今天的事，妳不要說溜了，要是奶奶知道了事情經過，搞不好會罵妳。所以一會兒不論她們怎麼問，妳都按我說的那些話來說，知道嗎？」

溫月這才明白，方大川隱瞞趙氏她們是為了保護她，想想也是，要是被趙氏她們這樣觀念保守的長輩知道，自己在家裡被一個陌生男人調戲了，就算不是自己的錯，估計也逃不掉一頓罵。

方大川的細心，讓溫月有些感動。「謝謝你。」

她乘機偷偷打量了下眼前的男人，濃眉大眼，鼻梁挺直，皮膚因為長期的風吹日曬而略顯粗糙。外表雖高大粗獷，卻做出這麼貼心的事，在感慨人不可貌相的時候，溫月的心裡同時也泛起陣陣暖意。

方大川愣了一下，似乎對溫月的笑有些不適應，他胡亂地點點頭。拿起換衣服時從身上掏出來的錢袋，從裡面拿出溫月從前只在電視上看過的那種銀元寶，還有幾塊碎銀子，接著又從貼身的衣服裡拿出了一串銅板，將這些錢攏成了一堆。

其實去賣熊之前，他還挺擔心的，因為出來得急，這熊沒給肢解了怕不大好賣。他想著先去藥鋪將熊膽取出來賣了，可那藥店的東家看他推著一隻熊上門，一開口就說全要了。那個東家也闊氣，原本他以為能賣二十兩的熊，那人竟然給了三十兩，這真是意外之喜，有了這些錢，他們總算能過上一段好日子了。

他心裡頭高興，收了錢就急忙往家裡趕，哪想得到剛進院子就看到那麼一幕，他那像嬌小姐一樣的媳婦，竟然拿著棍子在打一個男人。難道說，人沒了記憶，性格也會改變嗎？昨天聽到奶奶她們說時，他還不相信，可是今天他有些不能確定了。

方大川看著還站在那裡的溫月，笑道：「這是賣熊的錢，一共是三十兩。」說著，他把其中一小塊元寶塞進了溫月的手裡。「這五兩妳收著，留著自己用。剩下的我一會兒帶過去給奶奶，妳可記著我只賣了二十五兩銀子，這事妳也不要說漏嘴了。」

溫月看著手裡的銀子，又看著方大川，一時覺得這銀子有些燙手。「還是不要了吧，這個還是一起交給奶奶吧。」

方大川把溫月的手又推了回去，說道：「妳拿著吧，妳現在有了身孕，想吃點什麼自己也可以買。不是我不孝，只是奶奶和娘年紀大了，用錢上面有些仔細，我怕妳到時受委屈。聽話，收著吧。」

當趙氏和李氏看到放在她們眼前的這些銀子，兩人都是好半天沒有說話。趙氏輕顫著手，摸著那最大的一錠銀子，開口道：「好啊，有了這些錢，咱們今年就算是有盼頭了，買種子，買農具，咱們一家人，好好在這裡過日子。」

李氏在一邊激動地哭了出來，趙氏瞪了她一眼道：「妳又哭個什麼勁，一天到晚就知道抹眼淚，我說了多少次了，就妳這麼哭，天大的福氣都被妳哭走了。」

說罷，她又幽幽地說了一句。「也不知道大川他爹是不是還活著，在外面有沒有吃苦……」

趙氏的話讓屋裡原本高興的氣氛又沈寂了下來，最後還是方大川開口說道：「爹他應該不會有事的，我當時親眼看著他甩開土匪跑了的，咱們家的錢都在他身上，幾十兩呢，怎麼可能過不好？」

趙氏聽後，神情有些尷尬，又有些傷心，到底沒再提兒子的事，而是把錢推到方大川的跟前。「大川啊，這錢你收著，你爹不在了，以後這個家就由你來當。」

方大川聽了，不停地搖頭道：「那怎麼行啊？奶奶，家裡有妳在，我怎麼好管錢。」

「怎麼不能管？」趙氏不高興地說。「奶奶老了，你娘這個性子是一點事都不能頂，往後家裡的事不都還是你們小倆口來操持？再說，奶奶也是老糊塗了，當初你就說要把家裡的存錢讓你和你爹一人拿一半，我沒同意，結果他一個人帶著幾十兩銀子沒了蹤影。咱們倒成了村子裡過得最苦的人家，你也因為沒錢，差點丟了命，這事啊，都怨我。」

李氏也在一邊幫腔道：「讓你拿你就拿著吧，你是咱們家唯一的男人了，這個家你不當誰來當。」

方大川沒有再拒絕，將錢又都收了回來，卻把那一串銅板留在了炕上。「娘、奶奶，現在咱們手裡也有錢了，雖說不多，但往後我還是可以再賺的。這些銅板給妳們留著零花用，別捨不得。」

趙氏也沒客氣，笑著將那吊錢拿到手裡道：「行，奶奶知道了，會和你娘看著辦。這幾天，你還是出去打聽打聽，把農具什麼的買了吧，花錢時也留個心眼，咱們初來乍到的，小心被人惦記。」

「嗯，奶奶妳放心吧。」

雖說是有了錢，可是對這個一點家底都沒有的家庭來說，這錢還是不敢隨意花用。為了能在最大限度內使用手裡的錢，還能多省一些，趙氏和李氏兩人在那裡仔細研究了半天，才剛說出想買什麼東西，沒一會兒又變了卦。就這樣，眼看著太陽就要沈到西邊，兩人竟然也只決定買點糧食回來。

最後還是方大川看不下去，開口道：「這樣吧，娘、奶奶，妳們兩個也不用算了，咱們把那二十兩留下來，再將剩下的錢和家裡的錢湊在一起，我和月娥掂量著往家裡買，行不行？」

趙氏呵呵地笑了笑，點頭道：「是這麼個理兒，已經說好了讓你們當家，結果我和你娘又瞎操心了。你們定、你們定，可有一樣得聽我的。」

趙氏看了看溫月，目光最後落在她的肚子上道：「得給你媳婦買點好的補補，這個錢不能省。」

從溫月來到這個世界的第一天開始，她就得到了來自這個家裡所有人的關愛，即使婆婆膽小怕事，即使奶奶經常口出惡語，可是對她確實也是打心裡關心，還有方大川，這個細心有擔當的男人，也讓她對現在的生活不再充滿著不安。看著眼前這幾個人，溫月突然對未來的生活有了更多的信心，也許她真的可以在這個世界裡找尋到她一直想要的生活。

第四章

就在她沈浸於自己的世界裡時，就聽到屋外有人高聲叫道：「家裡有人嗎？趙嬸子、大川娘，在家嗎？」

李氏看了溫月一眼，說道：「是孫家四嬸。」然後就站起身，迎了出去。

溫月見她們聊得熱鬧，便轉身出去給她們倒水喝，孫四嬸看到溫月出去了，小聲對著李氏問道：「還沒好？」

李氏搖搖頭，嘆了口氣。「沒有，別的都好，就是不認人了。」

「人沒事就好，不認人再重新認識就行了。」孫四嬸安慰著李氏，又看向趙氏道：「嬸子啊，我今天來，一是聽說川子回來了，心裡高興，所以過來看看；二是明兒咱們這幾戶想約著一起去鎮上，如今已經穩當下來了，咱們也該買種子和農具了。」

趙氏聽了，連連點頭道：「可不是，這眼看著就要種地了，咱們也得早點準備才行。」

孫四嬸接過溫月遞來的水，笑著道：「那行，明兒個咱們就一起去。」

一聽說要去鎮裡，溫月的心也激動了起來，到了夜裡，不顧身邊躺著個陌生男人的彆扭感，她小聲地道：「大川，明天我也想去鎮裡。」

方大川側頭看向溫月，猶豫道：「路挺遠的，妳懷著身子呢，行嗎？」

道。

「四嬸不是說，里正給咱們安排了牛車嗎？坐車去，應該沒事的。」溫月不死心地勸說

方大川想了想，還是搖搖頭。「還是算了吧，妳還是在家裡好好養身體，別真出了什麼事。等妳肚子穩當些，我再帶妳去玩。」

溫月見沒有說動方大川，有些急了，她猛地一下坐起身，看著方大川道：「我不是想去玩，我是想進鎮裡看看有沒有什麼能賺錢的活計。奶奶和娘兩個人成日都在地裡幹活，也不讓我去，我天天在家裡閒著，自己都覺得很過意不去。」

方大川仔細觀察著溫月的表情，見她很認真，心裡也是百般滋味。

從前的月娥，每日裡除了哭，就是跟自己鬧彆扭。他也知道憑他一個種田的，是配不上月娥這個嬌小姐，所以婚後他對月娥也是能多遷就便多遷就。

在他們這個莊戶人家裡，她仍然過著嬌小姐一樣的生活，就連她不喜歡跟他睡覺，他也忍了，即使成親那麼久，他也只有在大婚那晚跟她洞房過。他一直覺得只要時間久了，兩人彼此熟悉了，月娥就會慢慢接受他。

可是，他也是人，也有感覺，隨著共同生活的時間越來越長，他對月娥的容忍度也越來越低，感情漸漸變淡。遷徙的路上，月娥被一個小有資產的商人看上，她竟然也真的想跟那男人走。身為一個男人，他怎麼可能接受這種事？所以在那個夜裡，喝多了的他對月娥用了強，打那天後，月娥對他更是冷淡，他心存愧疚之下也變得心灰意冷，甚至幾次想著，若是

月娥執意要走，自己不如就遂了她的意。

可他真的沒有想到，月娥受傷不記人後，竟然有了這樣大的變化，若不是有著一張相同的臉，他真的會以為眼前的這個人，根本就不是溫月娥。她不但有了他的孩子，現在還主動想要幫這個家裡分擔，老天若有眼，就讓月娥永遠想不起來從前吧。

溫月等了半天，方大川卻只是失神地看著她不說話，心思不知道跑到哪兒去了，她有些不高興，輕推了下方大川。「你倒是說話啊，喔，還有，你知道我擅長什麼嗎？我以前會不會刺繡？」

這些日子溫月不停摸索，終於讓她想起一個她似乎可以在這古代賺些錢的手藝——刺繡。

溫月小時候被她那大家閨秀的奶奶硬逼著學了幾年刺繡，當時因為她年紀還小，很排斥學，後來等她年長一些後，慢慢地喜歡上這種古色古香的藝術。再後來，因為工作的原因，她常常可以接觸到這類型的東西，所以每日裡刺繡的功夫倒也沒有落下。

方大川看著溫月，見她那一臉迷茫的樣子，起身將被褥披在她的身上道：「妳家從前是開繡莊的，自然是會的，連這個妳也不記得了嗎？」

溫月聽了，心裡高興，便又接著要求道：「那你就讓我去吧，我去買點料子繡東西，然後拿去賣。」

方大川見溫月躍躍欲試，最終還是不忍心讓她失望，點頭道：「好吧，那妳快睡吧，明兒還要早起。」

見方大川終於答應，溫月這才聽話地躺下，雖然閉上眼睛，心裡卻還是很興奮，明天她就可以更加瞭解這個世界了……

第二天一早，當趙氏和李氏看到收拾妥當、要跟著一起去鎮上的溫月時，都不大滿意。

「月娥啊，現在都什麼時候了，怎麼還能到處走呢？萬一去鎮上妳再磕了、碰了怎麼辦？不要去了！」趙氏率先出言阻攔。

方大川主動開口解圍道：「奶奶，家裡缺的東西太多了，我還想給妳們買些衣服、布料、吃食什麼的，若不帶著月娥，我也不知道怎麼買。」

趙氏聽了方大川的話，不但沒有點頭，反而聲音更大。「胡說什麼呢？你這媳婦還會買東西？你當我老糊塗了？」

溫月不知道這身子的原主是怎麼與這樣強勢的趙氏相處的，是不是也跟李氏一樣一味服從，可是她不行，她可以接受她的好意，但不能接受她的控制。以後的路還長，她必須要讓趙氏明白，站在她眼前的這個溫月娥，有自己的主見。

「奶奶，村口有車接我們，我不會累到的。而且有大川在我身邊護著，肯定不會有事。奶奶，您就讓我去吧，我真的很想去看看，而且我也有必須去的理由呀。」溫月上前拉住趙氏的胳膊，撒嬌著說道。

趙氏愣了一下，她這輩子只有一個兒子，得的又是個孫子，唯一一個媳婦李氏又怕她怕得很，她什麼時候遇過溫月這樣撒嬌的小輩？恍神之下，她語氣不再堅定。「一定要去？想要什麼讓大川買給妳不行嗎？」

溫月搖了搖頭，堅定地說道：「我一定要去。」

趙氏深深地看了眼溫月，最後讓步道：「好吧，不要亂花錢，買些必需品就行，剩下喜歡的，讓大川有空去鎮上給妳帶回來。」

說完，她拿起一邊的柳條筐就往院子外走去，李氏見了忙又叮囑了溫月幾句，也跟在她身後離開了。

等兩人到了村口的時候，就看到牛車已經等在那裡，這周家村看來條件還是不錯的，至少為了他們這十五家外來戶出了四輛牛車。

看到方大川和溫月來了，坐在第二輛車上的孫四嬸招手叫道：「大川、大川媳婦，快過來！」

在方大川的幫助下，溫月上了牛車，孫四嬸指著坐在她身邊的中年漢子道：「這是我家男人，妳叫他四叔就行，那兩個是我的兒子。」她知道溫月不記人，便介紹起來。

車子緩緩前進，溫月坐在車上，不時地感覺到來自坐在其他車上那些人的打量和議論，她與方大川似乎成了這些人口中的話題。孫四嬸也聽到了一些，她看著溫月不算太好看的臉色，小聲安慰道：「妳別聽他們瞎叨叨，都是些碎嘴，時間久了妳適應了就好。」

方大川見孫四嬸對溫月很是照顧，輕輕對溫月叮囑了幾句後，就繞過去坐在孫四嬸男人的身邊。這一路上，健談的孫四嬸裡裡外外又說了很多，讓溫月對一些細節又有了更深的瞭解。只是她沒想到方大川的父親是個讀書人，而方大川也是識文斷字的，溫月扭頭看了方大川一眼，正好與方大川看向她的視線對上，看著他那憨厚的笑，完全沒有一點兒書生氣，溫月不禁想笑。

什麼是老牛拉破車，這回溫月是見識到了，這可真叫一個慢啊，要是這速度還能把她肚子裡的孩子給折騰掉，那她往後真是什麼都不要做，天天躺在炕上算了。

接近中午的時候，總算到了鎮上，可能因為今天不是什麼大日子，街道上的行人也並不是特別多，沒有溫月想像中的那樣熱鬧。

鎮子雖然小，卻也是五臟俱全，酒肆、客棧、飯莊的幌子高高懸掛，各種鋪子也是一應俱全，一下子就讓溫月找到了前世逛街的感覺。

在領頭人的幫助下，大家把農具和種子都買齊後，那人開口道：「各位鄉親，你們看看還需要些什麼，大家可以分頭去買，一會兒咱們在這裡集合回村，如何？」

這個提議正合了大家的意，農具、種子什麼的，大家可以在一起買。可是家裡少的那些七零八落的東西，卻也不好湊一塊兒了，你家少布、我家少線的，一起去買就顯得太耽誤工夫，而且也沒了秘密。

於是大家各自鳥獸散，方大川帶著溫月先去繡莊，那繡莊的小二在看到兩人的打扮時，就已經沒了上前招呼的興致，還像防賊似的防著溫月和方大川，生怕他們兩個順手摸走了什麼東西。溫月看著櫃上放的那些繡品，有精緻的，也有粗糙的，但是繡法跟她的卻還是不大一樣，可也正因為這個發現，讓溫月的心情好上不少。

雖說她的刺繡水準不過爾爾，可是與眼前這些繡品相比，也不會差太多，重點是，這裡的繡法與她所學的顧繡（注）還是有一定差別的。

溫月回頭看向那個一直緊跟著他們的小二，開口道：「小二哥，你們這繡莊可還收繡品？」

那小二翻了個白眼，不耐煩地道：「收是收，不過我們店裡只收精品，次品我們是不要的。」

溫月點點頭，又問道：「那小二哥，你們這店裡有沒有人來接活兒呢？」

那小二上下打量了下溫月。「我說這位小娘子，妳也不用再問了，我聽明白了，妳想在我們這裡接活兒是不是？但妳也看到我們這裡的東西都是什麼樣的了吧，我們收的是刺繡，不是你們那鄉下婦人繡的鞋墊，我們是有要求的。妳一樣東西也沒帶，就要在我們這裡接活兒，小娘子，妳當我們是傻子啊？」

方大川在聽到小二的話後，原本就對小二態度不滿的他更是憤怒，向前一步站在溫月的身前，替溫月擋住了小二那尖銳的諷刺，冷臉道：「這位小哥，你這是什麼意思，你會不會

注：顧繡，明代上海民間發展而來的一種出自名門閨媛之手的閨閣繡。

好好說話？」

「呵！」那小二不屑地看著方大川道：「我什麼意思？我就這個意思！我就是想告訴你們這些鄉巴佬，沒有那金剛鑽就別來攬咱家這瓷器活。出去、出去，別耽誤我們做生意，貴人們想進來，看到你們會覺得我們店鋪全是便宜貨。」

「你！」方大川聽了，火氣更盛，伸手揪住了小二的衣領，那小二臉一下子變得煞白，哆嗦著聲音道：「你、你要幹什麼？我告訴你，我們掌櫃的可是家大業大，你要是敢砸店，定讓你們吃牢飯！」

溫月伸手拉住了方大川想要舉起的拳頭，看著那小二道：「我們沒有要砸店，不過是看小二哥你如此自視甚高，眼高於頂的，想要跟你說說道罷了。若不是你說這店有掌櫃，我還真當你是掌櫃出來微服私訪的呢，真是好大的脾氣。」

溫月轉頭又對方大川道：「大川，我們別跟瘋狗一般見識，鎮上也不是就他們一家繡莊。」

方大川雖怒氣未消，但還是收回了手，可被鬆了衣領的小二仍不服氣，大聲道：「妳罵誰是瘋狗?!」

溫月拉著方大川的胳膊，邊往外走邊道：「誰是瘋狗我就罵誰。」

不理會那站在店門口叫罵的小二，溫月跟著方大川慢慢地遠離了那家店，方大川看著一臉笑容的溫月，鬱鬱地問了句。「妳不生氣嗎？他那樣侮辱我們。」

溫月轉頭看了看方大川，見他還是一臉的憤憤不平，想想他的年紀，溫月覺得倒也可以理解，才二十歲，還小呢。

「怒氣是有，不過我沒你這麼生氣，你說路上遇到瘋狗衝你叫，你會因為牠衝你叫就反過去對著牠叫嗎？跟那種人計較，只會讓咱們也變得跟他一樣LOW。」溫月一不留心，說了一個前世的英文單字。

一直仔細聽她說話的方大川「啊」了一聲，問道：「什麼摟？」

溫月心中暗罵自己不警惕，對著還等她解釋的方大川搖搖頭道：「沒事，我的意思是說，別跟這種沒本事的人一般見識。大川，咱們現在一切以賺錢為重，可是賺錢又哪裡有容易的，被人瞧不起、受了氣都是正常的。只要咱們自己自尊自愛，守著該守的堅持，剩下的委屈與無奈，其實都算不得什麼，現在經歷的一切，都是我們在成功路上必須面對的小小絆腳石，踢開就好。」

溫月說完後，就看到眼前不遠處又有一家繡莊招牌，她忙拽了下沈思中的方大川，道：「大川，我們去那家看看。」

這家叫「翠繡坊」的繡莊，不論是門面還是店面的大小裝修都比剛剛那家要差上一些，但也不是一般的小店可比，溫月與方大川進了這家店後，看見只有一個年紀稍長的胖婦人坐在那裡。

經過一番詢問後，得到的答案與剛剛那家小二說的差不多，溫月心中有數，便在這家店裡買了兩疋中等的絹紗與刺繡所需的工具，暗自琢磨著回去要繡個什麼花樣才好。

那婦人見溫月如此胸有成竹，眼睛掃了下溫月的手後，淡笑道：「小娘子，妳在我這裡買了東西，大姊我乾脆送妳些繡線吧，等妳有了成品，可要第一時間拿到我這裡來啊。」

溫月看著那婦人隨手拿出來的兩團明顯是用過的繡線，笑了笑道：「大姊您既然這麼爽利，我也不是那扭捏之人，等我有了成品，定先拿給大姊看看。」

「就這麼說定了。」那婦人笑道。

等他們走出繡莊老遠後，心中想好要繡什麼花樣的溫月，這才發現跟在她身邊的方大川一直沈默不語，似乎是在思考著什麼。

她想問他在想什麼，可是又怕方大川用「無事」來應付她，索性換了話題道：「大川，咱們去買點米和麵吧，備齊了就回家。」

方大川點了點頭，兩人又一起走向雜貨鋪。路上，溫月雖然覺得方大川的態度很奇怪，可看他總是一臉思索的樣子，也沒有多問。

他們一走進鋪裡，各種糧食的分類也讓溫月瞭解了個大概，小米、高粱米這些粗糧最便宜，一斤只要十文錢，而糙米的價格則是粗糧的一倍，至於那大米、珍珠米的價格，更不是他們現在能負擔得了的。

算了算手裡的錢，溫月一咬牙，在買了粗糧後又添了幾斤的糙米，看著急癟下去的荷包，溫月頭一次有了心疼的感覺。可等兩人到了肉鋪的時候，肉的價格更是讓溫月大吃一驚，一斤肉能買兩斤糙米了，即使豬肉是賤食，是最便宜的肉，可是對普通百姓來說，還是過於昂貴。

按溫月來時想，要多買些瘦肉回去，可等問了價錢後，她還是忍著不喜，挑著肥肉最多的那一塊指了過去，在看到擺在一邊的大骨後，溫月心中一喜，開口問：「老闆，你這大骨頭怎麼賣？」

「五文錢一斤。」老闆邊切肉邊回道。

在聽了價格後，她突然有了上當受騙的感覺，到底是誰說，古代的豬骨不要錢的？五文錢啊，也是半斤粗糧的價錢了，可是溫月想著自己肚子裡的小寶寶，還是買了三根大骨頭。她難得懷了孩子，在能力許可範圍內，她還是想讓這個孩子更健康些。

等老闆切好了肉，綁好了骨頭，溫月便看向一直在旁邊如同夢遊一樣的方大川道：「大川，幫忙拎一下東西。」

方大川如夢初醒般的「喔」了一聲，然後看向那幾根大骨，不解地道：「怎麼回事，妳買的？」

溫月點點頭。「是啊。」

方大川認真地看了看溫月，心裡雖覺得她浪費錢，最後還是什麼話都沒說，拎上所有的東西跟著溫月離開了。溫月看著他手上拎、肩上扛，便想幫他分擔一些，可是卻被方大川明確地拒絕了。

來時的路上，大家還稍有收斂，都是在背後議論，可現在當溫月與方大川買了這麼多東西回來的時候，這變化立刻讓那些人躁動不安，更有那好事眼紅的，追著溫月問他們家哪來的錢，嫉妒之情顯露無遺。

面對這些事，溫月只當作沒聽到，畢竟她失憶了，糊塗些也是正常的。反正不論那些人怎麼說，溫月始終面帶微笑地裝傻，一言不發。

方大川見溫月如此表現，心裡也跟著鬆快了許多，以前若是村裡人說了點她什麼，她肯定會在回到家時哭鬧不休，哪裡會像現在這樣溫和？看來失憶對她來說，真的是一件好事。

第五章

回去的路上，孫四嬸看著溫月買的繡綳子，有些羨慕地道：「月娥，妳這是準備繡東西往外賣啊？」

溫月點點頭，小心地往車裡面挪了挪道：「嗯，如今家裡光景不好，總得想辦法貼補些家用，我這一受傷，現在肚子裡又有個小的，以後用錢的地方指不定有多少呢。」

孫四嬸還來不及說話，旁邊一個年輕的婦人就插嘴說道：「喲，妳還真敢啊，打從妳嫁進方家，我就沒見過妳拿一針一線，可別最後弄得只糟蹋錢了。」

溫月不知道這個婦人是怎麼回事，似乎有些專門針對她的意思，她覺得有些莫名其妙，感覺到別人對她的惡意，還是故意挑事的，溫月自也不會讓人隨意拿捏。

雖然她前世練得一副好忍功，但並不代表她在當下也要忍。不管從前的溫月娥性子如何，現在開始，她都要讓這些人重新認識她，接受她，不再被從前溫月娥的形象所累。

溫月將頭轉了個方向，直視著那個婦人，微微一笑道：「我不知妳是誰，卻也覺得妳管得太多了，難道說我從前有什麼對不住妳的地方不成？妳說我沒拿過一針一線？誰讓我有個好婆婆、好奶奶呢。」

讓溫月像趙氏那樣撒潑耍賴，她不會，可要她這樣軟刀子磨人，拿話噎人，她還是挺拿手的。

那婦人果然不再開口，溫月一句話就點明她的立場，非親非故的，妳憑什麼管別人怎麼生活？

大家總算在日落前趕回了村子，車上的人幾乎都是大包小包地跳下車，溫月與方大川雖然心中滿足，可這一幕落在周家村一些心眼窄小的村民眼中，又招來了不少暗中的嫉妒。頃刻間，外來戶有錢的消息，便在周家村的上空飄揚開來。

帶著滿滿的收穫回了家，出來迎接的趙氏和李氏給了他們兩種不同的態度。李氏是挺高興的，看著那些齊全的食材，心想著總算能給兒媳婦和肚子裡的孩子補補了。而趙氏則是有些生氣，他們出發前她還叮囑要少買，財不外露，可是他們兩個還是買回這麼多，這不擺明著讓人眼紅嗎？

「怎麼買這麼多，你們走的時候我怎麼說的，怎麼一個個的都這麼聽話，覺得我老婆子老了，說話不好使了是不是？」趙氏氣呼呼地質問道。

「奶奶，家裡東西缺得多，總不能不買吧。」方大川邊往屋裡拎東西邊說道。

趙氏眼睛一瞪，瞥了眼溫月，又指著那堆東西道：「誰不讓你們買了，我不是說少買點嗎，幹什麼非要幹這麼扎眼的事？」

溫月笑著湊到不高興的趙氏跟前，邊拉著她進屋邊道：「奶奶，大家都買很多，咱們買的這些東西不算太扎眼，肉我裝在筐裡蓋著，也沒人看到。大川說馬上就要種地了，到時哪還有時間去鎮裡啊？再說，您看看咱們家這些日子都吃的什麼啊，再不補一補，大家的身體都要挺不住了。奶奶，賺錢就是為了花的啊，咱們總不能害怕別人嫉妒就苦了自己吧。」

其實溫月明白趙氏的心思，也知道她這種花錢方法勢必與趙氏勤儉持家的傳統模式有所衝突，甚至在今後的生活裡還會有更多的矛盾出現。可是她已經做好了迎接這一切困難的準備，準備打一場改變趙氏的持久仗，總之，她已經決定，一定要在這個世界活出幸福與精彩。

趙氏性子倔，人又凶，凡是跟她打過交道的人哪個不怕她？當初在邊陲時，十里八鄉的誰不知道她趙氏的凶名，那都是見到面需要繞著走的人。可就是這樣，她也覺得她這一輩子，就折在一個人手裡，就是她溫月娥。

從前，她被溫月娥氣得破口大罵時，那溫月娥就只會躲在屋子裡哭，但是該不幹還是啥也不幹。再被逼急了，就給妳來一場大病，一筆筆錢花下去，趙氏也沒了辦法，為了不花冤枉錢，也就只能由著她。

可是現在，溫月娥她失憶了，性子變了，也不哭了，卻懂得用軟刀子磨她。這胳膊上被她挽著，笑語盈盈的樣子，就像是一盆溫水硬生生地潑滅了她心頭的火氣，只能冒著無奈的餘煙。

趙氏彆扭地甩掉溫月的胳膊，口中不滿地嘟囔道：「我不管了，你們看著辦吧，你們都長能耐了。」

竟然沒有罵人？李氏吃驚地看著趙氏獨自進屋的背影，又轉過身看著溫月，眼裡竟然有了佩服之色，溫月好笑地看著李氏道：「娘，我們快把這些東西拿進廚房裡吧，今天晚上，咱們就做點好吃的。」

晚飯過後，天還沒有完全黑下來，當李氏知道溫月想用刺繡貼補家用時，臉上的欣慰之色讓溫月這個後來者都有些臉紅。這身子的原主到底是做了些什麼啊？讓她這個接替者，只要做一點點小事，就能換來這樣的刮目相看與感動？

正抽著沒放菸葉的菸斗過乾癮的趙氏，小心翼翼地將已經舊得不成樣子的菸斗收了起來，看著溫月道：「妳行嗎？不行別逞強，家裡不缺妳掙的錢，妳只要把孩子給我們平安生下來，就是大功一件了。」

溫月抬起頭，看著語氣生硬但關心滿滿的趙氏道：「奶奶，瞧您說的，好像我存在的意義就是專門生孩子似的，您這樣說，我多傷心啊。我也是這家中的一員，現在家裡這麼困難，我怎麼可能袖手旁觀呢？我和我肚子裡的孩子，都要跟大家一起為家裡努力啊。」

溫月低下頭，幸福地輕撫著肚子道：「是不是啊？我的孩子。」

「行了行了，知道妳有孩子了，別這麼不知羞臊！別人家的小媳婦，知道自己有身子了，都恨不得鑽地裡頭去，不要見人才好，妳倒新鮮，非跟別人反著來。」趙氏眼裡有喜色，可是嘴上還是訓斥道。

對於這點，溫月覺得古人真的是太羞澀了，若在現代，哪家媳婦懷孕了，那真是恨不得全天下人都知道，在家裡也會被當成上帝一樣的存在，挺著大肚子到處自豪地顯擺。可是到了古代，這種事情就成了丟人的存在了！藏著掖著的，恨不得把鼓起的肚子給壓扁了才好。

也因為如此，每次溫月在跟孩子互動的時候，都會招來趙氏的嘲諷，說她沒羞沒臊。對此，溫月也只能摸著鼻子認了，難道要她向趙氏解釋什麼叫胎教嗎？

第二天一早，溫月仍是家中最晚起來的一個，對於這件事情，她已經稍微可以適應了。只是在看到桌上溫熱的飯菜時，多少還是有些不好意思。

每每這樣的時候，溫月都會覺得她真的太有福氣了，難道真是老天看她上輩子過得太辛苦，所以才讓她在這裡擁有她最期待的親情嗎？既然她做農活不行，做這些事情也不行，那就算是為了報答她們的體貼關心，她也要把自己能做的、會做的事情都擔起來。

溫月匆匆吃過早飯後，便回到了屋中，她先拿起一塊碎布試手感，也怕對這個身體掌控不好會浪費了料子，在反覆練習許久，終於感覺到手熱了後，她才在那塊絹絲上認真地刺下了第一針。

可還沒有等她繡多久，就聽到自家院門外傳來一陣吵嚷的聲音，原來是鐵子媳婦聽說溫月他們昨天去鎮上買了很多東西，心中不忿的她就上門來洩憤，非要溫月將那十個雞蛋還給她。

別說那雞蛋早已經進了溫月的肚子裡，就是有，溫月也不可能還給她。她以為站在這裡的還是身子的原主嗎？就因為她的自私，一條活生生的人命就這樣從世上消失，若不是她占了這副身體，十個雞蛋真能抵過一條命嗎？

溫月沒給鐵子媳婦任何撒潑的機會，幾句話就將她駁斥得恨不得找個地縫鑽進去，最後她在溫月鄙夷的目光下，灰頭土臉地離開了。

下午方大川從地裡回來的時候，就看到溫月正坐在窗邊刺繡，他沒有打擾她，而是靜靜地坐在炕上看著溫月。

溫月活動了下脖子，看向一直盯著她的方大川，歪了下頭。「怎麼了？我臉上有什麼嗎？」

方大川搖搖頭，仍然沈默地看著她。

「那是怎麼了？你看得我心慌！」再次抬起頭的溫月忍不住問道。

方大川想了想，緩緩開口道：「妳變化真大，好像是換了一個人。」

溫月心中一驚，難道是他發現了什麼嗎？這幾天她依仗著大家都知道她失憶的事，所以並沒有刻意隱瞞她的本性，是她太過大意了嗎？

「不過，妳這樣的變化真的很好。從前我每次離開家的時候，都會放心不下妳，擔心妳又會因為什麼事情，整日落淚。現在好了，看妳能跟娘和奶奶好好相處，每天也都是開開心心的，我反倒覺得應該謝謝鐵子媳婦。」

方大川突然笑了一下，又道：「昨天，妳真把我嚇了一跳，我一直以為妳就是個整日裡只知道悲秋傷春的嬌嬌女，可當妳跟我分析利弊的時候，真的讓我刮目相看，我好像也明白了些道理。嗯，怎麼說，醍醐灌頂吧，不過心裡感覺也有點怪怪的。」

「醍醐灌頂」這四個字一出，倒讓溫月相信方大川真的是讀過書的，她看著表情略帶鬱悶的方大川，認真地問道：「怎麼了，你是嫌我對你說教了嗎？你不喜歡這樣？」

方大川搖了搖頭，用同樣認真的表情看著溫月，思考了片刻才道：「不，我並不是不喜歡聽妳說這些，妳的話反而讓我一直糊塗的腦子清楚了很多，也想了很多。」

「你想什麼了？」溫月饒有興趣地問道。

方大川來到溫月的身邊，半蹲著與溫月平視道：「妳不知道，從前我每次下地幹活的時候，都會覺得很不甘心，覺得那不應該是我過的生活。不過現在我覺得，我應該放下心裡那一直偷偷留下的所謂讀書人的尊嚴，腳踏實地的去過生活。為了妳，為了家人還有孩子，我會努力的，所以月娥，妳要對我有信心，好嗎？」

方大川的話看似簡單，可溫月卻能從方大川的眼裡看出他的認真及真誠。纏綿的情話她聽過很多，生生世世、海枯石爛的誓言她可以倒背如流，相比那些浮誇的言語，方大川的情話怕是最直接也最樸實了吧。

雖然，她對方大川的感情還沒有到愛的程度，算是不討厭且稍有好感，甚至在溫月的心裡，隱隱的還將方大川當成一個孩子來看待。可即使是這樣，對於方大川剛剛的話與他眼裡的認真，還是讓溫月心中微暖。這種感覺無關於愛情，而是這份坦誠與真實的情感，讓溫月心生感動，同時也在心中多了些許的期待。

她笑著對方大川點了點頭，道：「大川，我自是對你有信心的，不光是我對你有信心，你也要對我有信心。好日子是家人齊心協力一起經營出來的，不是靠一個人的努力就可以做到，所以，我們兩個一起努力，一起分擔。」

「好，月娥，都聽妳的。」方大川露出俊朗的笑顏，握了下溫月的手。

溫月感受著方大川掌心裡的熱度，那微濕的手心證明剛剛大川心中的緊張，她在心裡偷偷笑了笑。「大川，我不喜歡月娥這個名字，既然我已經忘記從前，一切重新開始，那乾脆也將名字換了吧。嗯，不如就叫溫月吧，這樣才是一個真正全新的我，你覺得怎麼樣？」

方大川緊了緊眉頭，名字是爹娘給的，隨便改名可說是不孝。不過，方大川看著溫月希冀的眼神，實在不想讓她失望，也罷，左右也就是他知道的事情，改了就改了吧。

「也好，那往後我叫妳月娘可好？」也不用溫月回答，他自己就在那裡「月娘、月娘」地叫，那種在舌尖上幾經浸潤而出的感覺，讓一向自詡厚臉皮的溫月，臉上都有些臊熱起來。

轉眼間，漫山的桃花開遍，布穀鳥的叫聲響徹大地，春耕的號角也正式吹響。周家村裡，到處都是一片繁忙的景象，家中男丁多得齊家上陣，若男丁少的人家，女人們也顧不得矜持得一起跟著下地，甚至那六、七歲的半大孩子，也一樣在田間地頭裡穿梭著。

溫月挺著微微隆起的小腹，拎著裝滿食物的籃子，一路去了方家的地裡。路上看著眼前的一切，雖然人們的臉上都帶著疲色，可每個人眼裡滿滿的全是對豐收的期待。

到了方家的地頭，就看到方大川與李氏在前面拉著犁，趙氏在後面扶犁，明顯已經很累了，每向前走一步都顯得異常沈重。在她發現種地是如此辛苦的時候，她就再也不好意思按著從前的想法，心安理得地坐在家裡，好幾次她都主動要求來地裡幫忙，哪怕是撚一把種子、掬一捧土，可是卻都被趙氏以她懷有身孕不能幹重活，及刺繡需要保護雙手為由拒絕了。

面對反對激烈的趙氏他們，溫月也只好無奈的答應了，可是她卻趁著趙氏他們去地裡幹活的時間，偷偷地在家把飯做好，甚至每日中午還會去送一次飯。趙氏他們見擰不過溫月，也只好默許了，可對於現在這樣貼心的溫月，他們每個人都是打從心裡喜歡到不行。

方大川手裡拿著一塊餅子，就著溫月打的蛋花湯大口地吃了起來，趙氏心疼地看著湯上面那漂浮著的幾絲蛋花，開口道：「妳以後拿涼水來就行，打什麼湯，咱家買雞蛋容易嗎？」

趙氏性子到底有多彆扭，溫月在這些日子的接觸已經瞭解徹底了，按照人家會說話的，肯定會說「不要再往湯裡打雞蛋了，這雞蛋是留給妳補身子的」，但這樣柔和又順耳的話，偏偏到了趙氏嘴裡，能將滿滿的善意表達成深深的惡意。

看著這彆扭的老太太，溫月笑道：「奶奶，您就喝吧，你們在地裡幹活了一天，再不吃點好的補充補充體力怎麼行?就叫我一個人吃這個，我心裡感覺不舒坦，喝湯都覺著噎得慌，再說也不多，只打了一顆蛋而已。」

怕趙氏還要繼續說，溫月忙又給她和李氏手裡塞進一塊餅子，趙氏看著手中那油汪汪的大餅子，本還覺得溫月貼心的她又開始心疼溫月的浪費。「月娥啊，妳烙餅子放太多油了，咱們得省著點過，咱們啊……」

「哎喲！」溫月突然輕輕叫了一聲。

「怎麼了？」心中緊張的趙氏，哪還顧得上對溫月繼續說教啊，忙開口問道。

溫月甜甜地一笑，看著三張關切的臉道：「孩子好像動了。」

趙氏瞪了她一眼。「這孩子，竟瞎說，這才幾個月哪會動？」雖是這樣埋怨著，可那雙蒼老的手卻已經摸在溫月的肚子上，一臉的欣喜。

溫月見趙氏已然忘記剛剛的說教，心中有了小小的得意，偷偷對方大川擠了下眼睛，看著方大川臉上又是尷尬又是高興的表情，溫月心情愉快地轉身回了家中。

第六章

早已經過了懷孕最初的嗜睡期，溫月回去簡單收拾後就把那還差幾針的荷包拿到了手裡。刺繡是件辛苦活，再加上她肚子一天天大起來，每日靜坐在那裡真的是有些難受，所幸肚子裡的寶寶是個懂事的，不曾給她添一點的麻煩。趙氏和李氏也直說這孩子省心，定是個乖巧的姑娘，也因為這樣，溫月才知道，趙氏他們是真的不在意她肚子裡的孩子是男是女，只求健康平安。

晚上方大川他們回來後，溫月開口問道：「大川，你這兩日能抽出時間嗎？」方大川點點頭。「嗯，可以，地裡已經沒什麼活兒了，奶奶跟娘就能幹，我正想著這兩天進山去看看呢。」

見趙氏和李氏也一起點頭，溫月笑著道：「那太好了，我的東西已經繡好了，你明天陪我去鎮上吧。我打聽過，明天是鎮上的大集，咱村裡有去鎮上的牛車。」

許是因為這些日子溫月表現得好，懷相也好，加上上次溫月那說什麼就要做什麼的倔強性子，這一次溫月提出要進鎮，趙氏竟然也沒有反對。

大集日的鎮上與上次他們來時相比，熱鬧得不止一星半點兒，街面上到處都是擺攤做生意的小商販，溫月在方大川的保護下，一路看著熱鬧到了那家繡莊，依舊是那個略胖的女人坐鎮，只不過她這次正熱情地招呼著一個穿著華麗的中年婦人。那婦人似是對她推薦的東西不甚滿意，隨便翻動了幾下後道：「妳去招呼別人吧，別在這裡跟著我了，我要是有看好的，自然會叫妳。」

那繡莊的胖女人對那婦人的態度也不生氣，依舊笑著道：「那行，夫人您就慢慢看，咱們家的東西，總是會有您滿意的。」

說完，她就來到溫月的跟前，臉上的笑容雖然淡了一些，卻還是熱情地道：「大妹子，是妳啊，這次來有什麼事？」

溫月從包袱裡將她繡好的成品拿了出來，輕輕展開放在桌子上道：「上次不是說好了，我要是繡成了，第一個就來給老闆妳看看，這不，我就拿來了。」

那老闆此時早已經直直盯著溫月放在桌上的那塊絹布，她小心地拿了起來，對著光線看了又看，口中讚嘆道：「妹子啊，我真是沒想到，妳竟然有這樣的功夫，這繡得實在是太漂亮了。咦，妳這針法，好像有些不同啊，好、好，真是精妙。」

那老闆眼睛不離溫月繡的絹絲，口中不停讚美。

她欣賞了好半天，才小心翼翼地將這料子放下，開口道：「妹子，大姊是個直爽脾氣，我也不跟妳說虛的，妳這東西我非常喜歡，也是難得一見的上品，一兩銀子我收，怎麼樣？」

一兩？溫月轉頭看了看方大川，心裡迅速地換算起來。一兩等於一千兩百文錢，等於一百二十斤粗糧，又等於三十斤豬肉，這樣看還真是不少。

可她繡這東西的成本呢？絲線和絹布一共花了她四百文，她的勞力暫時不算在內，也就是說，這一幅作品也只賺了八百文錢而已。

溫月看著緊張看向她的老闆，笑著問道：「老闆，我想問妳一下，這種東西，妳怎麼個收法？」她把手指向了擺在櫃檯上的一個簡單小荷包，那老闆不明白溫月為什麼突然問這個，卻還是開口道：「那個啊，我提供線和料子就七文錢收，若是自己繡的，十文錢。」

溫月點點頭，慢慢地坐在了椅子上，拿起她繡的荷包道：「老闆，那我這個呢？」

「三十文。」那老闆看著荷包，眼裡閃過一絲喜色。

溫月突然嘆了口氣道：「大姊，您不實在啊。」

那老闆聽了，挑著眉毛反問道：「大妹子，我哪裡不實在了？我給妳的價錢可是別人的幾倍啊，從這荷包上妳看不出來嗎？」

溫月指著自己的繡品說道：「我這料子、絲線都在妳這裡買的，成本多少，大姊妳心裡也應該有數。為了這個炕屏（注），我繡了有兩個月的時間，難道我的時間就不是錢了？妳說荷包，好啊，那我們就來說說這荷包，就大姊妳收的那種品質的荷包，跟我的能比嗎？妳那款式，我一天至少能繡十幾個，這麼一算，我這繡大活還真是不賺錢，反而要是繡妳這小荷

注：炕屏，一種炕上陳設、作裝飾用的屏風。

包，兩個月可不止區區八百文啊！」

溫月在方大川小心地攙扶下站起身，笑著對那老闆道：「大姊，沒關係，咱們買賣不成仁義在，回頭我要是想接荷包的活兒，再來找妳吧。」

說著，她將繡品收起來，準備離開，那老闆見了哪能同意，忙阻攔道：「大妹子，妳別急啊，生意啊，是談出來的，哪有妳這不滿意就抬腳走人的道理啊？」

溫月表情為難地看著老闆說道：「大姊妳是買賣人，可我只是個小小的農婦，靠著這點手藝討飯吃，您給不上價錢，我自是要走的。」溫月本就不是真心要走，見她攔了自是慢下了腳步。

那老闆看著溫月笑道：「大妹子啊，妳這嘴可不比我這長年守鋪子的人差呀。妳坐，坐下說，來，先喝口水。」

那老闆坐到溫月的對面，想了想後便道：「大妹子，我再給妳加五百文怎麼樣？」

溫月搖搖頭，那老闆見了，一臉難色地看著溫月道：「大妹子，妳也得給我留點蠅頭啊。」

見溫月還是不出聲，老闆咬咬牙道：「這樣吧，大妹子，二兩銀子如何？不過，妳得把這兩個荷包送我做添頭。」

溫月放下一直擱在嘴邊的茶碗，笑著道：「大姊，您這生意做的，可都成精了，就憑咱們這緣分，我本也是打算送您一個的，可您一下要兩個，我們這小家小戶的，一文錢都要仔細著花，您一下子多要我三十文，我這心還真是……不如，大姊，您再送我點繡線吧，我跟您再買點好料子，我打算回去繡兩幅扇面，回頭還是拿您這裡。」

那老闆愣了一下，苦笑著看向溫月道：「哎喲，妹子，妳這張巧嘴喲，認識妹子妳我都不知道是該喜還是該悲了。」她倏地站起身。「成，妳等著，大姊給妳拿錢去。」

在她轉身往櫃檯裡走去時，那個一直在店裡挑繡品的婦人來到溫月跟前，眼角掃向擺在桌上的繡品後，開口道：「這位小娘子，不知道妳想不想接繡嫁衣的活計？」

溫月見眼前這婦人的儀態動作，心中猜想是不是哪個大戶人家的夫人，忙站起身對那婦人開口道：「夫人好。」

那婦人看著溫月，眼中閃過一絲滿意之色，還不錯，看她這落落大方的舉止，就知她不是那淺俗的無知村婦。

那婦人點點頭坐在椅子上，看著站在一邊的溫月，再次問道：「這位小娘子，我剛剛的提議，妳可有想法？」

溫月忙開口道：「不知夫人要繡幾件？期限是多久？」

繡莊的女老闆在聽到那夫人與溫月的直接對話後，眼裡露出幾分不甘，眼前這位夫人可是他們洛水鎮最大富戶朱家的管事嬤嬤，這朱家的產業可是遍布天下，每日裡進出的銀子像洛水鎮的九曲河水似的，怎麼也淌不完。

最近只聽說朱家的四女兒攀上了京城裡大官的兒子，秋天就要嫁過去當官太太了，朱家得了臉，便開始在女兒的嫁妝上下功夫。

原本她這繡坊也沒想過能賺上朱家的銀錢，要知道，人家朱家想要什麼樣的繡品沒有？哪可能看得上她這小店裡的東西。可今天就是巧了，當她看到這管事嬤嬤進店裡的時候，心都差點高興得從嗓子裡蹦出來。可惜了，她看著正在跟溫月說話的婦人，很是遺憾。

此時這管事嬤嬤的心裡也挺高興，原本是想出來給她自己的孫女挑些東西回去添嫁妝，可沒想到竟然能遇到這麼一個繡活好的。家中的夫人正在為小姐的嫁妝犯愁呢，因為定的是達官貴人家的少爺，那嫁妝自然也要好看又特別，將從前準備的一些不大好的除了去，夫人就開始犯起愁來。

雖說朱家也是大戶，手裡有錢，東西現買也來得及，可是好的繡品就不一樣了，大繡坊裡出了好東西，自然先被有權勢的人家選走，他們又哪敢跟那些人搶呢？但幸好她運氣不錯，碰上繡功好的繡娘，繡圖又特別，她要是把這小娘子繡的東西帶回去給主子看看，若是成了，她是大功一件啊！

想到這裡，她看了看溫月道：「具體的我現在也說不準，這樣吧，妳把妳住的地方告訴我，若是我們需要妳，再去妳家找妳。」

溫月沒有立即答應，她看著那婦人，面露難色道：「夫人，怕是您也看出來了，小婦人我現在懷有身孕，再過幾個月就會生產，所以我能做繡活的時間並不長。若是您要繡的東西多，時間久，那我恐怕沒辦法接下了。」

那婦人目光在溫月的小腹上看了一下後，點點頭道：「這妳不用擔心，我會看著辦的。」

溫月點點頭，將家中的位置告訴那婦人後，便拿著錢跟方大川出了繡莊。

兩人走出一段距離後，方大川看著溫月道：「月娘，妳真厲害，我以為一兩銀子已經很多了，沒想到妳還能讓她又多出一兩。」

「他們這種生意人，又哪裡有實話，可別因為他們表現得誠懇就輕信了他們，其實他們滑頭著呢。」溫月笑著將握在手中的銀子塞到了方大川的手裡。

方大川手中拿著銀子，只覺得熱得有些燙手，自己媳婦有本事他也挺高興的，可是想到若是今後他不能多賺一些，反而要讓媳婦幫著養家時，他心裡就有些難受，得想個什麼辦法多賺點家用，雖說媳婦賺得多，可是刺繡有多傷身他也是看在眼裡，自己一個大男人，怎麼可以讓媳婦這麼辛苦？

溫月不知道方大川的想法，她只跟在方大川的身邊左右看著，市集還沒有散去，各種吆喝聲充斥於耳。有了錢，溫月有些控制不住想要購物的慾望，最後，他們兩個到底是將來時的空籃子裝了個滿滿當當，二兩銀子也縮了水，這才心滿意足地坐上回去的牛車。

晚上趙氏和李氏回來，看到滿滿一桌子的魚、肉、蛋時，趙氏的臉又拉了下來。「溫月娥，這是怎麼回事？」

就知道趙氏會發難，溫月邊擺筷子邊說道：「奶奶，我也不知道怎麼回事，今天去鎮上送繡品時，看到賣這些東西我就直流口水，嘴特別饞，正好賣繡品得了一些錢，我就買回來了。奶奶，我其實也生氣著呢，這肚子裡的小東西，定是個嘴饞的。」

趙氏聽溫月說她貪嘴是肚子裡的孩子在鬧，真不知道是該哭還是該笑。「妳別往我大孫子身上賴，明明就是妳饞了，以後少買點兒，這錢花得多冤枉。」

溫月嘿嘿一笑，對著方大川擠了擠眼，她看著幾乎只吃飯卻不肯挾菜的趙氏和李氏，又分別往她們碗裡挾了一筷子的紅燒肉道：「娘、奶奶，快吃啊，天熱，放到明天可就壞了。大川，你也快吃。」在溫月的半勸半逼下，趙氏和李氏總算是主動挾了些菜吃了起來。

夜裡，就在溫月以為方大川睡著了的時候，卻突然聽見他開口。「明兒一早，我去山上下套子，山上獵物多，就算不能天天套到，十天半月怎麼也能套隻兔子吧。」

溫月扭過頭，看著方大川那雙在黑暗中分外明亮的眼睛，摸著肚子道：「寶寶，我們以後能常常有肉吃了喔，快給你的爹爹加油。方大川，加油！加——」溫月的聲音戛然而止，因為她感覺小腹貼上了一道熱源，是方大川的手。這是自溫月有孕後，方大川第一次如此貼近這個小生命，以前他也想過要摸摸碰碰這個孕育著他孩子的所在，可是他老是擔心自己的粗手粗腳會誤傷了孩子，所以一直不敢行動。

而在剛剛，溫月用那樣輕柔的語氣對著肚子裡的孩子說話時，他再也按捺不住心中的激動和渴望，在他腦子還沒有反應過來的時候，手便已經覆了上去。

許是因為第一次感受到父親的存在，那個從沒有動得如此激烈的孩子，竟然在溫月的肚子裡不停地左踢一下、右揮一拳，溫月只感覺她的肚子上不斷地鼓起一個個小包，而本來面上無限溫情的方大川，則是驚慌地爬起身。「月娘，哪裡不舒服嗎？告訴我，肚子怎麼了，疼嗎？」

看著方大川那緊張的樣子，還在激動於孩子如此活潑的溫月噗哧一聲笑了出來。「呆子，咱們的孩子在跟你打招呼呢！」

說著她又拉過方大川的手，輕輕放在那微微鼓起的小包上，輕聲道：「寶寶，這是爹爹喔！」

方大川整個人已經僵硬了，放在溫月小腹上的手甚至有些顫抖，直到感覺手下的小小突起消失了，這才長吁了口氣，關心地問道：「他這樣，妳會不會疼？」

溫月笑著搖搖頭。「不會，他是個乖孩子。」

方大川慢慢地躺在溫月的身邊，在經歷了剛剛的胎動事件後，他感覺與溫月那一直若有若無的隔閡好像消失了不少，而那一直存在於溫月腹中的孩子也一下子變得真實了許多。他將溫月的手緊緊攥住，又一次在心中暗下決心，即使他真的不能賺大錢讓家人過上好日子，可他也一定會盡最大的努力讓他心中這些骨肉至親過得幸福。

這一日，溫月剛將午飯做好，還來不及出門去送飯，就聽到院門被人敲響。她順手抄起放在門邊的木棒，隔著木門向外問道：「是誰？」

「是大川媳婦嗎？我是妳孫四嬸，妳開開門。」

溫月聽是孫四嬸的聲音，這才將手中的木棍扔到一邊，開了門後，就看到孫四嬸神色緊張地站在門邊，身後是一輛裝飾華麗的馬車。

見溫月出來了，孫四嬸忙將她拉到跟前，小聲說道：「我剛剛去辦事，路上就遇到他們，這裡的人指名說是要找你們家，我有點擔心就帶著他們過來了，你們可是有得罪什麼人嗎？」

鄉下人一輩子都是泥裡刨食，一生打過交道的富人怕也就是村裡的地主了，所以當孫四嬸見這馬車裡的人竟是要找方大川一家的時候，心裡還是不停地打鼓。

看著孫四嬸眼裡那不作假的關心，溫月安撫地對她笑了笑。「嬸子，咱們都是初來乍到的，又能得罪什麼人，我去問問，妳別擔心。」

溫月轉身走到了馬車前，剛想開口，就見車上簾布一掀，那日在繡莊看到的婦人迎面走了下來。溫月見到她，心裡就大概明白是怎麼回事了，她退後幾步客氣地道：「原來是夫人您，真沒想到您會到我們這個鄉下地方，您快屋裡請。」

那婦人微微頷首道：「無須客氣，叫我房嬤嬤就好。」

「見過房嬤嬤。」溫月馬上改口道。

那房嬤嬤見溫月如此識趣，對她的好印象又升了一分，她跟著溫月進了院子，看著眼前有些簡陋的房屋，幾不可見地皺了下眉。而跟在她身後的兩個手拎包袱的丫頭，眼裡的嫌棄之色更是一時都不曾掩去。

進了屋的房嬤嬤對這家人的生活大致也有了瞭解，不過雖然房子看著不好，屋裡的陳設也十分破舊，但卻很乾淨。無論是炕上、地上還是破桌子上，都被收拾得一塵不染，看樣子這個村婦倒也勤快。

房嬤嬤沒有喝溫月端過來的水，直接開口道：「我今天來的目的，妳大概也知道了，我們夫人打算將我們家小姐的嫁衣交給妳繡，四個月內，妳可能完成？」

溫月想了想，道：「那要看貴府想要哪種花樣了，要按具體的花樣來決定。」

房嬤嬤對身後的兩個婢女使了個眼色，兩人便打開了其中一個包袱，將裡面一件已經繡好的華麗嫁衣展了開來。溫月見了後，有些不明白地看著房嬤嬤道：「房嬤嬤，這件嫁衣繡得很好啊，您這是？」

房嬤嬤搖搖頭。「這些妳就不要問了，若按這個圖案繡，四個月內能否完成？」

溫月又一次將目光落在那繡好的嫁衣之上，點點頭道：「能，但是也只能繡這嫁衣了，多了也繡不完。」

房嬤嬤點點頭，又讓丫頭將另一個包袱打開，裡面赫然是一件已經製作完成的大紅嫁衣，料子明顯要比剛剛的那件好上幾倍，房嬤嬤接著道：「就是這件嫁衣和頭蓋，別的不要求妳，怎麼樣，能接嗎？」

溫月笑了笑。「當然能接，雖時間緊了些，但應該不會有什麼大問題。只是……」她有些為難地看著房嬤嬤。「只是不知道，貴府準備給我多少工錢呢？」

房嬤嬤從懷裡掏出一錠銀子放在桌上。「這是定錢，先付妳一半。只要妳按時完成，品質又是上等，我們家夫人向來都不會吝嗇，不但能付妳另一半的工錢，大概再多賞妳些也不足為奇。」

當在地裡幹活的方大川和趙氏聽到有人嚼舌根說他們家出事了，匆忙趕回來的時候，卻只看到溫月跟孫四嬸站在門口目送著一輛已經走遠了的馬車。見方大川他們回來了，孫四嬸也沒有多留，說了兩句話便離開了。

而當方大川與趙氏看到那家人留下的銀子和料子的時候，本以為他們會高興的溫月卻得到了方大川的反對。「月娘，咱們家現在也不是特別缺銀子，妳現在的身子要趕這樣的活兒，會不會太累了些？」

正在一邊拿著銀子感嘆不已的趙氏聽了，也有些擔憂地道：「也是，銀子再重要也趕不上妳肚子裡的孩子，妳可別逞強。」

「沒事的。」溫月安慰道。「其實我剛剛跟她們話也沒有說盡，哪用得上四個月啊，三個月的時間我就能繡好，你們不用擔心。」

「可是……」方大川還要反對。

溫月看著他道：「我知道你擔心我的身子吃不消，你放心吧，我不會逞強的。等到月分大了，你讓我繡我都不繡了，我那時得給咱們的孩子做衣服呢。」

趙氏把手裡的銀子放在桌上，有些戀戀不捨地道：「那行，妳自己看著辦吧，妳的身子妳最清楚。我要去地裡了，飯在哪兒呢？我給帶過去，妳娘還在那兒呢。」

直到晚上方大川從地裡回來，臉上的神情還是有些不大好看，溫月知道他這是擔心，可是她非要接下這買賣也是有原因的。趁著晚飯的時候，溫月決定把她心裡的想法說出來跟方大川他們商量。

第七章

「奶奶、娘、大川，其實我心裡一直有個事兒，想跟你們商量，你們看看成不成。」

「啥事？」趙氏開口問道。

溫月把手撫上小腹道：「我是想，咱們是不是應該把房子翻修一下，或者咱們跟周里正說說，選個地方蓋間房子，你們看怎麼樣？」

趙氏聽了，大吃一驚道：「妳怎想起這個了，這蓋間房子得花多少錢啊？為啥突然說房子的事？」

就知道趙氏會心疼錢，但溫月也不急，溫言溫語道：「奶奶，您看看，我肚子裡的小傢伙現在已經會動了，再過幾個月咱們就要見到他了。」

溫月一說起孩子，趙氏和李氏的心裡馬上軟成一片，目光也都同時落到了溫月的肚子上。

「奶奶，等孩子出生時天就已經冷了，但您看看咱們現在的房子，這樣的環境對大人來說沒什麼，可孩子能受得了嗎？所以我想著，趁著咱們手裡有錢，先把房子給蓋起來，這樣以後大人和孩子都不遭罪，您說呢？」

方大川點點頭道：「月娘說得是，奶奶，咱們就這麼定下吧。」

「可是……一起遷來的鄉親這麼多，就咱們家蓋新房，你們說會不會太扎眼了？我活到這個歲數，知道人不能太出挑，太出挑了就會有人眼紅，就會有人使壞。」趙氏心裡有顧慮，所以言語間不是很贊同。

溫月見趙氏反對得不是那麼厲害，心下一鬆，其實不論趙氏今天是答應還是不答應，在溫月的心裡這房子都是必須蓋的，她不可能在自己能力足夠的情況下，還不給孩子營造一個好的生活環境。

溫月湊近趙氏，柔聲勸說道：「奶奶，難道以後他們沒錢蓋房子，咱們家的房子就永遠不能蓋了嗎？對於那些心術不正的人來說，咱們不管是什麼時候蓋房子，他們都會眼紅嫉妒的，這事根本就避免不了。所以我還是覺得，咱們沒必要為了別人的眼光就影響了自己的生活，不然咱們這麼辛苦賺錢是為了什麼？」

趙氏木著臉沒有出聲，她也發現了，不管她怎麼反對，溫月總有一連串的理由來反駁她、說服她。問題是，若是不讓她放潑（注），她還真說不過溫月。她看著方大川眼裡的贊同，又看向小心觀察著自己神色的兒媳婦，終是嘆了口氣。「算了、算了，早就說過這家由你們來當，我不管了，你們自己看著辦吧。」

出了趙氏的屋子，方大川便主動扶著溫月，兩人在院子裡站了一會兒後，方大川道：「咱們現在的這處房子，位置並不是很好，其實我已經看好了一處地方，那裡挺平坦的，就是地勢有點高，不過後面又是山又是河的，離咱們這兒的田地也近，在那裡住倒是挺方便。」

溫月聽方大川說得頭頭是道，這分明是早就觀察過的啊，這麼說其實他也是早就有蓋房子的打算了，真沒想到他們兩個人竟然會想到一塊去。

「就是不知道買下那塊地要花多少錢，加上蓋房子的花費，這些我心裡沒底。」方大川說到這裡，臉上添了些難色。

「你是早就想過了？」溫月開口問道。

方大川綻開笑臉，對溫月道：「是啊，打從知道妳肚裡有了孩子，我就想過了，我那時算著，妳生孩子的時候也快要入冬了，就咱家這房子，孩子哪受得住？只是咱們手裡的銀錢也不多，所以我一直在猶豫著，沒敢跟妳說，也是怕妳跟著上火。」

溫月點上油燈，笑著看向方大川道：「我本來還以為你會跟奶奶一樣反對呢。」

「怎麼會？」方大川將炕上的薄被墊在溫月的背後，讓她舒服地靠在牆上。「都是我沒本事，不能讓你們過上好日子。」

「誰說的！」溫月反駁道。「要不是有你獵熊得的那些錢，讓我心裡有底，我又哪敢說蓋房子的事，你可是咱們家的頂梁柱，可不能輕易地否定自己。那可是頭熊啊，哪裡是什麼人可以輕易獵到的。」

注：放潑，即撒潑，耍賴。

溫月想到那天方大川費力扛回來的那頭熊，忍不住讚嘆。哪知道方大川聽了，臉上卻是一紅，表情也變得不大自然。「那根本就是僥倖，妳也看到了，我這些日子天天在山上下套子，可卻連個野兔毛都沒套到。」

自從方大川那天說要多上山下套子，給家裡改善一下生活條件後，他一連幾天都是一大清早的就去山裡忙和，結果直到今天，他下的套子還好好地放在那裡，一點變化都沒有。所以這些天，他自己也開始有些鬱悶了。

「哪那麼容易？這些日子山上全是摘野菜的人，那野雞、兔子的，早就不知道趴哪兒躲著去了，家裡還有肉，也不急這一時。」溫月看他垮下的臉安慰道，可事實上她也覺得挺好笑的。

聽了溫月的話，方大川這心裡就像是一塊大石頭落了地，他這些日子一直對沒收穫這事感到不安，自從知道溫月刺繡能賺這麼多錢後，他沒有壓力那是假的。作為一個男人，要是全靠媳婦的收入過上好日子，那跟吃軟飯有什麼區別，所以他這心裡卯足了勁想要為家裡再多做點事情，可偏偏老天也不幫他。

幸好他媳婦沒有瞧不起他的意思，不然他這張臉可是真的沒處放了。不行，自己得找個時間再去山上掏個陷阱才行，除了種地，他也就這點本事了，就不信他的運氣會一直這麼不好！

「大川，不如你明天帶我去你看的那個地方瞧瞧吧，如果合適，咱們就去跟周里正說說。有我今天收的定錢，加上存的那些銀子，買地加蓋房子，怎麼也夠了，你說呢？」溫月一心想著房子的事，也沒看到方大川臉上不停變化的表情。

「成，明天就去。」

當溫月被方大川帶到那個他所講的地方時，頓時覺得眼前一亮，這裡真的如方大川所說，是個極好的地點。更讓溫月高興的是，就在這塊空地的邊上，竟然還有幾棵果樹，興奮的溫月指著這處空地開始對方大川說起她的想法來，哪裡蓋房，哪裡圍牆，哪裡鋪一條石板路。

方大川見溫月高興，他的心情也跟著好起來，將溫月送回家後，他便一個人去了周里正家裡。

趙氏和李氏今天沒有下地，一起和溫月在家中焦急地等待著方大川，當方大川回來說了周家村的規矩時，讓溫月她們大吃一驚。

「大川啊，你沒聽錯嗎？那塊地真的不要錢？」趙氏不敢確定地追問道。

方大川點點頭。「是的，周里正說了，周家村裡只要是宅地都是不要錢的。只是有一點，建新宅子後，老宅子就歸周家村所有了，要是還想要老宅子，就要花錢來買。」

趙氏聽了，臉上的喜色全都退了去，她一臉不滿地道：「這不是一樣嗎？不過是重新換了個地方，還倒搭了個房子。怪不得咱們到了這周家村，就能分到房子呢。」

溫月不大明白周家村為什麼會有這樣的規矩，不過就像趙氏所說，這一裡一外的，等於也是收了地錢，也增加了村裡的財產。算了，管他呢，反正這處房子是他們分來的，根本就沒有留下的必要，還了就還了。

方大川見屋裡的幾人都不出聲，便喝了口水後接著道：「還有件事，周里正說，新房的大小不能大於這舊房的大小，就是房子加院子，如果有超出，是要收錢的。」

「要收多少？」溫月問道。他們看的那處地方，要比現在的房子大上許多，要是錢多的話，那她想要的房子可就蓋不成了。

「不多。」方大川搖搖頭道：「一畝地一兩銀子，咱們那個地方，也就多個幾分地而已。」

溫月這才放心地點點頭，然後高興地對方大川道：「那咱們就買下吧，大川，等到六月你就找人把房子蓋上，冬天前咱們就能住進新家了。」

新來戶方家要買地蓋房啦！

這個消息像是疾風一樣瞬間颳過了整個周家村，一時間各種打探、各種指點相繼而來，無數的小道消息也在人們之間迅速傳遞著，即使趙氏和李氏說家裡蓋房的錢是來自於溫月的刺繡活，可是村裡的人又哪裡肯信？

更多的人寧可相信，是方大川他們這些被官府強迫遷徙的人，分得了大量的補償金，一時間周家村的坐地戶都紛紛羨慕起這些遠走異鄉的人來。

對於外面的那些流言，溫月卻是充耳不聞，此時的她正抓緊時間繡著朱家的嫁衣。繡活是極傷眼睛的，因為害怕近視，所以她平時只在白日裡繡，晚上不動一針一線。

至於蓋房子的事情，全都落在了方大川的身上，也正因為如此，讓溫月發現方大川的學習能力很是驚人，他竟然也學會了砍價，每每談起價錢來毫不手軟。

終於，當方大川將蓋房的材料都買好，人也找好後，溫月才拿出她畫的圖紙，細細地跟方大川解釋起前世北方平房的炕廚結構。溫月只在前世見過，所以說的也不過是個照葫蘆畫瓢，她好不容易將這樣的結構描述完，再抬頭看向方大川時，後者卻怔怔地看著她，讓她心裡直打鼓。「是不是我沒說明白？」

「不是。」方大川興奮地說道：「月娘，妳真是太聰明了，妳是怎麼想到的？」

「從前聽我爹說過的，不過大川，你聽懂了嗎？」溫月見方大川這樣說，為了確認又追問了一遍。

方大川點頭道：「當然，咱們的新家就按妳說的蓋。我從前只覺得岳丈跟我爹一樣，只會死讀書，沒想到他對這方面也有涉獵，真是太了不起了。」

自從開始蓋新房後，方大川就更忙了，每天早出晚歸，忙著新房和地裡的活計。溫月看著平日裡不洗腳就不肯上炕的方大川，現在卻是累得連鞋都不脫，沾著炕就能睡著，溫月突然覺得她要蓋房子的事還是有些思慮不周了，應該在農閒的時候啊，唉！

眼看著玉米已經竄得有半個人高，地裡的豆角、黃瓜已經可以入菜，溫月的肚子也比從前又大了一圈的時候，方家的新房總算上梁了。上梁這天，溫月一家都早早地起床準備起今天的上梁宴席。

帶著兩個媳婦來幹活的孫四嬸，羨慕地對趙氏說道：「老嬸子啊，妳可真是有福氣，才剛來就蓋這麼大的房子，你們家可是頭一戶啊。」

趙氏本就怕有人眼紅，這些日子她是沒少聽村裡面的閒言碎語，也有一些一起遷過來的人對他們家不滿，意思是幹什麼出這風頭，幹這扎眼的事。但凡有這樣的風聲傳到她的耳朵裡，她就拿出那股天王老子在、老娘不怕的氣勢，掐著腰大罵，什麼紅眼病啊、壞心眼啊，見不得別人過得好啊這樣的話，一股腦兒地全往外罵。直罵得再也沒有人敢在她跟前說這酸話，她才像打了勝仗一樣，得意洋洋地離去，只是每每到了這個時候，溫月就少不得又要被她數落一下，埋怨溫月沒事找事。

鑑於趙氏慓悍的戰鬥力給她省了不少口舌上的麻煩，再加上趙氏嘴上痛快了，心裡的氣也發了出去，沒了憋壞身體的危險，所以溫月也從不生氣，反而是哄著趙氏讓她在外面越戰越勇。

可別看她在外虛張聲勢，在心裡她到底還是有些不托底（注），一天多半時間都在新房那裡轉悠，生怕有人暗中使壞。想到她這些天操心得上了火，趙氏這一肚子的牢騷就對著孫四嬸吐了出來。

孫四嬸聽了，不以為意地勸道：「嬸子，我說妳就是想太多了，這眼紅病的，哪朝哪代沒有？我看大川媳婦說得對，咱還能因為怕飯裡有沙子就不吃米了？那是大川媳婦有能耐，是你們家裡的福氣，就叫他們眼紅去，氣死他們，咱樂呵呵地過日子唄。」

趙氏聽了並沒有接話，可是臉上的表情明擺著孫四嬸的安慰根本沒有起作用，半晌後，她把鍋裡的豆角盛到盤子上，說道：「但願吧，唉！」

這頓上梁宴，方大川請了周里正以及村裡的幾個長輩，又叫上了蓋房時來幫忙的一些關係不錯的人家，雖然菜色並不是很豐盛，但方家每樣菜裡那足足的油水還是讓一群人吃得直吧唧嘴，聽得在屋裡的溫月一個勁兒地皺眉。

她這時萬分慶幸方大川一家人從沒有這些不雅的壞習慣，不然她怕是要費上一番心思為他們糾正了，到時少不得又是一場沒有硝煙的戰爭。

眼看著酒過三巡，菜過五味，幾桌上的盤子幾乎都已經見了底，前來吃上梁宴的人這才有些依依不捨地道了別。院子裡的人都走得差不多了，周里正紅著臉，讚賞地拍了拍方大川的肩膀道：「大川啊，你們家啊，行！」

看著已經喝得有些迷糊的周里正，方大川只能攙著他往外走，準備將他送回家去，廚房裡的趙氏看著空空如也的鍋底，再看了看這些人帶來的禮物，撇了撇嘴對李氏說道：「一群

注，托底，有底，有依託。

沒臉皮的，大蔥也好意思拿來隨禮，怎麼不割把韭菜來？」

李氏在一旁不敢出聲，溫月聽趙氏說得逗趣，噗哧一聲笑了出來。趙氏見溫月還有心思笑，心裡更是生氣。「笑，妳還笑得出來啊？我就說少準備點，不用給他們弄好的，妳非不聽，一兩銀子砸下去，連一百文的東西都沒收回來。給里正肉我是不心疼，可是給這些黑心肝的吃，我這真是不舒服啊。」

「奶奶，您瞧您，左右也沒花多少錢，東西都是自家地裡的，您就不要生氣了，這不也是為了給咱們家賺個好名聲嗎？」溫月笑著安慰道。

趙氏聽了，哼了一聲。「反正我說不過妳，全是妳的理，我出去看看那幫子人都散了沒，是不是想把咱家裡的盤子都給舔乾淨！」說完，她風風火火地走出去了。

雖說村裡人吃得有些多，趙氏很是心疼，但那也不能與即將住上寬敞新房的高興勁頭相比。所以，趙氏嘴上一直說生氣，但心裡其實還真是美滋滋的。不過誰能想到，就是這樣的一個大好日子，竟也會有大殺風景的人出現呢？

趙氏的大哥一家，竟然也到了周家村落腳。

溫月與方大川平躺在炕上，她還沒有從趙氏她大哥一家帶來的震撼中走出來，那家人真的是讓她大開了眼界，頭一次清楚地明白了「不要臉」這個詞，指的到底是什麼。

那家人自從發現了趙氏，就一改剛來時的落魄模樣，不需人客氣地坐在了只剩殘羹剩飯的桌上，過沒多久，幾桌子的剩菜剩飯就被他們掃了個乾淨。

也許是吃飽喝足的原因，趙氏的大哥又使了派頭，指使著趙氏與大川做這做那，好在趙氏不是那包子（注）娘娘，全都給他撅了回去，才讓他們一家消停了下來。

一想到趙氏那會兒如臨大敵的表情，溫月就忍不住笑了出來，方大川側頭看著溫月，問道：「怎麼了？」

溫月搖搖頭。「沒，就是想到奶奶剛剛的樣子，我還是頭一次看到奶奶這麼嚴肅呢，看來舅爺一家真的不大好相處。」

方大川又把頭轉了回去，盯著低矮的房頂道：「我打小就沒聽奶奶提起過他們一家，倒是偶爾從父親嘴裡聽說過，好像是爺爺剛沒那會兒，家裡日子不好過，奶奶去找舅爺求助過，結果舅爺一家將奶奶轟出來了。

「後來，爹他要去參加考試沒銀子，奶奶又厚著臉皮去借了一次，可是舅爺一家只給了十文錢，所以奶奶從此就跟舅爺一家不再來往了。但誰能想到，竟然又會在這裡見上面呢？不管了，要怎麼待他們一家，咱們就按奶奶的意思來吧，反正今兒這第一面，我是極不喜的。」

「我也不喜歡，放心吧，想從我和奶奶手裡討便宜，可不是那麼容易的事呢。睡吧，今天都累了。」溫月喃喃說道。

注：包子，網路用語，指窩囊廢，一味退讓、懦弱的人。

相對於方大川他們那批人被安排在村南邊，趙氏大哥趙滿倉他們一家則被安排在村子的最北處，可見周里正自是心中有數。

自趙滿倉一家人從方大川家裡出來到了這兒之後，就全都皺著臉看著這滿是灰塵且破敗不堪的房子，從白天看到黑夜，竟然沒有一個人主動動手打掃。直到天已經黑得看不見，趙滿倉才發話道：「行了，都累了幾天了，早早歇著吧，有什麼事明天再說。」

躺在冰涼的炕上，張翠芬開口道：「老頭子，我原來還覺得官家補給咱們的銀子挺多的，可現在看也真沒有多少，這怕是存不住了。」

「怎麼存不住？」趙滿倉眼睛一瞪。「妳個傻娘兒們，不是有春梅在嗎？最近少什麼都去跟她要。」

張翠芬皺了下眉，有些為難道：「可是我看你妹子對咱們挺怨氣的，她會幫咱們？」

趙滿倉兩眼一閉，哼哼幾聲道：「她敢不幫？從小到大，我說的話她不敢不聽，我的拳頭就能嚇死她。睡覺吧，明兒個咱們都去他們家吃飯去。」

「可周里正已經把米糧和柴禾都送來了，明兒咱們用啥理由過去蹭飯啊？」張翠芬看著已經閉上眼睛的趙滿倉，小聲嘟囔著。

「妳這死老娘兒們！」趙滿倉猛地坐起身，瞪著眼睛看向張翠芬，罵道：「妳讓不讓人睡了，當哥哥的去妹子家吃幾頓飯能怎地？找什麼理由？我是她哥就是最好的理由。」

看張翠芬還想說話，他伸手推了她一把，怒道：「妳睡不睡?!不睡我睡！別來煩我啊，我再聽妳出一點聲音，老子我削妳！」

張翠芬見趙滿倉生氣了，沒敢再言語，老老實實地和衣躺在趙滿倉的身邊。

趙滿倉夜裡謀劃得很好，可是他卻沒有想到，他這一家子懶人竟然全都一覺到了大天亮，眼看著日頭快要昇到正中了，他們家裡才算是出了動靜。孩子的哭聲、男人的叫罵聲一下子讓這個家裡喧鬧了起來。

第八章

肖二鳳看著餓得直哭的孫子，生氣地罵著兩個兒媳婦。「妳們兩個懶婆娘，都是死人啊，不知道早點起來給孩子弄吃的？看看孩子都餓成什麼樣了？還不快做飯！」

肖氏的兩個兒媳婦妳看看我，我看看妳，卻都不願意先動一步。趙滿倉在一旁把沾滿了泥巴的鞋子往牆上磕了磕，已經乾掉的黃土塊應聲而落。「做什麼做，都跟我上你們姑姑家吃飯去。」

一聽說不用做飯，而且還能去吃現成的，一早上就打蔫的趙家人立時來了精神，也不管亂糟的頭髮和沾著眼屎的眼角，一個個眉開眼笑地跟著趙滿倉往方大川家去。哪知道等他們到了方大川家的時候，竟然是鐵將軍鎖門，方家根本就沒人在。

肖二鳳回頭看向趙滿倉問：「爹，你說是不是姑姑不想咱們過來，所以把門鎖上了？」

「她敢？」趙滿倉跳腳道：「我們再等等！」

一家人在炙熱的太陽下等了半天，卻連趙氏的一根髮絲都沒看到，上前敲門也無人應，又累又餓又熱之下，抱著占便宜心態來的趙滿倉一家又灰溜溜地離開了。

回到家裡只吃了點粥的趙滿倉越想越生氣，真是有年頭不見了，趙春梅她怕是忘了自己的厲害。怎麼想都覺得不甘心的趙滿倉在飽飽的睡了個午覺後，又趿著鞋，帶上一家子人往方家奔了去。

而此時的溫月還不知麻煩即將上門，她正在屋裡對著已經繡好的大紅嫁衣暗自欣賞呢，總覺得她的手藝似是比前世進步了許多，她小心地把衣服拿在身上比量了幾下，似乎並不比那西式婚紗效果要差啊。這若是在前世，穿上這樣好料子、好繡工的嫁衣，肯定也能轟動一下。

她正在屋裡臭美呢，就聽到自家的大門被人粗魯地拍響，她小心地把衣服掛好，來到院裡隔著院門問道：「是誰？」

「是我，妳舅爺，快給我開門。」

溫月眉頭微蹙，怎麼會是他們？這個時候來幹什麼？她小心地從門縫向外看去，竟是一家子全都聚在了外面。

不能開門，這是溫月腦中的第一個想法。光從昨日裡這些人的表現看來，就知道不是什麼可以放心的人物。她實在是怕等這些人進門後，她一個孕婦沒辦法控制場面。

「姪兒媳婦啊，我是妳表伯母，妳快開門啊。」門外，肖二鳳擦了把臉上的汗，繼續拍門道。

溫月沒出聲，悄悄地又回到了屋裡，任由外面趙滿倉他們將門拍得咚咚作響。

當天慢慢暗下去的時候，輪流上前拍門的趙家人手都已經疼到不行，眼看著趙滿倉也想要放棄，方大川幾人的身影終於出現在他們的視線裡。

遠遠的，方大川就看到自家門前聚著一群人，心中一慌的他忙交代了一聲就急匆匆地走了過來，等走近了才看清竟然是趙滿倉一家人堵在門口，他不由得沈聲問道：「舅爺，你們這是幹什麼？」

趙滿倉十分不屑地對方大川冷哼一聲，似乎是根本就不想同方大川說話。一邊的張翠芬非常能理解趙滿倉的意圖，她用力地將方大川頂到一邊，迎向走在後面的趙氏，說道：「哎喲，春梅啊，妳可是回來啦，咱們快要被妳那孫媳婦欺負死了！」

趙氏避開了張翠芬伸過來的雙手，看著趙滿倉問道：「大哥，你來可是有事？」

「沒事就不能來了？我可真沒想到了，妳家這門還挺難進的，我中午來妳家沒人，下午來，有人不開門。怎麼，幾年不見，妳還長了一身嫌貧愛富的脾氣了？」趙滿倉毫不客氣地數落著趙氏，一點都不顧及她的面子。

從小到大都是這樣，就因為他趙滿倉有著一張能說會道的嘴，又是男丁，自己那偏心眼的爹娘就什麼事都依著他的心意來。每每他做錯的事情都會賴到她身上，要不就顛倒黑白在爹娘跟前胡說一氣，她從小沒少因為趙滿倉被打得全身是傷，餓肚子也是常有的事。

可她偏生就是一張悶葫蘆的嘴，就算是活到了這把年紀也只會用撒潑和吵架來維護她的利益，可是真正咬理的話她卻是一句都說不出來。新仇舊恨加在一起，趙氏偏生說不出反擊的話，想要開口罵又怕被人笑了去，這股窩囊氣讓她布滿褶皺的臉上脹得通紅。

就在這時，方家的大門嘎吱一聲被推開了，從裡面走出的溫月笑著迎向了趙氏和李氏。

她輕輕拍了拍趙氏那如枯枝一樣的雙手，轉頭看著趙滿倉道：「舅爺您真是誇讚了，您身上的這個優點啊，我奶奶還真是沒學到。我也常說呢，都是一個娘胎裡出來的，我奶奶怎麼就跟您差距這麼大？」

趙氏一聽到溫月的話，心裡樂開了花，雖說自己的兒媳婦也是個笨嘴巴，但這孫媳婦啊……看著趙滿倉那被噎得赤紅的老臉，她是怎麼看怎麼痛快。她拉著溫月的手，也覺得似乎能說點什麼噎趙滿倉幾句，於是她想了想，道：「不是好習慣，不學也罷，不學也罷。」

溫月暗中對著趙氏翹起大拇指，又對著方大川挑了挑眉，惹得方大川也笑出聲來。

溫月雖沒指望這點小小的擠兌能讓趙滿倉他們離開，可她也沒料到趙滿倉竟然會伸腳踢開門，自己徑直進了她家的院子。

而他身後的趙家人也一窩蜂地跟了進去，反而將這房子的主人們扔在了身後，看著這情景，李氏小聲地在身後說道：「娘，他們這是？」

「妳不用管，一會兒不管他們說什麼，妳只當自己是啞巴。月娥啊，一會兒妳得幫著奶奶，說什麼也不能讓他們占了便宜去。」說完，趙氏頭一個邁步進了院子，看著趙氏雄赳赳、氣昂昂似要上戰場的架勢，溫月與方大川對看一眼，彼此會心而笑。

溫月攙著李氏慢慢進了趙氏的屋子，小小的房間已經被他們這一大家子人占滿，看著站在那兒無處可坐的孫媳婦們，張翠芬埋怨著開口道：「我說春梅啊，你們怎麼也不多打幾張凳子啊？」

趙滿倉自看到屋內的環境後，心裡也有些難過，但他倒不是為了趙氏一家生存艱難，而是因為方大川家裡這麼窮，他們以後可怎麼上門打秋風？來了也吃不到啥啊！

「別兜圈子了，你們來找我究竟為了啥事，痛快說吧。」趙氏才不想跟他們一家多說話，直接斷了他們想要繼續套近乎的念頭。

溫月見趙氏不是個會輕易吃虧的，也就沒有多擔心，反而是拍了拍一邊木頭似的李氏，小聲道：「娘，我要去茅房，妳陪我吧。」

待溫月跟著李氏從後院的茅房回到前院的時候，卻看到趙土根與趙土地的大兒子趙大牛從她的房門口一閃而過，兩人鬼鬼祟祟，手裡好像還拿了什麼東西。溫月心裡一驚，莫不是他們進了她的屋子？

因為是在自己家，她也沒有將房門上鎖，便心急地對著李氏道：「娘，我們快進屋看看。」

李氏見溫月臉色都變了，邊快走邊安慰道：「不要著急，也許他們只是來院子裡玩會兒。」

可當兩人推開屋門後，溫月和李氏便傻了眼，雖說屋內沒有什麼太大的變化，可是溫月炕桌上那方大川給她買來解饞的杏脯已經被人一掃而空，疊在炕尾的被子也有明顯被翻動的痕跡。溫月忙打開一直鎖著的木箱，手伸到最裡面取出一個小銀袋，看到裡面的錢都還在時，這才鬆了一口氣。

損失點吃的倒無所謂，好不容易存的錢沒被拿走就好，可就在她心裡慶幸的時候，卻突然聽到李氏驚慌失措的聲音。「月娥、月娥，妳看，這、這……」

溫月隨著她手指的方向看去，臉上瞬時一白，那因為怕綴而一直掛在牆角的大紅嫁衣上，有一道明顯的抽線，料子刮絲了！

溫月氣得全身發抖，也管不了一邊快要哭出來的李氏，隻身到了趙氏屋裡。她指著還低頭在那裡偷笑的趙土根問道：「你們剛剛進我屋裡幹什麼了？」

溫月的話讓屋裡正在僵持的人都是一愣，方大川忙來到溫月的身邊問道：「月娘，怎麼了？」

「大川……」溫月看著方大川，想到那件破了的嫁衣，難受得說不出話來。

這時李氏走進來，對著趙氏道：「娘，怎麼辦？他們把月娥給人家繡的衣服給弄破了。」

「啥？」坐在炕沿的趙氏一聽，一下子從炕上蹦了下來，幾步跑了出去，不一會兒又沈著臉、背著雙手走了進來。等到走近趙土根的時候，她突然從背後抄出一根木棒，對著趙土根揮了過去，趙土根嚇得往邊上一躲，那一棒子就打在了他的右肩上。

「小兔崽子，你個挨千刀的東西，你可是喪盡天良了，你這是想讓我們一家人都去死啊，小王八羔子，你一點好的都沒學啊，跟你那爺爺一個貨色！」趙氏是真急了，夾著哭聲，瘋了似的往趙土根身上邊打邊罵著。

趙土根「嗷」地慘叫一聲，就往趙滿倉的身後躲去，已經被趙氏這突然之舉弄得有些發愣的趙家人都沒能立即醒過神來，只傻傻地看著趙土根推著趙滿倉當人肉盾牌，還硬生生地被趙氏打了好幾下。

趙滿倉邊伸出胳膊攔著，邊叫道：「趙春梅，妳是瘋了還怎了？妳住手，住手，有話好好說！」

可不論他怎麼叫，趙氏卻像沒聽見一樣，不停地打向他們，口中叫罵不停。很快的，趙滿倉跟趙土根就被趙氏逼到了牆角，再無反抗之力的趙滿倉發出殺豬一般的嚎叫。「你們幾個死人啊，就看著我被人打，快上來搭把手啊！」

趙滿倉痛苦的叫喊聲終於讓趙土地和趙土石兩人最先反應過來，他們兩個連忙上前要去拉住正在發瘋的趙氏，而一直在一邊注意著的方大川又哪能讓趙氏吃虧？他先將溫月扶坐到炕上，接著三步併作兩步就拉住了趙土地兩兄弟，雙手抱胸，冷冷地看著他們。

趙氏直打得身上再沒有一絲力氣，才恨恨地將棍子杵在地上，支撐著她的身體，嘴裡仍不甘心地罵著。

誰想到趙土根在看到趙氏沒力之後，竟然躲到肖二鳳的身後，朝著趙氏討醫藥費，說他被趙氏打殘了，一定要趙氏賠。

趙氏被他的無恥氣得全身哆嗦，而方大川絲毫不客氣地從肖二鳳身後又把他拎了出來，又是一頓痛揍。

肖二鳳見兒子被打得那麼慘，急道：「姑姑，不過就是件嫁衣，妳幹啥跟孩子計較呢？還打傷了自己的大哥，再說，孩子都說了，不是他幹的呀！」

「不是他幹的是誰幹的?!不過就是件衣服？妳知道那是什麼嫁衣嗎？就那衣服，把咱們所有人的命全搭上也賠不起！那可是官老爺家的夫人要穿的啊！天殺的，我怎麼就遇上你們這麼門親戚了啊，這剛過上的兩天好日子，怎就到了頭呢？過幾天人家來要東西，咱們可怎麼交代？這不是逼著人死嗎？我到底是造了什麼孽啊，遇上了你們這些混帳東西啊……」

此時的趙氏真覺得天要塌下來了，那樣貴重的料子，怎麼可能是他們賠得起的？再說耽誤了富貴人家的嫁娶，他們有幾條命都不夠賠的啊！本想著這日子眼看著就能好些了，誰知道又遇上了這麼一檔子事啊，老天啊，祢怎就不給人活路啊?!

越想越傷心的趙氏坐在那裡嗚嗚哭了起來，她也知道如今說什麼都晚了，就是殺了他們也於事無補。

面對這種情況，傻子也知道事情不好，要不是真急了，趙氏怎麼會對他動手？遇到攤上官司的大事，無恥加自私的人會選擇做什麼？腳底抹油當然是最好的選擇。

當一場鬧劇結束後，趙氏頹然地坐在地上，喃喃自語。「都是我不好，給家裡招了這樣的禍，往後的日子，可怎麼辦啊……」

溫月穿越到現在，何曾見過這樣頹廢的趙氏？即使在穿越之初，以為方大川已經不在人世的時候，趙氏也沒有像現在這樣眼裡沒了光亮，這也是第一次，溫月從她的眼角看到了淚水。

鬧成這個樣子，一家人做什麼都沒了心情，溫月滿懷心事地回到屋裡，拿著油燈照在那塊被扯了絲的地方，面色不明。

好半天等溫月回過頭時，卻看到方大川正在低頭收拾著包袱。「你在幹什麼？」溫月不解地問道。

「給妳收拾東西。」方大川手上不停，又將家中所有的銀錢拿了出來，一併塞在了包袱裡，仔細思量了下，確定沒有遺落的東西後，這才將包袱繫好，放在了炕桌上。

他轉身又將溫月扶坐在炕上，拉著她的手放在隆起的小腹上，說道：「對不起，月娘，我一直以為咱們可以過上安定的生活，可是卻沒想到會出了這樣的事情。是我沒用，嫁給我這樣的男人，委屈了妳。

「我想了想，還是決定讓妳帶著娘和奶奶一起逃吧，這裡有我頂著，等到他們來拿衣服的時候，妳們應該已經走很遠了。雖是無奈之舉，可到底讓妳跟孩子又吃苦了，月娘，對不起，因為我沒用，要讓妳擔起照顧家人的重任了。」

他的視線落在了溫月的小腹上，臉上的愧疚與滿滿的不捨看在溫月眼中是無比酸楚。這個男人現在怕是很難過吧，才開始憧憬著未來的美好生活時，現實卻又狠狠地給了他重重的打擊，以至於無法可想的他為了承擔責任與護住家人，想出了這樣一條最無奈的路。現在的他心裡定是自責不已，不然他為什麼總說他無能呢？

溫月安撫地對他笑了笑道：「說什麼傻話呢，我不會走的，咱們是一家人，怎麼能做出大難臨頭各自飛的事情？再說，讓我這樣一個大肚子的婦人跟著兩個上了年紀的女人一起逃難，你就不怕我們路上出了點什麼事？你真能放心得下嗎？」

感覺到方大川因為她的話而緊張得全身繃緊，溫月將另一隻手覆在了他們緊緊交握的手上。「所以，你不要想這些了，我剛剛又仔細看了看，應該還可以補救。」

「真的？」

溫月重重地點頭，肯定地道：「真的，我可是很厲害的繡娘呢！所以，不要這副愁眉苦臉的樣子了，笑一個嘛。」

方大川看著溫月，最終沒能笑出來，只是如釋重負地將溫月輕擁進懷裡。「月娘，謝謝妳。」

第二天一大早，趙氏就敲響溫月他們的房門，也不用方大川他們開口問，自己就先說了出來。「我想了又想，這事怎麼樣咱們都沒辦法善了，所以，大川，你帶著你娘和媳婦快走吧，這裡我來擋著。趕快收拾收拾，都快走。」

李氏在一邊抹著眼淚道：「娘，我都說了我不走，我跟妳在一起，讓孩子們走吧。」

「哭什麼哭，生怕別人聽不見還是怎麼的？這是什麼臉上有光的事啊？我趙春梅活了一輩子，雖然窮，可我就沒做過一件虧心事，老了卻沾上這麼個事，咱這不也是沒法子嗎？走吧、走吧，你們好好的就比啥都強。」趙氏催促著道。

看著一夜之間又蒼老了許多的趙氏，溫月暗中自責，昨天夜裡她應該在想到辦法後去趙氏那裡說一聲的，早早的讓老太太安心，唉，這事是她疏忽了。

她將有些慌亂的趙氏扶進屋裡，這才將她昨天想到的辦法對趙氏和李氏說了一遍，趙氏聽完後，有些猶疑地問道：「月娥啊，妳這主意行嗎？當初不是說，要按照人家給的樣子繡嗎？」

其實溫月心裡也不大有把握，她若是在這嫁衣上加些圖案能不能得到朱家的認可，可是面對一臉擔憂的趙氏跟李氏，溫月還是儘量做出無事的表情，安慰她們道：「奶奶，沒事的，我可以把這圖案繡得更加喜慶吉祥，他們怎麼會不喜歡呢？左右不都是為了圖個好兆頭和面上有光嗎？您就放心吧。」

趙氏聽溫月說得斬釘截鐵，已經失了主意的她不禁相信了這番說詞，吁出了一口氣，拉著溫月的手道：「月娥啊，為了咱們這個家，又要累到妳了。」

溫月笑著拍拍趙氏的手，其實她還要謝謝他們呢，因為他們，她才能感受到家庭的溫暖啊。

將趙氏和李氏送出門後，溫月看著臉上擔憂的方大川，笑道：「真的沒事，你看看你，輕鬆些吧，你這樣鬧得我也跟著緊張呢。」

究竟是死馬當活馬醫，還是做著最後的掙扎，溫月總是要試上一試的。在這個出門幾乎靠雙腿的年代，就算真的要逃跑，她們三個婦孺又能跑到哪裡去？估計沒走多遠，就會被人給抓回來吧，再加上古代人口本就不易流動，有哪個地方突然多了三個婦人，還不會引起別人的注意呢？

為今之計也只能按著她所想，在那抽絲的地方加個圖案了，所幸這嫁衣上那鳳凰頭部微揚，作展翅飛行狀，於是溫月決定在鳳嘴處添上一朵石榴花，再加上幾朵花瓣掩蓋在那抽絲的位置上。

石榴寓意多子多福，這樣也不會顯得過於突兀，希望能得到朱家的喜歡……只可惜她省下來的上等金絲線了，她還想著用在以後的繡品上，興許可以賣個好價錢呢。

溫月這邊已經有了眉目，那趙滿倉家裡卻還是一團漿糊，趙滿倉是越想越生氣，非要來找趙氏問個明白。

肖二鳳見公公這麼衝動，忙攔著道：「爹，依我看，您還是別急著去找姑姑說理，咱還是出門打聽看看是怎麼回事，等心中有數了再作決定，否則萬一真是姑姑說的那樣，咱們還不知道深淺地鑽裡面去跟著他們一起受罪，那可就太不值得了，怎麼說那衣服也跟咱們沒啥關係，您說是不？」

趙滿倉聽了，滿意地點點頭，一臉欣慰地道：「咱們家啊，就數妳最精明了，妳說得對，咱就去打聽打聽，看看有沒有人知道是怎麼回事。」

第九章

因為時間緊迫，溫月幾乎是從早到晚針不離手，這讓大著肚子的她著實是受了些罪。方大川這些日子也總是緊鎖著眉頭，每每與溫月對視的時候，眼裡總有那揮之不去的自責，她知道方大川心裡的坎難邁，但若安慰他，也只會讓他更加自責。

而自從那日出了事後，趙滿倉一家人竟再也沒有出現在他們的視線裡，這讓依舊一肚子火氣的趙氏無處發洩，想要上門去找，又怕事情鬧大了讓有心人聽到，傳到朱家反而更糟。就在這種顧慮之下，趙氏硬生生地壓下了她的火爆脾氣，只等著朱家拿了衣服後，她定要上門鬧上一番才甘心。

她又哪裡知道，趙家人早就悄悄打聽好了，在得知溫月真的是給一個有錢人家繡嫁衣後，他們的心情就像天塌下來一樣。每日裡都戰戰兢兢的，生怕受到牽連。

就在方家的房子蓋好的時候，溫月手中的嫁衣也終於完成了，看著溫月繡好的嫁衣，趙氏和李氏連連讚嘆地點頭，趙氏也將提到嗓子眼的心放下了。「這樣子比最初那樣好看太多了，這鳳凰跟活過來似的，這花也好看，朱家應該會滿意吧？」

雖然他們都覺得這衣服繡得漂亮，可是誰也不敢保證朱家過幾天來拿的時候會滿意，所以即使新房已經蓋好，溫月一家人的心裡仍是沒有多少的歡喜。連一向最有主意的趙氏，也是滿心的忐忑，總是時不時地問著最沒主意的李氏，朱家會不會高興。

能做的都已經做了，剩下的就是等著人家鑑定了，這種焦慮等待的過程並不好過，三、五天的時間有如一年那樣的漫長，在趙氏第無數次坐在窗口向外看去時，李氏也終於說出了大家的心聲。「娘，這樣吊著可真難受，還不如今天下午朱家就來人呢，是死是活的，至少心裡踏實。」

心情煩躁的趙氏在聽到李氏話裡的喪氣後，不悅地道：「妳又滿嘴胡說什麼？怎麼就不會滿意了？還有，什麼叫是死是活啊？月娥她累了那麼些日子，繡出來這麼漂亮的嫁衣，難道朱家人眼瞎啊，不知道啥是好是壞？整日裡就會讓人洩氣，不能說點好聽的嗎？」

「我錯了，娘。」李氏見趙氏又生氣了，也覺得自己話說得不恰當，急忙道歉。

趙氏朝她翻了個白眼。「妳說妳，離了我可怎辦啊？幹啥都不行，嘴又笨，虧妳有個好媳婦，不然妳可讓我怎麼放心去地下找妳公公啊！」

趙氏的話讓李氏羞臊得紅了臉，她結結巴巴地道：「娘，您、您別這麼說啊，您會長命百歲的。」

「唉！妳啊，叫我說什麼好啊！」最終，趙氏也只是無奈地搖了搖頭。

等待的日子即使再漫長也是有盡頭的，在一個悶熱的上午，方家的門前終於迎來了朱府的馬車。這一次來的，不只有前次登門的房嬤嬤，更有一個比她年輕且滿身貴氣的夫人，溫月見房嬤嬤那小心伺候的樣子，便猜到此人應該就是朱府的夫人了。

在朱夫人驗收衣服的時候，溫月屏氣凝神，心都提到了嗓子眼，生怕會聽到她否定的答案，好在那種灼心的焦慮並沒有持續多長時間，朱夫人的點頭讓她長長地鬆了口氣。

直到目送朱府的馬車離去，溫月才回過頭看著站在院內的趙氏與方大川，高高地舉起手中的那一大錠銀子，在經陽光折射後閃耀的光芒裡，看著同樣如釋重負的趙氏幾人露出燦爛的笑容。

在這場突如其來的禍事跟前，他們沒有相互指責、埋怨，而是努力地想要犧牲自己保護家人，這樣的不離不棄與犧牲，讓前世一直缺少親情溫暖的溫月真正有了踏實的歸屬感。

為了這樣的家人，又有什麼是不能付出的呢？和這樣的家人在一起，過上殷實而幸福的生活，才是人生最大的滿足吧。

而朱家馬車的再一次到來，總算是讓村裡的八婆們相信了趙氏所言，方家的蓋房錢的確是溫月娥刺繡賺來的。這下子，雖然眼紅的人依舊不少，但是說風涼話的人卻少了很多，更有許多人上門來打聽，方家在哪裡接的繡活，她們也想讓自家的媳婦試上一試。

面對每天都有帶著羨慕前來打探的村民，得意的趙氏覺得身子輕了不少，難得有人這樣巴結討好她，尤其是那些曾經明裡暗裡諷刺過她的那些婆子，真是讓她身心舒爽。不過她也不吝嗇，凡是有人來問，她就耐心回答，只是在心裡得意——就妳們那些粗糙手藝，還想跟咱家月娥賣上一樣的價錢，作夢吧。

這天夜裡，幫新房打了一天家具的方大川邊幫溫月揉著抽筋的小腿邊道：「月娘，我有件事情想跟妳商量一下。」

已經快要睡著的溫月眯著眼睛問道：「什麼事？」

「月娘，妳也知道從咱們家蓋新房開始，就沒少招村裡一些人的流言蜚語，眼紅的、嫉妒的，哪樣都有。雖說那些人的風涼話都被奶奶給罵了回去，可是我想著那些人心裡終究不會太痛快。所以，月娘，妳看咱們要不要把這新炕的做法教給村民？給他們一點好處，拉近一下關係，也省得將來哪路小人在背地裡給咱們使絆子。妳看怎麼樣？」方大川商量的口氣裡帶著他都沒有覺察到的小心。

雖然方大川不自知，但是一向敏感的溫月還是聽出來了，但凡在前世經過職場打拚的人，又怎麼可能對這一切毫無覺察呢？對於方大川不經意間流露出來的微微自卑，溫月是真的不知道該怎麼去幫他克服。

她可以理解這個一心想要為家人謀求好生活的男人現在所背負的濃濃挫敗，所以這些日子面對方大川回家的時間越來越晚，拚命地為了省錢而多做活兒時，溫月也心領神會地在一邊適時表達了她的崇拜與鼓勵。

可是只有這樣還是遠遠不夠的，方大川變得越來越沈默，每日裡與她說話的時間越來越少，甚至還會不自覺地躲避溫月的目光，夜裡也常常輾轉反側，難以入睡。若不是溫月這些天因為孕期大，夜裡開始腿抽筋，才能看到方大川那心疼的表情，她還真覺得方大川已經不關心她了。

其實溫月也知道，方大川做得已經很不錯了，至少他沒有將他的挫敗感歸咎於她，對她冷言相向；也沒有因為她會賺錢而感覺有了依仗，從此放任自己得過且過，無所事事。他不過是在面對她的時候沒了底氣，但這也是因為他太想承擔起這個家的責任，太想成為大家的依靠。

對於這個將要與她攜手一生的男人，溫月正嘗試扮演著一個引導者的角色，慢慢地陪著方大川長大、成熟。如果可以，這個男人會成為她的依靠，最終變成引領她繼續向前的支柱。而這一切，需要的是一個充滿耐心與挑戰的過程，而在這過程裡，少不得要用上一些手段。

溫月壓下微微的心疼，放柔聲音說道：「大川，謝謝你。」

方大川正忐忑地等著溫月的答案，他怕溫月說自己自作聰明，可是卻沒想到溫月會突然對他說謝謝。這兩個字一出，讓方大川不由得愣在那裡，手也停了動作。

溫月向方大川伸出雙手，示意他將她扶起來，之後輕輕靠在他的肩頭，開口道：「你是咱們的主心骨，是咱們這個家的一家之主，你其實完全可以自己將這事情定下來的。可是你卻願意跟我商量，說給我聽，這說明你是將我當成一個可以分享一切的家人，你尊重我，這讓我如何能不高興？」

方大川有些愕然，他看著倚在他身上的溫月，悶聲道：「我沒有妳想的那樣好，我只是覺得這法子是妳想出來的，家裡現在所有的一切也都是妳辛苦得來的，所以這事情還是妳來作主的好。」

溫月抬起頭，一臉失望地看著方大川，有些悵然地道：「原來是這樣啊，大川，我真沒想到，你會是這樣想的。」

看著溫月神情落寞地與他拉出了一些距離，方大川心裡一慌，忙湊到溫月身邊說道：「妳怎麼了？月娘，妳這樣坐著太累了，靠著我一點啊。」

看著憨實的方大川那小心翼翼的樣子，溫月心裡小小地竊笑了下，對付他這種不算太笨的男人，用點小心思不為過吧！

「你說我怎麼了？枉我每日裡還這樣高興，覺得我雖是沒了娘家的親人，可是卻有這樣一個好男人在身邊陪伴著，可是我哪裡想得到，你根本就不曾將我當成一家人。」

「我哪有，月娘，我真的沒有！」方大川一聽溫月這麼說，心裡真急了，急忙解釋道。

溫月好不容易從眼睛裡擠出一點濕氣，邊瞪著方大川邊質問道：「你怎麼沒有？你都說了，這家裡的錢都是我賺來的，所以你才凡事都問我。也就是說，若是將來你能賺錢了，你就準備什麼都不跟我說了，說來說去，你還不是覺得因為我能賺錢，所以心裡不舒服。」

自從溫月失去記憶後，方大川就再也不曾看過溫月掉淚，看著溫月的眼裡有了淚光，他慌亂地伸出粗糙的大掌為溫月抹去淚水。「月娘，妳聽我說，我真的沒有那樣想過。我承認我這些天心裡頭是有些不大舒服，可那是因為我覺得自己太沒用了，我……唉！」

方大川重重地嘆了口氣，不再說話。

溫月見他是真的鬱悶了，用手指輕輕點了下方大川的胸膛道：「誰說你沒用的？就拿這件事來說，我和奶奶雖然也覺得我們這樣大出風頭不好，可除了犯愁以外也沒能想出什麼好法子。還有，要是沒有你在外面這麼辛苦，咱家的房子能這麼快蓋起來嗎？沒有你在，我們三個女人不知道要被村裡人欺負成什麼樣子，要是沒有你，那次遇到的那個流氓，我……」

「月娘！」方大川出聲阻止了溫月想要繼續說下去的話，沈聲道：「莫要再說那事了，我所做的這一切都是我應擔的責任，不值得妳將我看得如此之好。」

「那我用自己的能力給家裡解決了一些問題，就不是我的責任了嗎？方大川，說來說去，你就是沒把我當成一家人。」溫月說了半天，見方大川還是沒想明白，只能將話題又重新繞回來。

「我真沒有。」方大川又是委屈又是無奈地說。

「大川，」溫月平靜地開口道。「其實你說的我都懂，可是我說的，你又聽懂了嗎？你我夫妻一體，我們都要為了這個家，為了奶奶，為了娘，更為了這肚子裡的孩子，努力生活，去創造好的環境。既然我們的初衷是一樣的，你又何必這麼介意這錢到底是由誰賺來的呢？

「更何況，你一直將我們的這個家放在心中最重要的位置，也一直在為了能過上好日子而努力，你又何必這樣低看自己？難道說，你是準備看我能賺錢了，也想跟村裡那王二狗一樣，整日裡遊手好閒，無所事事嗎？」

「我怎麼可能那樣做！」方大川想都沒想地直接反駁，隨後，他看著溫月眼裡那淺淺的笑意，愣了一下，臉上開始慢慢發紅。「月娘，妳說的我明白，是我想差了，妳會不會覺得我太小心眼了？」

溫月見有了效果，便乘機再接再厲。「不會，那是因為你太想擔起這個家的責任了，你能想明白就好，以後可不許再這樣了。你要是總沒事就胡思亂想，看著我就發怯，咱倆還能把日子過好嗎？」

方大川點點頭。「我懂的，月娘，我以後不會再這樣，妳放心吧。」

他本想再對溫月說一些表達決心的話，可是話到了嘴邊又嚥回去。作為一個男人，嘴上說得再好聽也沒有實際行動來得重要。既然月娘肯信他，依賴他，那他就一定要做到最好，他會跟月娘一起努力將生活過得蒸蒸日上。

看到方大川眼裡的釋然，溫月放心之餘又戲謔地對他問道：「大川，我問你，你會不會因為今天想通了，以後做什麼事情就自己作主，不再跟我商量了？」

方大川連連搖頭道：「妳不都說了嗎？咱們倆擰成團地過日子，我哪能有事不跟妳商量？這個家是咱們倆的，我會跟妳有商有量的。」

溫月在心底給方大川的回答打了滿分，這樣就好，別她努力地將方大川的自信培養出來了，結果卻讓他自信過了頭，像現在這裡的多數男人一樣，來個「男主外，女主內」，那她可真是搬石頭砸自己的腳了。

看著這樣的結果，她今天的調教算是成功了吧！

第二天早上吃飯的時候，方大川將他的想法跟趙氏提了一下，趙氏先是不同意，在她想來，既然溫月這主意這麼好，為什麼要免費告訴村民呢？還不如拿出來換點小錢才實在，誰想學，就拿錢來買。

溫月早就猜到趙氏肯定會反對，要是她同意了，就不是那個在錢財上斤斤計較的趙氏了，於是只好耐心解釋道：「奶奶，您不是一直說村裡人都嫉妒咱們嗎？現在對咱們也不那麼友善，誰看到妳都是酸話連篇，妳不是也覺得不舒服，總是害怕他們對咱們做不好的事情嗎？」

「那也不能白白便宜了他們啊！」趙氏氣勢雖弱了些，可還是不大情願地說道。

方大川見趙氏不那麼堅持了，也加入勸說的行列。「奶奶，其實也不算是便宜他們，咱這房子本就沒什麼特別的技術可言，幫我盤炕的幫工想來早就學會了，這東西根本就守不住。與其就這麼傳了出去，還不如咱們主動說出去的好，好名聲不就是這麼得來的嗎，也可以多少轉移一下村裡人的視線。」

趙氏看了看神情堅決的溫月和方大川，皺眉問道：「你們兩個都商量妥了？」

方大川同溫月一齊點頭。

趙氏不高興地哼了兩聲。「都商量好了還跟我說幹啥？左右都是你們有道理，我不管了，隨你們吧。」

「娘，妳的意思呢？」溫月轉頭詢問從不發表意見的李氏。

見溫月竟然問她的意見，李氏又是高興又是心慌，高興的是終於有人看到了她的存在，慌的是她確實沒什麼想法。「我、我沒意見，不過我覺得你們說得挺對的。」說完，她還小心地看了眼趙氏的反應，卻看到趙氏向她斜過來的白眼，嚇得她忙低下頭，手捧著飯碗不再出聲。

趙氏撇撇嘴。「哼，叛徒。」

噗哧一聲，溫月被老太太這孩子氣的話逗得笑出聲來，方大川也一樣彎起了嘴角。唯有李氏，怯怯地看著趙氏，一臉的不安，反倒將趙氏給氣笑了。

吃過早飯後，簡單而又重複的一天便正式開始了。

周里正站在方大川的身後，看著他點燃了灶膛，一炷香的時間過去後，他摸著溫熱的土炕，喝著大鍋煮出來的開水，激動地對方大川說道：「大川啊，你真的決定將你家這個法子都傳給村裡？」

其實真不能怪他這麼驚訝，他今天走在路上，碰巧遇到要去田裡的方大川，便開口問候了下，沒想到方大川說恰巧有事要與他商量，他便隨著方大川折返回家，這才聽到令他瞠目結舌的消息。

「周叔，我要是沒想好，幹啥帶你來我這兒呢？」方大川點頭說道。

周里正又回身摸了摸炕，感慨地道：「大川啊，你這個法子好啊，這到了冬天，能給大家省下多少柴啊，你這貢獻可大了，咱村裡的人都得謝謝你啊！不過，這樣你也太吃虧了，不如周叔我給你些銀錢吧，就當是向你買下這炕的製作方法。」

當周里正話一說出口後，方大川便在心裡佩服起溫月來，竟然跟她猜的一點也不差，他便將昨夜裡與溫月商量好的回答說了出來。「周叔，您這麼說我可是真當不起。自咱們來到這裡，您跟鄉親們沒少幫襯著我們，不然就憑我們這一家，哪能這麼快就在村裡站穩了腳？能幫鄉親們做點事，我這心裡頭高興著呢，作為周家村的人，我這不也是應當應分的嗎？您要給我錢，這是打我臉呢。」

周里正深深地看了方大川一眼，眼裡閃過一絲滿意。「大川啊，你很不錯，周叔領你這份心了。」

他拍了拍方大川的肩膀，兩人相視而笑。

第十章

周里正是個異常有效率的人，沒兩天的工夫，村民就知道了這新式土炕的好處。一時間，方家的新宅子裡，又迎來了一批又一批的客人，雖說親眼看過的都叫好，可是總也有那麼幾戶人家是不信的，觀望的人也很多。

但這一切已經不在方大川他們的操心範圍內了，眼看著秋收的季節就要到了，看著地裡一片豐收的景象，這幾天趙氏感慨最多的便是感謝老天，給了他們一個好年景。

夜裡，去幫孫四嬸家盤炕回來的方大川洗去一身泥巴後，藉著月光在院子裡磨起了鐮刀，溫月挺著大肚子端著碗溫水走了出來。

方大川忙從溫月手裡接過碗，將她扶坐下後，看著溫月的肚子，有些後怕地道：「天這麼黑，妳怎麼出來了？」

溫月動了動身子，自從上了七個月後，她的肚子就跟吹氣一樣一天天變大，雖說不至於每走幾步都困難，可是不論是久坐還是久站都會很不舒服。夜裡也是各種睡姿按著換，肚裡的孩子異常的挑剔，常常因為她的姿勢不好而在裡面蹬腿抗議。

就像現在，大概是因為她坐的姿勢不好，又讓肚子裡的孩子不舒服了，她摸了摸肚子上鼓起的小包，這回應該是拳頭吧。

低頭磨刀的方大川從眼角餘光看到了溫月的動作，停下手中的活兒道：「孩子又踢妳了？」

溫月笑著點了下頭，方大川輕輕摸了摸溫月的肚子，柔聲道：「小東西，老實些吧，你這些天可把你娘給折騰壞了，等你出來了，一定要好好孝敬她啊。」

「也要孝敬你的爹爹。」溫月加了一句。

方大川眉眼帶笑地看著溫月，無限滿足地道：「回去睡吧，我一會兒就回屋了。」

溫月搖搖頭。「不去，屋裡太熱了，我睡不著，我陪你。」

低矮的茅草屋通風不好，悶熱的八月讓這屋裡每待一會兒就跟蒸桑拿一樣，懷孕的女人本就體熱，再加上孩子大了頂著她呼吸困難，在等待入眠的那段時間真的是太過折磨人。而辛苦的不只是她，還有方大川，細心的他每天都要拿著大蒲扇給她人工降溫。好幾次，溫月半夜起來如廁，都看到方大川抱著扇子坐在她旁邊沈沈地睡著。

方大川加快了手上的動作。「天是太熱了，妳再委屈一陣子，等秋收到了，咱們就搬新家。」

「我不委屈，只是累了你，要忙地裡活兒，還要忙新房的事，我是一點忙都幫不上。」想到方大川最近的辛苦，即使有她努力地在飲食上調理，他臉上的疲色還是很明顯。

「還說要我不要多想，我看妳也想很多呀。」方大川放下手中的鐮刀，扶著溫月邊往屋裡走邊道：「一家人這樣客氣，妳是不是不把我當家人啊？」

溫月見他竟然在這裡找回了場子，輕搥了一下方大川的胳膊，嗔道：「好啊你，竟然在這裡等著我呢，小心眼。」

方大川對溫月那如同螞蟻咬的力道並不在意，反而是被她那含著無限風情的一眼電得全身酥麻，嘿嘿地笑個不停。

夜空繁星璀璨，已經是一片漆黑的村子裡，安靜得彷彿能聽見各家屋裡男人們的鼾聲，溫月無奈地看著這個用笑聲打破沈寂而不自知的方大川，用力推著他往屋裡走去。「小聲點，奶奶和娘睡下了，別把她們吵醒了。」

當院內唯一亮著燈的屋子也變得漆黑後，伴著小夫妻夜話的，只有那清脆的蟲鳴與滿天閃爍的星子。

隨著嶄新的家具陸續抬進了新房，眼看著秋收的日子也要到了，這是莊稼人最高興的日子了，地裡麥浪滾滾，火紅一片的高粱地，就連平日裡最嚴肅的周里正，也是每天捏著兩撇小鬍子笑得合不攏嘴。

挑了一個黃道吉日，溫月一家正式搬進了新房。入住的第一天，趙氏便抑制不住激動的心情，左摸摸、右摸摸的，嘴裡不停喃喃道：「真沒想到，我老婆子還有住這麼大房子的一天啊。」

吃飯的時候，溫月對還沈浸在激動心情的趙氏道：「奶奶、娘，明天妳們跟我和大川一起去鎮上逛逛吧，在周家村定居了這麼久，妳們從沒去鎮上轉轉。我繡了兩幅扇面想拿去賣了，順便扯些料子和棉花回來做幾床新被褥，咱們現在這些實在是太薄了，冬天該遭罪了。」

一聽又要花錢，趙氏習慣性地又皺了眉頭，但好在她已經適應了溫月的消費習慣，並沒有表現得太強烈。「我一把年紀了，就不去鎮上折騰了，妳帶著妳娘去吧。還有，我這被褥用得挺好的，不用換，妳把自己的換一床就行。」

「奶奶，您又捨不得花錢了是不是？您讓我只換自己的，您這是臊我呢！我聽村裡人說，這周家村的冬天可是比咱們那裡要冷太多了，您也不想因為冬天凍病了，最後反倒多花銀子治病吧。」

方大川見趙氏在溫月的勸說下有些意動，便接著道：「就是，奶奶，妳們明兒就跟我們一起去鎮上吧。」

趙氏猶豫了下，最後還是搖搖頭道：「我就不去了，你們自己去吧，想買啥就買，過兩天秋收可就沒時間讓你們出門了。」

溫月又勸了幾句，趙氏還是執意不肯一起去鎮上，就連李氏也回絕了，說是要陪奶奶待在家，無奈之下溫月也只好放棄一起進鎮的想法。

隔天，一路晃悠悠的出發，溫月抬眼看了看天色，這驢車果然要比牛車快很多，也難怪方大川特地去借來。

他們到繡莊的時候，那胖婦人正跟一個年紀略長的男子在說些什麼，那皮笑肉不笑的表情看著讓人牙酸。溫月才剛邁進店裡，那正與老闆交談的男子就看到了溫月，眼裡突然閃過一抹亮光，再看著臉上稍顯慌亂的老闆，他的眼裡露出了一絲了然。

那男人站起身，對著溫月和方大川露出友善的笑容，並雙手抱拳對著方大川道：「這位小哥可是溫小娘子的相公？」

雖然方大川很吃驚，可出於禮貌，他亦抱拳回禮道：「敢問這位先生，我們可曾見過？」

那繡莊老闆此時臉色更加難看，起身攔在方大川與那男人之間，對著那男人道：「莫老闆，我和溫小娘子早已經有約定，她是不會將繡品賣與你家的。」

那莫姓男子也不惱，反而呵呵笑了兩聲，對她說道：「七娘子，妳可是真誤會了，我也沒想過要跟溫娘子討繡活，我跟妳打聽她本就是有別的想法。」

那莫姓男子也不管七娘子臉色是否好看，轉身對著溫月道：「溫小娘子，老朽是錦繡坊的莫掌櫃，不知小娘子可有時間到我那繡坊一坐？老朽有件小事欲與小娘子相商，小娘子可否賞臉？」

溫月轉頭看向方大川，方大川微思量了下，又仔細看了看莫掌櫃，開口道：「娘子，既然如此，一會兒我們便過去看看吧。」

莫掌櫃聽了，臉上露出了滿意的笑容，剛想開口跟方大川說上一句，就聽到七娘子略帶尖銳的聲音在屋中響起。「喲，莫掌櫃，你這到底是為了啥啊，還要從我這裡把溫妹子叫到你那裡去，你沒看到我妹妹現在的身子不方便嗎？有道是事無不可對人言，我跟妹妹關係又近得很，你不如就在我這裡說了吧，正好我也可以幫我這妹妹把把關。」

莫掌櫃因為七娘子出言打擾而略顯不悅，可他卻依舊是笑容滿面地看著七娘子道：「七娘子，我要跟溫小娘子商量的事情，還真不好說與外人聽。」

「不對吧，莫掌櫃，你想說什麼我大概也心裡清楚，可你這麼做事也太不地道了。你成日地守在我店裡截人，現在見了人就想自己撈好處，這怎麼樣都說不過去吧？和氣才能生財啊，莫掌櫃。」七娘子嘴上不弱，雖是一直帶著笑，可這話裡話外的意思卻不如她的笑那麼讓人輕鬆了。

被七娘子不留情面地挑明心思，莫掌櫃的臉終於有些繃不住了。他這些日子確實是有意守在這裡，為的也是要等這溫小娘子，若說他怎麼知道溫月有這身好手藝，這事他到現在也覺得是幸事。

話說朱家的四小姐要出閣，那陪嫁的嫁妝自是不會太少，他們的錦繡坊雖沒那個本事攬下幾件活計，可是德州的總店卻是接了幾單生意。這次德州派人前來送貨，他作為地主當然是要陪著一同前去朱府的。

也就是走了這一趟，莫掌櫃才從朱府的下人嘴裡聽說了朱家四小姐的嫁衣竟是找他們當地的一個農婦所繡，好奇之下他花了重金才有幸親眼看到了那繡工，也就是那一眼，他就明白這繡法的珍貴之處。

在自己的眼皮子底下竟然有這樣好的繡娘，他又怎麼可能不去查探一番？只是朱府的人口風太緊，他無論如何也沒能打聽出究竟是何人所繡，好在經過多方打探，他總算知道這個繡娘曾經在七娘子這裡接過繡活，出於僥倖心態，他決定來個守株待兔，沒想到還真的被他給守到了。

他這幾天心裡早就有了一個想法，只等著見到溫月時可以試上一試，卻沒想到會被七娘子攪了局。他雖對七娘子的話多少有些不滿，但七娘子有句話說得沒有錯，和氣生財，雖說他們一直是競爭關係，可這翠繡坊的背後也是有靠山的。

唉，也罷！即使真如他所想，想來主子也不會為了一個小小的繡技就跟翠繡坊的主子交惡，乾脆還是賣了七娘子這個面子吧。

沈吟了片刻後，莫掌櫃邊搖頭邊對七娘子道：「倒也不是不能跟七娘子妳說明，只是我所想之事大概和七娘子妳的猜測還有一些出入。」

他再看向溫月，開口道：「溫小娘子，妳的繡法老朽從未曾見過，不知是何人所傳？不知小娘子的師傅可願意將這門繡藝發揚光大？」

莫掌櫃的話讓七娘子吃驚不已，她毫不避諱地打量著莫掌櫃，心道：這老傢伙可真是圖謀不小啊，原以為他只是想讓溫小娘子獨供他一家的繡品，哪承想竟然是想將溫小娘子的繡藝給一起謀了啊！自己這下子可是撿到大便宜了！

溫月當然也聽懂了莫掌櫃話裡的意思，她沒有迎上莫掌櫃的視線，反而是將目光投到了方大川的身上。這種時候，讓方大川出面來應對比她要好得多，這也是給他一個鍛鍊的機會。

如果溫月沒有穿越成他的妻子，那他可能一生與泥土作伴，春耕秋收。可是現在她來了，雖然她不會帶領方大川成為大富豪，可是將來做點小本生意還是有可能的，做生意就需要與人打交道，此時不讓方大川乘機鍛鍊，還要等到哪時呢？

看著溫月投向他的目光，方大川多少明白溫月的意思，他挺直了身子，看向莫掌櫃道：「莫掌櫃，我妻子的娘家就是經營繡坊的，她的繡法也是傳承自我的岳母。不過，不知莫掌櫃此問究竟為何呢？」

「哦！」莫掌櫃點了點頭，覺得這倒也說得過去，不然以溫月這樣小小的年紀，又怎麼可能發明出這種新的繡法呢？不過這些並不重要，重要的是，怎麼樣才能讓溫小娘子心甘情願將她的繡法傳授出來。

他眼珠微轉，笑道：「方小哥，咱們明人不說暗話，其實我的私心是想著，溫小娘子是否有意收徒呢？不瞞方小哥，溫小娘子的繡法真是一絕，可若是溫小娘子獨留，勢必不能將繡法傳承下去，若此精妙手藝就此埋沒，在老朽看來真的是太可惜了！」

他雖是對著方大川說話，可是眼睛並沒有忽略溫月的神色，可見自己說了這麼多，溫月卻仍是一副由夫君作主的樣子，他不禁有些失望，忍不住又加了一句。「方小哥、溫娘子，若是你們能將這門技藝傳授出來，憑我們錦繡坊的背景，勢必會將這門繡法發揚光大，相對的，我們也不會虧待了你們。」

七娘子在一邊是緊張極了，她雖覺得莫掌櫃這半勸半威脅的話有以勢壓人的意思，可她也明白，若是真能得到溫小娘子的傳授，那麼只憑這精緻的繡技，翠繡坊勢必將更上一層，她調離這個小鎮的日子也是指日可待了。雖然奪人手藝這種事說出來有些卑鄙，可是與前程相比，也就不那麼重要了。

方大川看了看莫掌櫃臉上那自信的神色，又看了看另一邊七娘子眼裡的急迫，便站起身客氣地對莫掌櫃回道：「莫掌櫃，細聽您所言，我也覺得頗有道理，可是您也知道，從來都有一條不成文的規矩，那就是家傳技藝不可輕易授於外人。我岳父岳母雖已不在，可要我妻子貿然作下決定，想來還是有些為難。若給些時間讓我夫妻與家中長輩商量一下，不知莫掌櫃可願意？」

莫掌櫃原本對方大川的態度一直是可有可無的，一個鄉下泥腿子（注）又能有什麼好見識？只消他以利相誘，以勢相逼，還愁他們不痛快地答應嗎？可就是他這樣小瞧的一個泥腿子，卻這樣有憑有據地回絕了他，爭取了一個可進可退的機會，讓他竟然不好再咄咄相逼。

始終面帶淺淺微笑的溫月在聽到方大川的回答後，眼裡露出了讚賞之色，她沒想到方大

注：泥腿子，舊時多用於對農民的蔑稱。

川竟然回答得如此滴水不漏。幾個月前，他還因為一個小二的無禮對待而無法抑制心中的憤怒，控制不住內心的情緒。而現在卻可以在面對強勢壓迫時，不卑不亢地婉言相推，給自己留得幾分餘地的同時，也安撫了莫掌櫃急迫的心情。

不論是哪種人，都喜歡與聰明人打交道，無疑方大川在莫掌櫃的心裡也與聰明人劃上了等號。重新認識了方大川的莫掌櫃收起了小覷之心，抱拳道：「方小哥，既是如此，我還是希望你們夫妻能早些給老朽一個答案。」

「就是，妹子啊，不是當大姊的心急，說實話，妳這繡法大姊真的是眼饞多時了，這事我怎麼看都是對你們有利！」七娘子也在一邊補充道，完全不管她的話是不是會讓莫掌櫃心情不快。

溫月對七娘子笑了笑，又轉頭對方大川輕聲道：「相公，咱們還是先走吧，已經耽誤不少時間了，還要買東西，晚了就趕不上村裡的牛車了。」

方大川一聽溫月說村裡牛車，便知道了她的暗示，點點頭，對莫掌櫃和七娘子道：「兩位，因為我們夫妻要坐村中牛車回去，所以今天怕是不能給兩位答覆了，不如明日吧，明日我會將答覆帶來給兩位，一天時間，應該可以等得吧？」

莫掌櫃起身客氣回道：「一天時間，我與七娘子當然等得，那明日我就恭候方小哥的好消息了！」

方大川扶起行動不便的溫月，像是忽然想起了什麼，開口問道：「娘子，妳帶來的繡品，今天還賣嗎？」

溫月見方大川的目光狡黠，腦中稍一轉就明白了他的意圖，忙做不好意思的樣子道：「相公，你不說我還真忘了。」

說著，她便打開手上的小包袱，將繡好的兩幅可製成扇面的美人圖拿了出來，平展在小几上。

莫掌櫃和七娘子的目光一下子就黏了過來，莫掌櫃伸出雙手將繡品拿在眼前仔細觀賞，半晌後才慨嘆道：「小娘子，妳一定要好好考慮老朽的建議，這樣的技藝若是真的被埋沒，未免太可惜了。」

溫月淺笑著應了，目光向七娘子看了過去。「大姊，我這兩幅美人圖，妳看著可還好？」

七娘子激動地道：「好、好，妹子的手藝，怎能不好？放心吧，大姊定給妳一個好價錢。」

一邊的莫掌櫃發聲道：「這麼精湛的繡品讓我遇上了，七娘子妳可沒有獨吞的道理啊。溫小娘子，妳不如全都賣與我如何？」

七娘子見莫掌櫃也來相爭，心下一急，上次從溫月手裡收來的繡品，經她用上好的梨花木裝裱後，可是著實賣了一個好價錢。這次的美人圖，不論是底料還是繡線都比上次的要好上許多，雖說已經是秋日，可若加緊時間製成扇子，絕對又能賺一筆。

「莫掌櫃，你可不能與我爭呀，我可是早就跟妹妹說好了，她的繡品全歸我收的。」七娘子不悅地看著莫掌櫃。

莫掌櫃也不惱，笑著看向她道：「七娘子，誰不知道妳這翠繡坊收繡品，價錢一貫壓得低，我來了這許久也沒見妳拿出什麼字據，妳又怎麼好說這繡品一定是歸妳的？溫小娘子既然是拿出來賣的，自然也就是價高者得了。我看這美人圖妳至多出二兩銀子，這樣吧，我出三兩一幅，溫娘子，妳都賣與我如何？」

七娘子被莫掌櫃擠兌得越發沒了笑面，哼了一聲道：「莫掌櫃未免太小瞧人了，我還沒說要多少錢收，你怎就這麼肯定？妹子，別聽他的，妳這美人圖，大姊給妳八兩，妳看如何？」

莫掌櫃撩起袍子端坐於溫月的對面道：「十兩！」

「妹子，我出十二兩！」七娘子臉沈得像是風雨欲來，幾乎是從牙縫裡迸出每一個字。

看著兩人爭執不休，溫月心裡覺得好笑，又悄悄暗罵方大川的鬼心眼，她瞥了方大川一眼，見他也是一臉喜色，不禁偷偷地輕踩了下他的腳背。她的這兩幅美人扇面，至多也就值個二、三兩銀子一幅，現在七娘子和莫掌櫃之所以抬這樣高的價錢，無非就是想爭上那麼一口氣，大概還想給她留個好印象。

可他們雖然有這心，她卻不能這樣受著，把她的刺繡手藝教給莫掌櫃和七娘子，是她剛剛就拿定了主意的。既然以後還要打交道，何苦現在貪圖那幾兩銀子的便宜，還讓他們看輕了去？等她到了傳授技藝的時候，那才是真正的大錢，才值得討價還價。

溫月綻開一個笑顏，拉著七娘子的手道：「大姊、莫掌櫃，你們可不要為了這兩幅繡品傷了和氣。左右這裡有兩幅，你們一人拿走一幅，不也是兩全的事嗎？」

其實冷靜下來的七娘子早就為了她剛剛喊出的價錢後悔了，十二兩銀子啊，這要是拿出去賣掉，雖然有盈利，可是卻少得可憐，還不夠她這通折騰的消火錢呢。可是話已經說了出來，且莫掌櫃又在，她怎麼也得咬牙挺著啊，就在她心疼的時候，溫月卻笑著給她支起了梯子，這時候不順著往下走，還等到何時？

她拍了拍溫月的手，一臉感動。「妹子啊，妳可真是得人疼的，大姊沒白認識妳一場。莫掌櫃，我妹子的提議你可是同意？」

莫掌櫃點了點頭，他原本就是想乘機給溫月賣個好，留下個好印象。一幅繡品算什麼？他真正看好的是溫月手上的繡技啊！不過……這七娘子還當人人都跟她一樣，眼皮子淺得沒邊？不過就是運氣好，這溫小娘子當初沒有去他的店裡接活，不然哪有她今天跟著自己蹭好處的機會？

但莫掌櫃又哪裡知道，其實溫月他們第一次踏進的店就是他的錦繡坊，只不過被他那眼高於頂的店小二給轟了出來，所以才讓七娘子得了機會。若是真相被他所知，他不知道又要捶胸頓足多長的時間了。

溫月見他們兩人都沒了意見，這才鬆開七娘子的手道：「兩位既然沒有意見，那剛剛你們置氣所說的數目我也不會當真。這美人圖我本來是打算三兩一幅賣掉的，不如兩位就給我三兩銀子吧。相公，你看這樣可好？」

「自然應該如此。」方大川道。

對於能省下一筆銀子，七娘子自是高興的，她忍不住拉起溫月的手誇讚了一番。而莫掌櫃雖也高興，但卻是高興方大川夫妻的識時務與懂規矩。這對鄉下夫妻再一次改變了他的看法，知進退，有禮有節，不錯、不錯。他摸了摸手上的寶石戒指，心裡更加有信心，明日定能等到他想要的滿意答案。

最終，在幾次的相互推拒之後，溫月總共拿了八兩銀子離開繡坊。

手裡有了錢，溫月拉著方大川走得越發輕快起來，一點都沒有懷孕婦人那步履艱難之感。買肉、買排骨，還買了兩隻老母雞，之後又去布料鋪子買了細棉布，為了之後的生產，溫月必須做充足的準備。她本就是不大計較花銷之人，這次為了迎接新生命，花起錢來更是大手大腳，在經濟能力範圍內，所有可以買來補充產後體能的吃食，她都買上了一些。

第十一章

住了新房，又怎麼能不換新被褥？扯料子、買棉花，一通採買下來，剛得的八兩銀子一轉眼就花出去了三兩，令溫月不禁咋了咋舌，她今天買的東西沒有一樣是比豬肉還便宜的。經過這幾次的採購，她可以確定一件事，就是在這個時代，最便宜的東西竟然就是粗糧和青菜。

這次進鎮，方大川花了五十文錢租用了周里正家的驢車，村子裡只有每逢趕集的日子，幾戶有牲口的人家才會出自己的車，再拉上村民收幾個腳程錢。不過溫月早就想過，他們這次買的東西多，所以才避開了村裡人的集體出行，單獨租了車，這樣也省得落到有心人眼裡，引來不必要的麻煩。

兩人在鎮上轉了許久，小小的驢車也滿了一半，溫月看看天色，又看了看已經沒什麼行人的路面，對前面拉車的方大川道：「大川，咱們再給奶奶和娘買些糕點就回吧，別被七娘子他們看到咱們其實根本不是坐牛車來的，反而尷尬了。」

想到剛剛兩人在七娘子和莫掌櫃那裡唱的雙簧，溫月忍不住說道：「大川，你現在越來越瞭解我了，我故意說牛車，為的就是爭取些時間，好在這事上更有主動權，可你配合得也太好了，就像是早知道一樣。後面你是故意提我這繡品的事吧，你是怎麼知道他們會爭搶的？」

方大川聽溫月讚揚他，心中小小得意地微微晃了下脖子，小心地牽著驢車邊走邊道：「我哪有妳說的那麼好，不過是我覺得傳授繡法之事沒有跟妳商量，怎麼好自己作決定，再說咱們夫妻這麼久，妳有什麼想法我又怎會不明白？不過……」

他嘿嘿一笑。「讓他們自己抬價這事，卻真是我當時心思一動想到的。也不知道怎麼回事，腦子裡突然就有了這麼個想法，便順嘴說出來了。反正不管成不成，咱們也不吃虧不是？說來說去，還是月娘妳配合得好。」

「這說明咱們是心有靈犀啊！」坐在車上的溫月，毫不羞臊地道。

她還沈浸在賺錢的喜悅裡，完全沒有發現當方大川聽到溫月說他們是心有靈犀的時候，那漸漸泛紅的耳朵。

等兩人回到家裡，已經是日頭西斜了，方大川和溫月兩人駕車進村時，倒也沒有看到什麼人。

而當趙氏看到這小半車的東西，嘴巴是開了又合、合了又開，卻總算是把心裡的想法壓了下去。

等方大川將東西都搬回了家中後，趙氏看著這滿炕的東西，終是沒能憋住，用極其無奈伴著恨鐵不成鋼的口氣長嘆一聲。「唉……」

這時，溫月手裡拿著給趙氏新買的煙袋鍋（注）和土菸走了進來，趙氏的嘆息她自然是聽到了，可是除了覺得好笑，她還真沒有別的感覺，她將手裡的東西交到趙氏的手上，笑道：「奶奶，妳這敗家的孫媳婦給妳買的禮物，還有給妳和娘買的料子，回頭妳們也得添兩件新衣裳了。娘，這是給妳的簪子，看看喜歡不？」

溫月把簪子放到李氏的眼前讓她看了一下，就將它插進了李氏那只用細木棍攏起的頭髮上。簪子是桃木包銀頭的，雖然不是很貴重，可還是讓李氏紅了眼眶。她悄悄抹了下眼睛，就欲將簪子從頭上拿下來。「月娥，娘知道妳是好孩子，可是娘年紀大了，用不上這東西了，妳收著吧！」

「娘，妳就戴著吧，我這次進鎮裡得了不少錢呢，而且過幾天，咱家還會有一筆大的進帳，以後啊，咱們雖過不上大富大貴的日子，卻也不再是那一日不勞作就吃不上飯的人家了。」溫月拉下李氏想要拔簪子的手說道。

正在不停摩挲著新煙袋鍋的趙氏抬眼瞪了溫月一眼，虎著臉教訓道：「就是賺再多錢，也得省著用，妳哪知道啥時就需要用錢了？等到真要用錢那天，妳拿不出來，到時候看妳後不後悔。」

溫月賴皮地嘻嘻一笑。「奶奶，我知道，我也沒亂花呀，妳看這東西雖多，可哪樣不是咱們家急需的啊？我再過不久就要生了，這不是提前把孩子的東西都準備好了嗎？再說，生了孩子總要吃些好的啊，不然哪有奶水啊，餓著我沒事，餓著妳的大曾孫怎麼辦？」

注：煙袋鍋，裝在旱煙袋一端的碗狀東西，由金屬製成。

趙氏用手點了下溫月的額頭，薄怒道：「就妳理由多！以後可不能這樣了。」

溫月揉了揉額頭，見趙氏好像還不消火，忙換了話題道：「奶奶、娘，妳們就不想知道我為啥說過幾天還會有更多的進帳嗎？」

李氏搖了搖頭，轉身就去收拾炕上的東西。趙氏瞥了溫月一眼。「不想知道，反正妳和大川有數就行，我和妳娘就這麼跟著你們過日子了，都是半糊塗的人了，知道那麼多幹什麼？只要不是缺德事就成。」

雖說趙氏跟李氏說不想知道，可是溫月還是把事情的經過跟她們提了一下，李氏溫柔地幫溫月擦去嘴邊沾著的糕點渣，最後手慢慢地撫在溫月的臉頰上。她不知道該怎麼表達心中的謝意，當溫月用那樣輕描淡寫的口氣，說著要將祖傳的手藝授與外人換得錢財的時候，李氏就覺得她今生定要將溫月當成親生的孩子來看待，媳婦的犧牲實在是太大了。

趙氏沈默了半晌，語重心長地開口。「月娥啊，妳可是想清楚了？這家傳的手藝可不比尋常，我雖是沒啥見識，可也知道賣了家傳技藝，將來怕是要招埋怨的。咱家雖是缺錢，可是我不想讓妳擔上這麼個罪名，將來要是真遇上了妳家那邊的親戚，妳怎麼交代啊？」

看著趙氏眼裡那不作假的關心，感受著李氏粗糙的手心裡傳來的熱度，溫月只覺得幸福得想落淚。「奶奶、娘，妳們不用擔心，這門技藝本就是我娘她自己琢磨出來的，除了我知道之外，便無他人了。我這些日子總是做繡活，也覺得眼睛有些跟不上，我也怕落得眼盲的毛病，所以往後的日子我也不想再多做針線了。

「可若真是不繡了，我娘費盡心血想出來的繡法不就真的失傳了嗎？那樣可就太可惜了。所以我想著這個法子，既能將這繡法發揚光大，咱們家又能得到一筆銀錢，怎麼看都是得利的交易，我娘的心血也不算是沒有意義了。」

「妳眼睛不舒服了？」剛去里正家還驢車回來的方大川，在聽到溫月說眼睛累的時候，忙掀開門簾走了進來。

見方大川回來了，溫月拿起桌上的玫瑰餅，邊塞進他的嘴裡邊道：「哪有的事，我只是說那兩天繡著有些累。」

「妳以後莫要再繡了！」方大川因嘴裡有東西，說話有些含糊。「今年咱們的莊稼長得好，朝廷又免了咱們一半的稅，起碼明年的日子是不用愁了。」

溫月聽著他語氣裡毫不掩飾的關心，心裡覺得有些甜蜜，這是只有在方大川身邊才能感受到的滋味啊……

時間轉眼而過，收割的疲憊掩蓋不住人們面對豐收時的喜悅。糧滿倉，穀滿垛，男人們因為太過興奮哼唱著變了調的小曲，整日響徹在周家村的巷裡巷外。

今日天空有些陰沈，有經驗的老人一看就知道會有一場大雨，鄉親們紛紛將曬在院子裡的穀糧往屋裡收，就在大家一片忙碌的時候，方家的小院裡，溫月終於要生了。

屋裡傳來陣陣痛苦的叫聲，在屋外急得直轉圈的方大川好幾次都想抬腳衝進屋裡，可到底被那男人進產房對產婦不好的說法攔在門外。

當一夜的急雨終於過去，天空露出第一道魚肚白的時候，屋內終於傳出了一聲響亮的嬰兒啼哭，正在來回踱步的方大川猛地收住了腳，差點撞到院中的大石碾上。

過沒多久，屋門開了，趙氏迎著初昇的太陽對方大川笑罵道：「愣在那裡幹啥啊？你媳婦給你生了個小棉襖，還不快進屋來看看！」

她話音剛落，就見方大川蹭蹭兩步就從她的身邊竄進了屋裡，趙氏搖頭笑道：「這臭小子，都當爹了還這麼不穩當！」

方大川衝到了溫月身邊，見她一切都好，甚至還可以微笑的時候，提了一夜的心總算放了下來。「月娘，是不是累了？還疼不疼？」

溫月有些虛弱地搖搖頭。「挺好的，你把孩子抱來給我看看吧。」

她雖是疲憊，可是初為人母的喜悅，讓她根本就無法按李氏所言閉目休息，在得知她生的是個女孩的時候，高興之餘，她也悄悄地觀察了趙氏和李氏的臉色，雖然不論男女她都愛，可是她也擔心趙氏她們會因為這是個女孩而心生不滿，但幸好她們的神情也和她一樣是高興的。

方大川在李氏的幫助下，終於戰戰兢兢地將小小的女兒抱在懷裡，這個有著紅紅皺皺臉龐的孩子，正閉著一雙眼睛，時不時在襁褓裡扭動幾下，方大川憐愛地看著，這是他的孩子，是他與月娘的孩子……

他小心地將孩子放在溫月的身側，也許是感覺到了母親的氣息，本已經安靜下來的孩子竟然又動了兩下。

溫月看著這個連著她血脈的孩子，心中感嘆，雖然在懷孕期間她並沒有虧嘴，可這個孩子相比於前世那些新生兒來說，還是小上不少。這皺皺巴巴的小臉還有那並沒有睜開的雙眼，這樣的新生兒在現代的醫院裡，已經算是很少見了。

不過也正因為小，所以頭胎才會生得這麼順利吧，看來這個小傢伙還是很懂得心疼她這個娘親的。溫月輕吻了下孩子的額頭，心中暗道：放心吧，以後我和妳爹定會好好地將妳養大，盡全力給妳最好的一切。

她轉頭看著自己的手正被方大川緊緊握著，再看看身邊女兒還看不出像誰的五官，深深覺得這一刻的心情就是人們所說的滿足吧，這種感覺太溫暖了，那曾經一直糾結於心裡的前世缺憾，此時早已煙消雲散，不留一點痕跡了。

這時李氏端著碗雞湯走了進來，那上面的浮油已經被她撈得乾乾淨淨，她推了下方大川，有些好笑地道：「你讓開些吧，暫時沒你這男人什麼事了，等你媳婦把湯喝了，就讓她睡一會兒，你也去補一覺，外面還那麼多活兒呢。」

方大川戀戀不捨地收回一直落在溫月母女臉上的目光，李氏看他那個樣子，笑著對溫月道：「都說生個孩子傻三年，我看妳沒啥變化，可大川卻是傻了呢。」

方大川臉上一紅，摸了摸後腦，從李氏手裡拿過碗道：「娘，我來照顧月娘，妳和奶奶去睡吧，等妳們睡醒了我再去休息。」

李氏知道自己的兒子剛當了爹，又是喜歡女兒又是心疼媳婦的，自是捨不得這麼快離開，便也沒強求，只交代了幾句就出去了。

方大川極有耐心地將碗裡的雞湯一匙一匙餵給溫月，一碗熱湯下肚，溫月總算覺得因為生產過度虛脫的身子有了些力氣，回想起生產時的過程，她輕輕畫了下孩子的小臉道：「真沒想到，奶奶竟然就會接生，說實話，我剛要生那會兒還挺擔心的，怕奶奶做不好。」

方大川給溫月拉了拉被子，似是怕嚇到還在熟睡中的女兒，他溫柔地看著溫月輕聲道：「從奶奶手裡接生的孩子，年紀沒有三十也有二十了，她沒把握哪敢應承下來啊。妳睡會兒吧，好好養著，我在這裡陪妳。」

溫月看著方大川那令人安心的臉色，便沈沈地睡著了。

孩子出生後已經三天了，但溫月卻擠不出奶水，她看著女兒拚命吸吮還喝不到一口乳汁，最終哇哇大哭，情緒越發失落，心疼地陪著她一起落淚。

趙氏進屋後就看到坐在床上的溫月抱著孩子眼淚嘩嘩淌，她忙把手中的碗放在一邊，從溫月懷裡把孩子抱過來，邊哄邊對她道：「月娥啊，妳哭啥，咱們鄉下婦人沒奶水的多了去，窮人家的孩子都養得活了，更何況咱們家現在這條件啊？不說別人，就說大川，妳婆婆當年也是沒有奶水，妳看大川現在不也挺好的嗎？哎喲，我的寶貝孫女，餓了是不是？來，咱們喝米湯嘍。」

餓了的孩子很快就喝掉一小碗濃稠的米湯，趙氏輕輕給她拍了拍背，孩子打了個嗝後很快就又睡著了。趙氏把孩子放在炕上，看著還在抹淚的溫月，勸道：「月娥啊，妳這樣可不行，還坐著月子呢，這麼哭會傷眼睛的。妳看，孩子這不也吃飽了嗎？要我說啊，她是個有福氣的，雖然妳沒奶水，可是妳看看，這精米粥、小米粥，哪樣粥油不是厚厚的，大川小時候可沒這福氣，月子裡光是糙米粥他也沒喝過飽啊。」

溫月知道趙氏的話有道理，可是她這心裡就是難受，一個當母親的，竟然沒有奶水給孩子吃，母乳有多重要，她又怎麼不知道？前世那些沒有奶水的產婦，至少還有奶粉可以添補，可是現在這個孩子，卻是除了米湯，什麼都吃不上。

「奶奶，我覺得挺對不起孩子的，妳說我懷她的時候，吃了那麼多的好東西，這幾天湯湯水水也沒少喝，可怎麼就沒有奶水呢？」溫月說著，眼圈又紅了起來。

「唉喲！這叫個什麼事兒！」趙氏笑道。「老話說了，這有沒有奶啊，都是孩子自己帶來的口糧，咱家這小棉襖，她就沒帶口糧來，咱有啥辦法？」

見溫月還是沒想通，趙氏怕她在月子裡上火再落了病，一拍大腿道：「要不這麼著，實在不行，咱們也學那城裡的大戶雇個奶娘來。」

溫月的臉上還帶著淚痕，看向趙氏的眼裡卻帶著感動，她沒有想到一向提倡低調，在生活上無比節省，恨不得一個銅板掰成兩半花的趙氏會說出這樣的提議，她是真的心疼自己與孩子吧。

但雇奶娘的想法只在溫月的腦子裡停留片刻就被她給否決了，若真雇了奶娘，不但需要一大筆的費用，還要面對鄉親們無盡的打探和流言。他們蓋新房帶來的轟動才剛剛退去不久，她不想再因為這件事又將自家重新拉到眾人的視線之下，不得清靜。

唉，算了，她自己不也是沒有吃過一口母乳，全靠奶奶的米湯養大的嗎？只要精心照顧些，現在缺少的營養等她大一點後也還是可以補回來的。溫月平復了下心情，這才對著趙氏說道：「不用了，奶奶，是我想差了，您別怪我。」

趙氏見溫月不再糾結，欣慰地道：「好孩子，奶奶都懂，當媽的誰不想把最好的給孩子呢？沒奶水不是大事，只要咱們給孩子多吃些好的，孩子也一樣會健康長大的，何況米湯也是好東西呀。」

「嗯！」溫月重重地點了點頭，對趙氏露出了笑容。

正如趙氏所說，雖然孩子沒有母乳可吃，但是因為每天營養豐富的稠米湯餵下，從沒有讓孩子餓過肚子，在小小人兒即將滿月的時候，長成了一個白白胖胖又壯實的寶寶。

在山裡砍了一天柴的方大川，天黑之前挑著今天最後一擔柴進了門，把自己打理乾淨後，這才進了屋，對著因為明天就可以出月子而無比高興的溫月道：「月娘，我今天套到野雞和兔子，太開心了！」

「肯定是因為我們的女兒明天滿月，所以她為我們帶來了好運氣，讓咱們家的滿月宴可以更豐富一些。」溫月笑道。

而方大川竟然也連連點頭。「這是自然，若不是她帶來的福氣，我怎麼可能突然就套到獵物呢，真是爹爹的小棉襖呢。」方大川說著，在孩子的頭上輕輕親了一口。「爹爹的小福星真乖呀。」

溫月笑看著方大川溫柔的表情，平凡的幸福不過就是如此吧！

終於到了出月子這天，溫月將自己從裡到外洗了個乾淨，坐月子最痛苦的不是不能洗臉刷牙，也不是不能吃所有有味道的飯菜，而是那種整天無事可做、不能出門的憋悶。孩子雖然好，可是整天守著一個不會說話只會睡覺的嬰兒，又有什麼意思呢？趙氏和李氏也有一大堆的事情要做，除了送飯時會跟她聊上幾句，平時真的快要將她悶死了。這三十天，她真的是數著手指頭過日子啊！

趙氏跟李氏早早地就在廚房忙了起來，孩子滿月在鄉下並不算是什麼大事，貿然地大操大辦還會讓村裡人以為他們家又想要收禮錢。所以今天他們也沒有請什麼人，只請了平時關係較好的孫四嬸一家來熱鬧熱鬧。

也許真的是女兒帶來的福氣，從方大川第一次打到了獵物後，每隔幾天又會有一些收穫，他們家也過上了日日吃肉喝湯的好日子。就連這次的滿月酒，用的也都是山上的野味，趙氏直說這是孩子懂得心疼人的結果。

孫四嬸帶著兩個兒媳婦圍坐在溫月的屋子裡，幾雙眼睛一起看著剛剛睡醒的嬰兒，不停地誇獎著。「月娥，妳可真有福氣，頭一胎就生了個小棉襖，看看這眉眼，多漂亮啊。」

一聲聲的讚美讓初為人母的溫月心中美得直冒泡，她又一次看了看襁褓裡的女兒，嗯，是挺漂亮的，還是雙眼皮呢。

趙氏端著剛熬好的米粥進來交到溫月的手上，得意地對孫四嬸道：「我這曾孫女長得好吧！妳是沒看到啊，給她洗澡的時候，那小胳膊腿，肉乎乎的跟那大戶人家吃的蓮藕一樣，那個樣子喲，我有時候都忍不住想咬那麼幾下子，我是真不知道該怎麼疼這孩子好呀！」

孫四嬸樂呵呵的在一邊聽著，不停附和點頭，這無聲的鼓勵讓趙氏更是自誇到不行，到後來，她竟然對著孫四嬸的兩個媳婦道：「小翠、金娥，妳們兩個再加把勁，也給家裡添口人！」

一屋子人正說笑呢，這時李氏突然慌慌張張地推門而入。「月娥啊，大川讓妳把孩子抱出來一下，家裡有客人了。」

第十二章

此時的方大川正在前面招呼著不請自來的莫掌櫃與七娘子兩人，他心裡隱約猜到了二人是為何而來，暗自想著這是不是就是月娘所說的「主動權」已經先一步被自己握在手裡了呢？畢竟著急的人是他們兩個。

莫掌櫃對方大川笑道：「看來，我們今天來得很是時候啊，方小哥家可是有什麼喜事？」

經過上一次的提議，隔天便從方大川口中得到回覆，聽到溫月可以將她家傳的繡法傳授給他們後，莫掌櫃和七娘子兩人著實是高興了許久。可是待冷靜下來後，他們又感覺不太踏實，原因就是方大川說溫月快要生產了，一切都要等到溫月生產之後再說。

所以那一次，他們也只是得到了一個口頭的承諾，至於怎麼教，他們又要花費多少錢來買下這項技藝，這所有的細節都沒有談及。兩個久經商場的掌櫃對沒有字據的承諾實在是不大放心，所以這些天他們幾乎是扳著指頭數日子，就想著只要等溫月生產後立刻上門簽約，白紙黑字的比什麼都強。

莫掌櫃不說來意，方大川自然也不會先提，他陪在一邊滿面笑容道：「不是什麼大事，今天是我女兒滿月，所以自家人在一起吃個飯，熱鬧熱鬧。兩位來得正好，一會兒可要賞臉坐一坐。」

莫掌櫃聞言，哈哈笑了兩聲。「哦？竟是這樣，真是來得早不如來得巧，我們跟這孩子也是有緣啊。」

其實他跟七娘子來時就已經打探好了日子，不然又怎麼會這樣貿然前來？等溫月將孩子抱進屋裡時，一直心不在焉的七娘子看了孩子一眼後，連聲誇獎。「喲，這孩子可真是俊俏啊，一看就是個美人胚子。」

說著，她從懷裡拿出了一對嬰兒用的銀手鐲，塞進了襁褓裡。「妹子，這是我做長輩的給孩子的一點見面禮，妳可千萬別拒絕。」

莫掌櫃隨後也拿出一個銀製的長命鎖放進了襁褓裡。「來得匆忙，沒給孩子備什麼禮物，你們夫妻可莫要嫌棄。」

手鐲與長命鎖一看就是在店裡新買的，這兩人分明就是有備而來，根本就不像莫掌櫃說的只是趕巧。溫月佯裝不經意地看了眼莫掌櫃跟七娘子，見他們兩人雖是在看孩子，但眼神卻十分飄忽，便明白他們分明就是為了自己的繡法而來，大概是因為心思不定，所以才說了這樣漏洞百出而不自知的話吧。

「令千金可取了名字？」莫掌櫃開口詢問。

方大川滿面含笑地看著孩子，眼裡的幸福藏都藏不住，可還是謙虛地道：「鄉下丫頭，哪裡擔得起千金二字？我與娘子昨兒個才把名字定下來，叫方瑞晴，小名滿兒。」

七娘子本來還想著與他們談簽契約的事，可是看到方大川的表情時，她還是羨慕地對溫月道：「妹子啊，妳這男人不錯啊，說實在的，我還是頭一次看到一個男人家這麼喜歡女娃娃呢。還有妳那太婆婆也是，妳可真是個有福氣的。」

溫月將孩子交到李氏的手裡，挽著七娘子的手對方大川道：「相公，咱們帶著大姊和莫掌櫃去西屋說話吧。」

終於聽到了他們想要聽的話，莫掌櫃跟七娘子的表情總算是有了幾分的輕鬆，幾人坐定之後，莫掌櫃從懷中拿出一張紙交到了方大川的手上。「方兄弟，這是我跟七娘子擬的合同，上面只有金額還沒填上，你若是沒有什麼疑義，咱們就來商量一下具體價格吧。」

方大川仔細看了遍手裡的契約，再將它交到溫月手中，上面並沒有寫太多內容，主要的意思就是若溫月將她的刺繡技藝傳授後，日後便不許再教給別人。

方大川跟溫月早就想過他們的要求，所以現在也不覺得奇怪，方大川點了點頭，便道：「我們對這上面的要求沒有什麼疑義，只是我想問一條，今後我娘子若是閒來想繡點繡品拿出去換些銀錢，也要受到限制嗎？」

莫掌櫃搖了搖頭。「自然不會，不過我們還是希望你們繡好的繡品可以出售給我們，當然價格方面一定會讓你們滿意。」

方大川聽見莫掌櫃的回答，回頭又見溫月對他淺淺地點了下頭，這才起身進了裡屋拿出筆墨道：「既然如此，我們還是將這一條落在紙上吧，以後真遇上了什麼事情，咱們也好有據可查。」

莫掌櫃接過紙筆，邊笑邊道：「方小哥若是對買賣這行有興趣，定會成為業界翹楚啊。」

方大川忙謙虛擺手道：「您莫要開我玩笑了，哪裡能當您這樣抬舉，我不過就是個村夫而已。能有現在，還要多謝兩位的慧眼呢，看出我家娘子的繡技非同一般。」

溫月看著方大川那小有得意的眼神，心中暗笑。這個男人又變相地將她誇獎了一番，還真是……一點都不謙虛啊。不過方大川這種與有榮焉的樣子，還是取悅了溫月這顆日漸年輕的心。

既然契約沒問題，接下來就要決定金額了，在談判價格的時候，方大川充分地向溫月展現了什麼叫活學活用。前幾天她跟方大川簡單演練過談判中的一些要點，教他怎樣透過表情、言語以及肢體動作去分析一個人的心理，從而占得機先。雖說是溝通，可是溫月也並沒有說得太多，她覺得這些事情最終還是需要方大川多經歷一些才能夠完全體會。

雖然談判最初有些生澀、急迫，但方大川慢慢地也找到了自己的節奏，他發現莫掌櫃和七娘子似乎沒有一下子將價格說死的感覺，每每他執意要求多一些的時候，莫掌櫃都會再往上抬一些，這說明他們是十分想要得到月娘這項手藝。

於是方大川也不再著急，心裡反覆想著溫月曾經說過的主動權，態度也越發沈穩。就這樣，他與莫掌櫃兩人面帶笑容地你來我往，毫不相讓，爭取著最大的利益。

最終，莫掌櫃見絲毫說不動方大川，苦笑著道：「方小哥，你看這樣成不？你我各退一步，就八百兩怎麼樣？」

方大川想了想，最後點頭表示同意，看著莫掌櫃跟七娘子並沒有多少喜意的臉色，方大川才覺得鬆了口氣。還好，若是他們面露欣喜，那還真證明他的價錢要低了。

簽字，畫押，雙方皆大歡喜，方大川熱情地邀請莫掌櫃和七娘子入席，一時賓主盡歡。

到了夜裡，端坐在炕上的方大川和溫月看著炕桌中間的銀票有些發傻，突然有了錢，兩人也沒有高興過頭，反而是面色凝重。

溫月看著方大川道：「大川，這錢你有什麼想法嗎？」

方大川搖搖頭。「月娘，不知道為什麼，我原本以為我會因為這筆錢而高興得上了天，可現在的心情卻很複雜，跟作夢一樣。」

「我也是啊！感覺像踩在了棉花上。」溫月低聲附和道。

「咱家現在也沒啥需要用錢的地方……月娘，不如咱們就當沒這筆錢，繼續踏實過咱們的日子。我總覺得用汗水換來的錢，用著才心安。」

錢得來得太容易，往往就不會珍惜，方大川一直記得，在他小的時候，方家的生活也算是殷實，雖不算富有，卻也是吃穿不愁。可是有一天，他爹在家中的角落裡尋到了一幅前朝的名畫，換得了一大筆的銀錢。也就是因為這筆錢，他爹爹整日裡遊山玩水，經常跟所謂的同窗聚會、飲花酒，說要學那名人雅士。

可是到了最後，他不但將賣那幅畫得來的錢花了個精光，更是將家中原有的產業也折了進去，還欠了一筆外債，名人雅士沒有做成，連個童生都不曾考取，一事無成。

可氣的是他還整日裡回憶那段悠閒時光，感嘆時運不濟，絲毫看不到奶奶為了讓他能夠繼續讀書而在外面累死累活的辛苦，母親日夜以淚洗面，更沒辦法理會他這個因為父親拖累而無法繼續讀書的心情。

有錢是好，可以改善生活，活得更幸福。可是他實在是怕了這種從天而降的大筆錢財，因為他心裡一直擔心他作為父親的兒子，是不是也繼承了父親的壞習慣，因為有錢便輕浮地過日子，完全不顧家人死活。

溫月沒想到年輕的方大川竟然會對錢有這樣深一層的體會，她之前還有些擔心突然暴富，他會迷失心態，變得如前世那些突然中了大獎的人一樣，沒有因為突如其來的金錢帶來幸福，反而最終是舉債累累。

她知道這些事，是因為前世是資訊發達的世界，但現在這個消息閉塞的古代，方大川又是從哪裡知道的呢？看他這心有餘悸的樣子，倒好像經歷過似的。

「大川，你怎麼會有這樣的想法？通常不是應該高興的嗎，難道說你遇過這樣的事？」溫月拿起銀票在手中翻動了幾下，八百兩，這不是一筆小數目啊，也許將來有一天，她可以開間小店呢！

方大川沒有正面回答溫月的話，對自己父親做的那點荒唐事，他並不想告訴她，實在是感覺有些丟臉。更何況，溫月之所以會下嫁給他，也是因為他那岳父在酒後聽了父親的吹噓，誤以為他父親會功成名就，糊塗下就簽了字據，否則他又怎麼可能娶到她呢？

「沒，我只是從前看書的時候有看到過，說當財富來得太過容易，反而不會被珍惜，最後這財富也就成了催命符。妳對這筆錢有什麼打算嗎？」方大川見溫月上下翻動著幾張銀票，開口問道。

「我原想著咱們用這筆錢置上幾畝地，再在鎮上買個小鋪面也算是資產，可現在想想，這世上沒有不透風的牆，咱們如今要是添了這些東西，露了口風不定會惹上多少麻煩呢，還是等等再說吧。你覺得呢？」以他們現在的情況，有了錢自然是要買地的，有了地就等於有糧食，做個小地主，簡簡單單，吃喝不愁也挺好。

方大川有些愧疚地看著溫月。「嗯，妳說得是。瞧我，光想著那些破事，竟然沒想到要給家裡置些產業，還是妳想得周到。」他話沒說完，孩子突然放聲大哭，新晉奶爸方大川急忙抱起了她，輕聲哄道：「寶貝閨女怎麼了？哦，尿了啊，來，爹爹給妳換尿布，錢的事讓妳娘來安排吧。」

得了八百兩銀子的事情，溫月跟方大川決定還是先瞞著趙氏和李氏，只跟她們說得了一百兩，這也是怕趙氏和李氏兩人和村裡的一些婦人聊天時說漏了嘴，引來不必要的麻煩。可就是說了一百兩，也把這對婆媳婦嚇得夠嗆，趙氏在之後的一段時間裡，著實是杯弓蛇影了一陣子。

日子一天天過去，莫掌櫃和七娘子送來的繡娘果然都是個中高手，單論起針線，要比溫月強太多了。溫月只稍稍地講解，那幾個繡娘就能很快抓住要領，剩下的也只是長時間的訓練而已。可溫月卻不知道，她們只是來了自家幾次，卻已經落入了有心人的眼裡。

教那些成手的繡娘並沒有花溫月太多的時間，前前後後不過才二十幾天，溫月告知那些繡娘不需要再來後，想了想還是決定跟方大川進鎮，親自向莫掌櫃交代一聲，也算是有始有終，面子上也過得去。

兩人先去了七娘子的翠繡坊，可是這一次卻撲了個空，七娘子並不在店裡。於是溫月和方大川又去了莫掌櫃的鋪子，當他們兩人再一次踏進錦繡坊的時候，迎面而來的竟是上次那個狗眼看人低的小二。

顯然，這小二也沒有忘記他們，當他看清方大川的臉時，先是不自在地動了動脖子，彷彿上一次被方大川揪住衣領時的恐懼還沒有消除，隨後，他似乎也發現了他行為上的不妥，又立刻擺出極其不屑的表情說道：「怎麼又是你們？我不是說過了嗎，我們店裡只收精品，精品你們懂嗎？鄉里巴子。」

方大川看向那出言不遜的小二，眼裡的冷光乍現，本就是虛張聲勢的小二嚇得神色大變，眼睛也不敢再與方大川對視。心裡嘀咕著這泥腿子才幾個月不見，怎麼就跟換了人似的。

看著這樣的店小二，方大川頓時失去了駁斥他的心思，媳婦說得對，跟這種趨炎附勢的小人，又有什麼可較真的呢？若是真跟他較了勁，倒顯得他多重要似的，不過是一個跳梁小丑而已。

「莫掌櫃在嗎？」想通了這些，方大川再開口時，已經是心平氣和。

小二一聽方大川說要找掌櫃，臉上的不屑更甚。「喲，你們還挺行的，都打聽到我們掌櫃的頭上了。可惜了，別說我們掌櫃不在，就是在，我也不會讓你們去打擾他老人家的。什麼東西，走，趕緊走，別在這裡影響我們店裡的生意。」

見小二如此不客氣，方大川起身直視他道：「奉勸你一句，莫要狗眼看人，即使你天天跟富貴人家打交道，可說到底你也不過是個看人臉色吃飯的人而已，有何可狂？搬石頭砸自己的腳，這話你可曾聽過？」

對於方大川的話，小二用嗤之以鼻的表情做了回答。溫月啞然失笑，像他這種人，早晚會有人讓他長長記性的，只是不知道那時遇到的人會不會有方大川這樣的好脾氣。

「方小哥、溫小娘子，你們何時來的？」就在溫月和方大川剛出店門的時候，莫掌櫃竟然回來了。「你們是來找我的嗎？快請進。」

莫掌櫃熱情地領著他們朝店裡的後堂走了進去，溫月在跟進去之前，回頭看了看那已經傻了眼的小二，悄悄露出一絲不明的笑。這抹笑，嚇飛了小二的三魂七魄。

方小哥、溫小娘子，這兩個人他又如何不知呢？這些日子，老掌櫃一閒下來就會遺憾地搖頭，說七娘子運氣好，天大的便宜被她搶去了。而自己為了安慰老掌櫃，還說是那對夫妻不長眼睛，不知道挑店面大的進，原來，這對夫妻就是老掌櫃所說的傳授新繡法之人，那老掌櫃最應該怪罪的人豈不就是他?!

若是被老掌櫃知道了事情的真相，他還能在這店裡繼續混下去嗎？小二越想越害怕，幾次他都想湊到後堂的門口偷聽裡面的談話，可終究因為沒有膽量而卻步。

其實方大川和溫月此次來，本就是為了交代傳授繡法之事，並無其他大事。所以在跟莫掌櫃聊了會兒天後，兩人就起身離開了。臨走前，惡趣味的溫月突然想看看那小二此時是什麼樣的表情，而在看到他一臉的慌亂後，溫月心情大好。

可就是這一眼，讓原本已經惶恐不安的小二，更加的浮想聯翩。

待他們走後，有所覺察的莫掌櫃就將小二單獨叫進了內堂，三言兩語之下就套得事情的全部經過，又氣又惱的莫掌櫃真恨不得踢那小二幾腳，以洩識人不清之怨。

將事情辦完後，方大川他們坐在回村的驢車上，溫月對正在哼小調的夫君問道：「大川，你怎麼沒有跟莫掌櫃說那小二對咱們無禮的事呢？」

「月娘，妳有看到當時莫掌櫃請咱們進屋時那小二的表情嗎？」方大川反問。

溫月噗哧一聲笑了出來。「當然有，我還故意瞅了他一眼，我都不知道自己的眼神有那麼大的殺傷力呢！」

方大川點點頭，似有感慨。「妳看他那惶惶不安的樣子，先不說他會不會後悔，人啊，怕的就是不能安心，心不安，吃不好也睡不香，這日子過得還有啥意思？且我私心裡是希望他能夠自己想明白，怎麼說現在這世道能找份合適的活計也不容易，與人為善總還是好的。」

說到這裡，他神色又是一變。「還有一點，咱們也不知道這小二與莫掌櫃是遠是近，若是沾親帶故，咱們豈不枉做小人了。」

方大川能考量得這樣周全，倒是出乎溫月的預料，她本以為他不計較是因為開闊了眼界，已經不屑於跟這樣的小人計較，可現在看來不只是如此，還因為他心存善念，更因為他開始懂得審時度勢。

溫月看著脊背挺直駕車的方大川，這個幾個月前在她心裡還是如同男孩一樣的存在，在這短短時日的歷練中，已經變得成熟，成為一個可以安心依靠的存在了。

此時的驢車已經離開了鎮外的官道，上了通往周家村的小路，溫月見左右前後無人，小心地站起身坐到了方大川的身後，輕輕地將臉貼在了他的背後。

第十三章

冬天不只是土地休養生息的日子，也是勞作一年的人們緩解疲勞、放鬆身心的季節，外面雖是一片蕭條景象，可卻不會影響鄉下人的愉快心情。

滿兒在炕上睡得正香，小小的嬰兒，每天的主要任務依然是睡覺，偶爾會睜眼玩一會兒，溫月很慶幸孩子出生在秋收時節，她才能得到全家人的細心陪伴，尤其是趙氏和李氏，幾乎是日日守在她的身邊。

唯一讓溫月有些頭疼的是，兩人因為太疼孩子，將孩子抱出了壞毛病，只要滿兒醒著，一定要人抱，光抱著還不行，還要輕輕搖晃。要是不能滿足她這個小小的心願，她就會一刻也不停地哭，於是趙氏和李氏又心疼地馬上將她抱在懷裡，如此便成了個惡性循環。

溫月曾經多次想要糾正滿兒這個毛病，可無奈趙氏跟李氏誰都不肯配合，她也只能放棄了。

這時，趙氏來到廚房，看著正在做飯的李氏和溫月道：「我剛去屋裡看了滿兒，咱們滿兒是我見過最漂亮的孩子了。村西頭周老六家的那個娃娃跟咱們滿兒簡直沒法比較，瘦的啊，嘖嘖，我都不忍心看嘍。」

趙氏雖然心情好，可是溫月也沒有忽略掉她偶爾會小幅度轉轉肩膀的動作。「奶奶，以後不要那麼寵滿兒了，看看妳和娘，整日裡胳膊都是疼的。她現在小還好說，過幾個月大了，若還像現在這樣天天要抱，哪還抱得起啊？」

趙氏瞥了溫月一眼。「怎麼就抱不動了？咱們這麼多人，還抱不動個女娃娃？就妳懶吧，妳不愛抱我抱，回頭滿兒晚上也跟我睡，不用妳帶。」

溫月看自己一句話竟惹得奶奶這麼大的反彈，便轉頭看向李氏道：「娘，妳幫我勸勸奶奶吧，咱們給她把這壞毛病扳過來。」

李氏搖搖頭，小聲道：「啥壞毛病啊，姑娘家的就是要嬌養著，有奶奶跟我輪換著，累不著。」

眼看又一次勸說無效，溫月也沒了辦法，只能想著在別處下工夫了。

被趕出廚房的溫月進了裡屋，看著睡得正香的女兒道：「妳啊妳，看把太奶奶和奶奶給累的，真是小壞蛋。」

但此時溫月心裡也想著是不是該讓大川給孩子做個搖籃呢，這樣大人也能輕快些。

北方的冬天黑得早，才酉時左右，天就已經完全暗了下來。

溫月站在門口向外張望著，等待著方大川的歸來。在溫月的焦急等待之下，院門口終於出現了方大川的影子，溫月迎上去埋怨道：「今天怎麼回來得這麼晚？害我們在家裡乾著急。」

雖被溫月埋怨了，可方大川也不生氣，傻子才聽不出來自家媳婦言語裡的關心呢。「今兒個都怪我，下山的時候看到了一隻雪兔，追了半天，結果白耽誤了工夫。」

溫月看著他腳邊的一小堆獵物，道：「以後莫要如此了，我看你今天收穫也不少，咱家現在也不缺這些東西，人平安才好。」

方大川點點頭，心裡有些懊惱，這雪兔只有在冬天時才有，他還想著多打上一些，等閨女大了，用雪兔的皮毛給她做件衣裳呢。但既然媳婦大人發了話，他往後還是儘量早些回來吧。

他在黑暗中悄悄握上溫月的手，兩人一同往那亮著橘色燈光的屋內走去。

趙氏手裡抱著滿兒，一見孫子回來，便指揮著李氏給她數著方大川這次又打回了什麼，聽著李氏報的數，趙氏高興地對滿兒道：「咱們滿兒就是個福星，自從有了妳，咱家的日子就一天比一天好過，妳爹也能打到獵物了，要不然我真以為當初那隻熊瞎子是我瞅花了眼呢。」

方大川臉上一紅，有些不好意思地把頭埋進了碗裡，大口地喝起肉湯來，溫月看著方大川的窘樣，也在一邊露出了微笑。趙氏說的這話，她也曾經有想過，是不是真的記錯了，一個能獵到熊的人，竟然連著幾個月連根兔毛都看不到，這太不科學了。

可到底現在是好了，大川每三、四天進一次山，下的套子總能套中些獵物，家裡不用花多少錢就能吃得上肉。看來不只人類喜歡錦上添花，老天也是如此。

「前幾天打回來的還沒吃完呢，現在又多了這些，幸好天已經冷了，要是天熱，怕是存不住了。」李氏邊整理邊說。

溫月給方大川又盛了一碗肉湯，看著地上的兔子，想了想後道：「娘、奶奶，我想試著把兔肉換另一種方法保存起來，但是我也只是聽過，沒有親手做過，不如咱們找個時間試試吧。」

其實溫月想的法子就是做臘肉，前世她沒有聽過臘雞肉，所以這野雞自然是不做了。但是兔子做臘肉，她隱約還有點印象，若是真能成功，也許還可以買些豬肉回來試試，畢竟臘肉比那用鹽漬過的肉要好吃太多了。

趙氏聽溫月說又有新法子，也沒細問就應了下來，她看著那雪白的兔子，又看了看懷中抱的滿兒。「我不管你們怎麼弄，反正這兔子皮可得給我留下來，將來給咱們滿兒當嫁妝。」

到了夜裡，洗過澡的方大川鑽進被窩，舒服地吁了口氣。「月娘，這新炕真的是太好了，省了不少的柴。我今天上山遇到柱子他們，被他們好一通感謝，村裡那些觀望的人家，現在正後悔呢，可這會兒天也冷了，想盤也沒辦法。」

「嗯，我也聽孫四嬸說了，她還說前些日子趙家那邊到處去攬活計，說是會盤炕，結果盤出來的炕根本不熱，人家現在天天找他們吵著退錢呢。」溫月一想到孫四嬸帶來的消息，就覺得好笑。

這趙家人真是想錢想瘋了，覺得在周家村搶不過里正家的姪子，就到別的村子去遊說，可他們也不看看自己有幾斤幾兩的本事，連看都沒看過，就說會盤了？真以為那就是糊個泥的事兒嗎？

想到趙家肯定又是一團亂的情景，溫月和方大川對視一笑，而就是這充滿濃情密意的眼神，讓年輕的方大川從心底湧起了陣陣的衝動。漸漸的，溫月也有些抵不住從方大川眼裡湧出的熾熱，白皙的臉上泛起了淡淡的潮紅。

情事於她，並不陌生，穿越前她畢竟是個過來人。所以方大川眼裡那掩不住的躁動，溫月完全明白代表著什麼。從生完孩子到現在，已經是兩個月有餘，實際上有好幾次的夜裡，溫月都能感覺到方大川努力克制的呼吸。若說剛穿來那些日子，讓她跟一個不是很熟悉的男人做這種親密的事情，她定是很反感的，可是現在……

溫月淺淺一笑，主動鑽進了方大川的被子裡，看著方大川愣住但難掩驚喜的表情，小聲嗔了一句。「呆子。」

第二天當溫月起床的時候，方大川早已經不見蹤影，她敲了敲痠痛的後腰和發軟的腿。唉，什麼是自作自受，她這回是知道了。初時，她見方大川只會橫衝直撞，雖說年輕體力好，可是換個花樣總是能讓雙方都愉悅的事情吧。哪知道，她只是換了一個姿勢，這男人就跟那開了竅的木頭一樣，把他能想到的姿勢通通折騰了一遍。

好在自己這具身子年輕，肢體還算柔軟，這要是放在前世那個年齡，今天能不能起得來還不好說呢。果然人家說得對，男人在這事上，根本是無師自通，也只怪她自作聰明，自作自受了。

等溫月推開屋門的時候，才發現此時已經日正當中，這是……晌午了？她臉上一紅，就算她臉皮再厚也有些扛不住，她沒病沒痛的睡到這時候，這不明擺著告訴婆婆她們，昨兒個她都做了些什麼嗎？

一直注意著溫月動靜的李氏見她站在那裡不動，一張臉像大紅布似的，眼看著就要燒著了，便好笑地叫道：「月娥，妳站那裡幹啥呢？快來吃飯吧。」

溫月先是緩緩走過去親了下熟睡女兒的額頭，然後就羞臊地坐在桌子邊，也不敢去看趙氏和李氏那戲謔的目光。趙氏早就已經笑了一個早上了，從前大川與月娥感情不好，所以她們這麼久才抱上孫子，如今這兩人好得跟那蜜裡調油似的，看來自己的下一個曾孫子，不用多久就會來了。

午飯剛吃過不久，滿兒就醒了，她自己在那裡哼唧了一小會兒，見沒人抱她，立時就扯著嗓子哇哇大哭了起來。本來還想把她這毛病糾正過來的溫月，在看到孩子哭得這樣傷心時，也終於忍不住心疼，伸手把她抱了起來。

看著被抱在懷裡馬上就停止哭泣的滿兒，溫月用鼻尖蹭了蹭她的小嫩手。「小壞蛋，就會折騰人。」

滿兒似乎是聽懂了，大大的眼睛看著溫月，若不是溫月知道這個月分的孩子根本就看不懂，還真會被她給糊弄了去。

慢慢的，滿兒從嘴裡吐出了一個泡泡，溫月被這一幕逗笑了。「好啊，小東西，這麼小就知道跟娘頂嘴了？」

待她要把滿兒的小手抓到嘴邊好好親上兩口的時候，就聽到門外傳來趙氏不甘的怒罵聲。「呸，一個個的什麼玩意兒，還想妄想咱們家的東西，臭不要臉的！我看妳們誰敢進門？只要妳們敢進來，看老婆子我不一個個砸破妳們的頭！唉喲！這日子真是沒法過了啊，這是合夥來欺負我們啊，老天啊，祢開開眼哪，快給咱們做了主吧！」

這又是出什麼事了？溫月心裡一驚，自他們家的日子變好，以及將盤炕的法子貢獻出來後，他們家在這周家村也算是站住了腳，更是很久沒有聽到趙氏這樣的唱作急打了，但聽趙氏這話裡的意思，難道是又有人欺負上門了？

溫月轉身給孩子找了一條小花棉被裹住，便要出門看看到底是怎麼回事，可還沒等她踏出房門，就看到李氏小跑著進來。「月娥啊，妳不要出去，外面現在有點亂，等我跟奶奶把她們應付走了再說，妳今天怎麼樣都不要出去，聽到沒？」說完，她又轉頭跑向了趙氏那裡。

溫月見李氏神情嚴肅，心裡更是著急。到底是出了什麼事，為什麼不讓她露面？溫月頭一次討厭起這個落後的古代，她多想這個時候身邊有一支手機，能將進山砍柴的方大川給叫回來。

溫月沒辦法，只能抱著孩子悄悄將窗戶打開，從縫隙向外看去。只見趙氏和李氏都背對著院子，李氏蹲在趙氏的身邊，趙氏則是坐在地上不停地哭叫著。而在她們的對面，是七、八個村裡的婦人，年紀看起來都跟李氏差不多大。

那其中一個胖婦人見趙氏鬧成這樣，就想上前把趙氏先拉起來，可是趙氏又哪裡肯，她拚命甩掉那女人的胳膊，手指著她們叫道：「妳們這是一起來欺負人啊，我只當妳們是好的，還想著請妳們來家裡看看孩子，順便吃頓飯，哪承想啊，妳們竟然是惦記著我們家孫媳婦那點手藝！

「哼，妳們當我孫媳婦跟咱們一樣嗎，她那是家傳的手藝，哪能隨隨便便就教了別人？我說不行，妳們竟然還來威脅我，難不成我們不教妳們，就是犯了滔天大罪了？該下那十八層地獄了？哼，還想見我家孫媳婦，妳們是不是當她年紀小，面皮薄，指著她來答應妳們？沒門兒、沒門兒，妳們想都不要想，都給我滾，麻溜的都給我滾！」

趙氏罵起人來毫不嘴軟，她雖撒潑了一輩子，但沒理的事她從不幹，只要是她占了理，她就啥都不怕。「快來人評評理吧，這世上哪有這種事，烏泱泱（注）的一群人上門，一不說請，二不說求，就這麼大大咧咧的要我的孫媳婦把刺繡的手藝教給她們，憑啥？就算我們家是後來戶，可也不能這麼欺負人是不是？這是把人往死裡逼啊！

「青天大老爺啊，祢快看看吧，祢到底給我們這些人安排了什麼樣的落腳之處啊！我們為了讓村裡人過個舒服的冬天，捨了自己家的蠅頭，把新炕的方法教給了大家，我們也沒圖聲謝謝，可是妳們也不能不記得好啊。這是占便宜還占上癮了嗎？真當我們方家就是那軟柿子了？」

趙氏在一邊酣暢淋漓地罵著，絲毫不去看那幾個人青白紅三色不停變幻的臉。而那幾個女人也絲毫沒有想到趙氏會這樣不留情面，從前鐵子媳婦說趙氏潑辣，她們都還不信，以為是鐵子媳婦與方家有過節，所以故意造謠。如今親眼見了，才知道鐵子媳婦沒有扯謊，這老太太是真屬炮仗的啊！

眼看著趙氏的罵聲越來越大，引出來的村民越來越多，她們幾個開始有些慌了，畢竟這事一說出來，總是她們做得不夠光明。

她們幾個面對趙氏的撒潑，一時間也沒法可想，妳看我，我看妳，都等著有人出頭來收拾眼前這個爛攤。可是剛剛胖嬸被趙氏嗆了一鼻子灰的事她們也不是沒看到，誰又願意再上前做那出頭鳥呢？

「都圍在這裡幹什麼呢？妳們這群老娘們，又出什麼么蛾子了？我看啊，妳們就是不能閒著，但凡閒著了，就準得鬧出事來！」

當這聲音響在眾人耳邊時，趙氏和那些女人們的臉上便呈現出了不同的神色，尷尬不安

注：烏泱泱，人滿為患的景象。

的是那幾個女人，而忐忑的卻是趙氏，她不知道周里正是來幫誰的。

這時，一直站在周里正身後的方大川走了出來，上前扶起趙氏，拍了拍她身上的塵土。「奶奶，不要怕，周里正來了。」

聽方大川這麼說，趙氏就知道周里正是來幫她的，連忙撲到周里正的跟前，大聲哭訴。「里正啊，您老是最公平不過的了，您快來給我們評評理啊，幫幫我們吧，不然我們這一家子在這周家村，是真的住不下去啦！」

周里正聽趙氏說得嚴重，連忙道：「大川奶奶，不至於、不至於啊，哪有妳說的那麼嚴重，這到底是出啥事了？」其實他剛剛在人群後面時，多少聽到了一些，此時已經心裡有數，再問一遍也不過是想仔細確認一下罷了。

只見趙氏抹了一把眼淚，環視過那幾個女人一圈後，就把剛剛發生的事情又再複述了一遍，說到委屈處，趙氏還反覆地喃道：「哪有這樣欺負人的，哪有這樣欺負人的，我們就這麼好欺負嗎……」

周里正轉頭看向那幾個婦人，沈著臉問：「大川奶奶說的可是真的？妳們可是登門來討人家的手藝？」

那幾個人妳看我、我看妳的，最後還是胖嬸仗著跟周里正沾了點親，賠笑著道：「周叔，我們就是想著跟月娥妹妹學點刺繡，這不也是農閒嗎？等我們學會了也能替家裡多個進項，哪知道方家奶奶反應會這麼大，弄得像我們多不講理似的。」

趙氏一聽胖嬸說得這麼輕描淡寫，叫道：「妳說啥？啥叫我反應大？妳們都上門來逼著我們家把吃飯的本事教給妳們，都要斷了我們家的活路了，還不許我生氣，難道妳們要我笑呵呵地答應嗎？那乾脆妳們住到我家裡，讓我們養著妳們算了，妳們也都不用受累學了！」

周里正沈著臉看著胖嬸幾人，他真沒想到這些老娘們竟然能將主意打到這上面，這是想錢想瘋了啊！這些婦人也是真蠢，為啥要拿出這上門逼人的氣勢來，既然是有求於人，怎麼就不能把樣子做足了？但凡大家好好說，裡子面子都不差，他就不信這方家敢說不教，敢收她們一個大子兒？

況且方家要是個聰明的，為了不引起大家的反感，就是打掉了牙齒往肚子裡嚥，也要高高興興地教會了她們。現在可好，如今這事情鬧得如此大，偏她們又這麼的不占理，這讓他想幫著圓都沒辦法了，可不圓場又不行，這些老戶，哪個跟他家不是連著遠近親的，唉……

方大川看出了周里正臉上的猶豫，心裡冷笑，怕是他們這些後來戶在分量上永遠也及不上周家村這些沾親帶故的老戶吧。也幸好他遠遠地看到自家門口圍滿了人，又聽到他奶奶的哭聲，沒有腦門發熱地衝上來，而是先將周里正給找了過來，不然今天這事，還真是很難說清了。只可惜他現在還不能跟這村裡的人鬧翻，至少不能與周里正有疙瘩，不過既然周里正這麼為難，那就讓他自己來解決了吧。

第十四章

於是方大川拱了拱手道：「周里正，這事情的大概你也已經明瞭了，打我們方家來到這周家村之後，不敢說對村裡有什麼貢獻，可是也循規蹈矩、友愛鄰里。但凡能退讓一步的事情，我們家也是從不曾有過異議，哪怕是當我娘子被鐵子媳婦打傷了頭，我奶奶也只是要了十個雞蛋了事。可就因為這十個雞蛋，我們受到了鐵子家多少的折騰，您老也應該看在眼裡。

「但即使是這樣，我們也仍然沒有在意，雖說要是真計較起來，我家娘子喝的藥錢，十個雞蛋怕是根本不夠的。我們家占著個『理』字，沒必要這樣忍讓她，還不是因為我們想著都是一個村子住的鄉親，遠親不如近鄰，您說是不是？我們一家就是這麼想的，所以在村裡換新炕的時候，我仍痛快地去鐵子家裡幫了忙，沒有少出一點力氣。

「可是現在您看看幾位嫂子所辦之事，是不是太過了些？我這會子倒不是因為幾位嫂子欺負人而生氣，我更寒心的是幾位嫂子根本就不曾將我們這些後來戶當成是這周家村的一分子。但凡她們要是能顧念我們是同一村的鄉親，又何必做到如此的不留餘地。」

周里正被方大川說得啞口無言，這識字的與不識字的就是不一樣，這事要是擱在別人身上，也許他還能用兩、三句話糊弄過去。可是現在方大川將事情說得如此嚴重，還說到了老戶和新戶的關係上，若是一個處理不好，怕是他這多年積攢下來的威望也要折損不少了。

唉，都怪這群死老娘們，往日裡沒有繡花這回事也沒見她們都餓著，見別人家有點賺錢的手段就眼紅，一個個的頭髮長，見識短，全都是給她們慣的。

周里正越想越生氣，看向那幾個女人時眼裡跟挾了風雪似的，狗子媳婦夾在人群中間看著這一幕，心裡暗暗著急。這眼看著就要成功，可別到了這臨門一腳給踢飛了，那麼這些天她和鐵子媳婦不是白忙和了？

她抿起嘴唇，小聲嘟囔著。「方大兄弟這話說得也太咬人了些，我們也不過是想讓月娥妹子教教我們，怎麼就成了我們欺負人呢？就像你說的，都在一個村子裡住著，幹什麼就不能互相拉一把呢？不就是獨門的繡花技巧麼，也值當你們這麼小心。」

二狗媳婦的話引得那幾個女人紛紛點頭，七嘴八舌地附和起來，話裡的意思無非就是方家小氣，一個村子住著，連繡花都不肯教。

趙氏則是氣得火冒三丈，這些人真是太不要臉了，青天白日之下竟然將她們那齷齪的心思說得那麼冠冕堂皇。而方大川見趙氏又要開罵，一直攙扶她的手在趙氏胳膊上輕輕捏了一下，阻止了趙氏，接著又轉頭看向狗子媳婦嘲諷道：「狗嫂子說的這話我愛聽，確實也是如此，同在一個村子裡住著，應該互相拉扯一把。」

狗子媳婦在聽到方大川叫她狗嫂子的時候，眼裡立時就冒上了火，雖然在外面她們這樣的婦人大多會冠上男人的名字，可是因為她男人叫二狗，大家平時也都避諱著，要麼叫她二狗媳婦，要麼叫她石頭娘，但狗嫂子這稱呼卻是頭一次有人當面這麼叫她。

聽著身邊幾個婦人那沒能憋住的笑，她真是恨不得上前把方大川的臉給撓花，以她對村裡這些八婆的瞭解，不出明天，多少人都會在她背後笑她一聲「狗嫂子」。

方大川似乎沒有看到狗子媳婦眼裡的恨意，只緩緩道：「想來狗嫂子也會把自家那打家具的手藝傳給我們大夥兒吧，要知道，村裡的男丁們在這農閒的時候，也是想多貼補些家用的。」

二狗媳婦沒想到方大川會來這手，難道她還嫌搶飯碗的人少嗎？她是瘋了才會同意把自家打家具的手藝教給這些人呢，可是現在要她開口拒絕，那她剛剛說方家的事，不就是真真打了自己的臉嗎？自己這回可真是沒吃到魚，還沾了一身的腥。

方大川見二狗媳婦只低著頭不說話，眉毛一挑。「狗嫂子，妳倒是給句話啊。」

見二狗媳婦不說話，方大川又轉頭看向胖嬸。「胖嬸，剛剛妳也很贊同狗嫂子的話，那一定也同意將妳家那傳了三代的做豆腐手藝教給大家吧。」胖嫂婆家雖是做豆腐的，可是也不知道他們在豆腐裡添了什麼，做出來的豆腐竟比別人家的要白上許多且更細膩。

胖嬸沒想到戰火這麼快就燒到了自己身上，剛剛方大川在說二狗媳婦的時候，她就想要往人後躲，無奈還沒等她藏好身子，就被方大川給盯上了。看著方大川衝她淡笑的模樣，她卻覺得身上冷了幾分，這方家人，竟真是個硬釘子啊。

「怎麼，妳們都不願意？」方大川冷冷地掃了那幾個女人一眼。「幾位嫂子，妳們覺得我剛剛說的可是在理？只要她們兩位嫂子點了頭，我家月娘那裡自有我去勸說。就如同狗嫂子剛剛說的，大家相互扶持是應該的。」

大川的話讓那幾個女人的心思一下子就活泛起來，要是真能像方大川說的那樣，那可是件好事啊。要說她們不眼饞二狗媳婦家和胖嬸家的手藝那是假的，大家都在一個村裡住著，有人過得好，這過得不好的肯定會眼紅。可是也有句老話說，搶人家的家傳手藝與搶人飯碗是同一個道理，都是斷人活路的缺德事，所以即使眼紅，她們也從沒起過想要謀取的心思。

可今天聽方大川這麼一說，似乎還真有那麼點道理。人群裡有那短視的婦人便開始議論了起來，那圍在外圈看熱鬧的人也摻和了進來，一時間場面變得相當火爆，而方大川則神色輕鬆地站在那裡，任由那些人的目光在他和二狗媳婦、胖嬸的身上掃來掃去，一心只等著她們兩人開口的樣子。

二狗媳婦和胖嬸兩人現在卻是如芒在背，眼看著人群裡有越來越多的人贊同，她們兩個嚇得冷汗直流，心裡真是悔不當初，幹啥要眼紅那點銀錢，最後將自己給搭了進來呢，今天這事要是真被方大川弄成了，不用想，等她們一回家，自家的爺們就能把她們打得半死，搞不好還會休離回家。

胖嬸越想越害怕，大冬天裡臉上卻是汗珠遍布，她只能看向周里正，哀求地叫了一聲。

「周叔！」

周里正狠狠地剜了她幾眼，心裡真不願意管這破事，可是又不能不管，要是真讓他們把這事做成了，那他這周家村還有沒有聲名了？一個村子的人，去搶自己村裡人的家傳手藝，這事說出去他都臉紅！且他那在縣裡做縣丞的兒子搞不好也會受到牽連。「行了、行了，一個個的都吵啥呢？老娘們沒見識，你們這些老爺們也不懂？怎麼著，還真想謀了人家的祖傳手藝，幹那遭雷劈之事？」

周里正話一出口，立時就將那些頭腦發熱的村民心中的邪火給澆熄下去，他們一個個的嘆了一口氣，卻也不再多說什麼。周里正見自己的話起了作用，便對那些人擺擺手道：「得了得了，不要圍在這裡了，都回家去吧，大冷天的也不怕凍著。」

接著他再轉頭對二狗媳婦她們罵道：「還有妳們這些蠢婆娘，沒事就知道湊在一起瞎嚷嚷，就不能幹點正經事嗎，啊？妳們都等著，看我回頭怎麼跟妳們家裡的男人說，一個個的都是欠揍。要是讓我知道妳們又起了什麼不該起的心思，壞我周家村的名聲，看我不把妳們攆了出去！」

站在窗後的溫月將這一幕全都收進眼底，她也知道趙氏她們為什麼不肯讓她出去，應該是怕到時她就像現在的二狗媳婦那樣被眾人架在那裡，答應也不是，不答應也不是，反而更尷尬。

但其實溫月當時看到趙氏幾人落了下風，還差點就衝出門去，趙氏雖然厲害，可是卻是個直心腸的老太太，跟這些帶著花花心思來的女人比，光是撒潑又有什麼用呢？更何況就是因為她很珍惜這種被家人保護起來的溫暖感覺，才更不可能置身事外。

不過幸好，方大川回來得及時，且還將周里正一起帶了過來，剛剛他那舌戰八婆的樣子，倒也挺有氣勢。溫月站在門口，笑迎著再次凱旋而歸的趙氏幾人，等趙氏和李氏先進了屋，溫月小聲地對跟在後面的方大川道：「你剛剛那個樣子，還真是特別像個以一敵百的大將軍。」

「真的？」得到自己媳婦如此高的褒獎，方大川臉上差點就笑出一朵花來。

溫月點點頭，還想再褒揚他幾句，就聽趙氏在屋裡叫道：「在外面說什麼呢？還不快進來。」

溫月只好跟方大川並肩進了屋，看著趙氏歪靠在椅上，忙給她和李氏倒了杯水。「奶奶、娘，喝點水吧，剛剛那會兒吵得口渴了吧。」

趙氏接過溫月手中的碗，邊喝邊道：「算妳還有點良心，妳不知道這吵架啊，可比種一畝地累多了，真要動起手，那就等於加上犁半畝地的體力。」但不管過程怎麼樣，總算是讓他們家贏得了這一次的勝利，趙氏不免喜形於色。

溫月聽趙氏的比喻還挺生動，想了想也覺得吵架確實是挺需要花體力的，忙在一邊笑著拍馬屁。「奶奶您辛苦了。」

「辛苦啥？今天這禍是我招來的，我要是不把這事擺平了，我怎麼還有臉來見妳。」趙氏悶聲說道。

溫月見趙氏情緒一下子變得低落，笑著勸道：「奶奶，不是什麼大事，就是妳答應下來了咱也不怕，只要到時我教她們一些平常的針法就行了，肯定不會影響咱們跟莫掌櫃的協議的。」

聽溫月這麼說，趙氏這才把心放了下來，她轉頭看著在一邊睡得正香的滿兒，小聲道：「這村子裡的人啊，心術都不正，算了，我以後還是少出門吧。」

到了夜裡，滿兒又一次被趙氏要求留在她的房裡，溫月見奶奶今天心情不好，也就順著她的意思同意了。她想著白天發生的事，對方大川道：「大川，我看周里正最後走時臉色不太好，雖說咱們是苦主，可到底是給周里正心裡添了堵，不如明兒個你拿隻兔子去周里正家裡坐坐吧。順便也打聽打聽，到底是誰在背後挑唆，我總覺得這事不是她們這些婦人臨時起意這麼簡單。」

方大川想了想，點頭道：「妳說得有道理，我也覺得今天這事出得奇怪。咱們家靠賣繡品賺錢的事早在入秋那時就已經全村皆知了，怎麼那個時候她們沒上門鬧，偏偏隔了這麼久才找上門來？妳放心吧，月娘，我明日就去里正家裡走一趟。」

溫月點點頭，迷迷糊糊的就準備睡了，方大川卻突然在溫月的手心撓了幾下道：「妳就沒什麼別的要交代我的嗎？比如說明兒個我去了該說什麼、怎麼說？」

被方大川這一鬧，溫月沒了睏意，伸手將掌心在他結實的胳膊上蹭了幾下解癢。「有什麼可交代的啊？你現在都能舌戰群婦了，區區一個周里正算什麼。」

方大川一愣，過會兒才反應過來溫月到底說的是什麼，他半撐起身子看著溫月。「好啊，妳竟然出言諷刺我，看我這大將軍怎麼收拾妳！」

說完，他一個翻身覆到了溫月身上，雙手開始在她身上四處游移。

今夜，滿室旖旎……

隔天，臨去周里正家的時候，趙氏看方大川拎了一隻野雞和野兔，她又開始肉疼。「川子啊，幹啥要送那麼多啊？送一隻不就得了，左右我看那里正也不偏向著咱們。」

方大川無奈地笑了笑。「奶奶，放心吧，這東西肯定不會白送。」

方大川是趁著天黑才往周里正家去的，送禮這種事情當然是越少人知道越好，正在屋裡吧嗒煙嘴的周里正聽到院門有聲響，背著手走了過去。

他打開門見是方大川，愣了一下。「大川啊，你怎麼來了？」

「我來看看周叔您，昨兒個又勞您受累了，我這心裡老覺得對不住。」方大川一臉愧疚地看著周里正。

周里正藉著夜色仔細打量了下方大川，沈吟了片刻才將他迎進屋裡。進了亮堂的正屋後，周里正才看到方大川手裡拿著的東西，他有些不高興地道：「大川啊，你這是幹啥？來就來了，你怎還帶東西？快收回去吧，收回去。」

方大川把手中的野雞放到一邊，笑道：「周叔您說啥呢，這也不是什麼好東西，不過就是我做姪兒的一點心意。打從我家搬到這裡，沒少給您老添麻煩，孝敬您也是應該的。」

周里正見方大川一口一句周叔的叫著，就知道他今天是來示好的，且當他看到方大川手裡這份並不薄的禮物時，雖然面上還是有些嚴肅，可心裡卻是滿意得不得了。昨兒個這方大川可是沒給他留一點面子，當著他的面就把村裡這些老戶駁了個臉紅，他還在生氣方大川不把他當回事呢，今天他就知道來賠不是了。

不過這才叫懂事嘛，跟他在這周家村住著，哪個敢不給他周長貴面子？俗話說縣官不如現管，他這小小的里正雖然官不大，但是管理這些個村夫，還是一點問題都沒有的。

方大川已經看出了周里正眼裡的動搖，知道他這是心裡喜歡，面上卻拿架子，忙又說了些好話，周里正這才滿臉無奈地將東西收下了。

方大川倒不在乎周里正這虛偽的表現，只要周里正收了東西就好辦。「周叔，我今天來，一是想給您賠個禮，二是想請您老幫幫忙，小子我是沒有能力，也只能求到您這裡了。」

收了東西當然得辦事了，更何況方大川的禮還不小，可因為不知道這方大川到底是有何所求，周里正答應得也含含糊糊。「你說說看，看看周叔能不能幫上忙，畢竟周叔只是個里正，想大包大攬的，周叔也沒那個本事啊。」

「這事對周叔您來說，還真不是大事。」方大川笑著拍了個馬屁，然後眉頭一皺。「周叔，我昨兒個夜裡怎麼想都想不明白，您說為啥村裡的嫂子們就挑著我們家找碴呢？我自問打我們搬到周家村，也沒做啥對不起村裡人的事啊，但凡是我們可以幫忙的，我方大川一家也從沒縮過頭，但為何她們就只針對我們家呢？我想著這背後不太單純啊……」

周里正見方大川說得嚴重，他倒是不以為意。「你想太多了，一群沒見識的老娘們罷了，能圖個啥？我看她們就是看你家賺了錢眼紅。」

「可是我家賺錢也不是這會兒賺的啊，早在蓋房子的時候就已經跟大家交代一聲了。怎麼偏這個時候出了這事呢？」方大川見周里正漫不經心的不當回事，心裡就不悅起來。

要不是他們家在這周家村裡根基不深，又何苦要求到周里正的身上，自己就可以著手去查個究竟了，且明知道有人在暗處針對自己，要是不能把這人揪出來，他又怎麼能安心？

方大川心思急轉，突然暗生一計。「周叔，不是我危言聳聽，您說今天這幾個婦人聚在一起來我們家挑事，平日裡您啥時見過這些婦人心這麼一致？要說背後沒人給她們出謀劃策，暗中挑唆，您信嗎？我是不信的。可是周叔，您想過沒有，今天那人能煽動這群女人逼上我家，明天呢？那暗中之人要是抱著壞心思又看誰不順眼，唆使別人聚在一起登了誰家的門，到時候您……這可是養虎為患啊，周叔。」

方大川直直地看著周里正，臉上全是焦慮和不安，似是極為周里正擔心。周里正當然也聽懂了方大川話裡的暗示，他的表情由輕鬆轉為凝重，冷哼一聲。「我看誰敢！大川，你先回吧，周叔不出兩天，一定給你個交代。」

見目的已經達到，方大川也不多糾纏，說了兩句客套話後就離開了。

送走了方大川的周里正順著方大川剛剛給的暗示，一路想下去，也是越想越不對勁，越想越覺得大川說得太對了。村裡這些婦人雖沒什麼見識，也愛計較一些蠅頭小利，可是卻也沒膽逼上門去，到底是誰挑的頭？

他細想了想當時在方家門口看到的那幾個人，又叫來了昨兒個也在門口看熱鬧的大媳婦。「老大媳婦，妳去趟胖嬸家，問問看昨天到底是怎麼回事，告訴她別藏心眼，不然看我收不收拾她。」

他倒要看看，是誰在暗地裡使這個壞，敢在他的眼皮子底下做這種小動作。今天幾個娘兒們敢聚在一起逼別人交出家傳手藝，明兒個是不是就敢聚在一起逼自己下臺了？真是混帳！

在這巴掌大的周家村，周里正想查點什麼出來，還沒有他查不到的。果然，沒出兩天，方家就從里正大兒媳婦的嘴裡得到了準確的消息，背後的人是誰也找到了。當然，這個幕後黑手的出現，讓周里正微微鬆了口氣，也讓趙氏又添了幾分怒氣。

她沒想到竟然又是趙家的人，他們現在敢在背後搗鬼了，這要是不上門去罵幾句，她就不是趙春梅！

第十五章

第二天趙氏故意挑了個接近中午且村裡人都在家的時間，帶著跟班李氏一路吵嚷著往趙滿倉家裡去。被安排在家帶孩子的溫月怕她們兩個人吃虧，急忙抱著孩子去了孫四嬸家，託孫四嬸前去幫襯著點，又讓孫四嬸的兒子去把一早就去山上砍柴的方大川找回來。等到安排妥當了，她才安心地回了家，可到底還是不能完全放心。

而趙氏在前往趙滿倉家的路上，故意邊走邊嚷，眼看著出門跟在她身後看熱鬧的人越來越多，她心道：都來吧，越多越好，今天她就要在全村人面前，給趙滿倉家一個沒臉，順便把關係也明明確確地斷了。

就這樣，趙氏帶著李氏，後面跟著一長串看熱鬧的村民，一路浩浩蕩蕩地到了趙滿倉家，她用力推開已經殘破不堪的木柵門，結果先被眼前那一片狼藉驚了下。她都還沒鬧呢，這趙滿倉家是怎麼了，遭土匪了？

「怎麼回事這是？」她小聲嘟囔了一句。

李氏卻好像是明白了什麼，在趙氏的耳邊小聲道：「娘，前些日子不是說，趙家人在外面盤炕，結果炕不熱，人家說他們是騙子回來討錢了嗎？怕是人家搶東西了吧。」

趙氏聽了哈哈大笑，拍著李氏的手道：「妳這麼一說，我還真想起來了，妳看看，這老天都是長眼睛的，什麼樣的人家，就出什麼樣的人。」等她笑夠了，就朝著正屋大聲叫道：「肖二鳳，妳給我出來！」

話說這趙滿倉一家前幾天被上門討債的人強搶之後，已經垂頭喪氣了好幾天，家裡買的米麵和肉都已經被那些人拿走了。幸好張翠芬精明，早將餘錢都埋在院子裡的老樹下面，不然這個冬天，他們家可能都要熬不過去了。

備受打擊的一家人已經連著幾天沒有出屋，除了吃飯時間，誰都不肯說一句話，於是這樣安靜的屋裡，趙氏的聲音顯得格外清晰。

趙滿倉聽是趙氏的聲音，奇怪地道：「她怎麼來了？」

張翠芬卻笑了。「老頭子，她來還不好嗎？也省得咱們去找她了，這不正好送上門了。」

趙滿倉點點頭，老天爺餓不死瞎家雀兒（注），他們這也算是要啥來啥了吧。其實這些日子他就與張翠芬商量著，要找個機會上門跟方家弄些錢來救救急，若實在不行，他就捨了平日裡的威風，向趙氏伏低做小也是可以的。

肖二鳳聽到了趙氏的叫聲，頓時有些心虛，可看趙滿倉和張翠芬都出去了，她顧不得細想，也跟著一起出去。

趙氏看著趙滿倉一家人邋遢的樣子，撇了撇嘴，眼睛往天上瞟了一下。爹、娘，看到了沒？這就是你們當年捧在手心裡的兒子啊。

等趙滿倉他們出了門，看到院子外圍了裡三層、外三層的人，這才覺得有些不對。本來還想著對趙氏好些的趙滿倉到底沒有壓住火氣，吼道：「趙春梅，妳這又是幹啥呢？外面這些人是怎麼回事？」

趙氏笑了下，從地上扶起一張凳子，往上一坐，道：「我怎知道是怎麼回事，人家愛跟來看，我能有什麼辦法。」

肖二鳳見這氣氛又是要吵起來的架勢，想著剛剛在家裡拿的主意，連忙諂媚地對趙氏笑道：「姑姑，您來可是有事啊？要不進屋裡說吧，外面冷。」

趙氏一見肖二鳳開口，想起她幹的那些缺德事，立時就指著她罵道：「呸，誰是妳姑姑，我可沒妳這樣的姪媳婦！肖二鳳啊肖二鳳，妳這心可夠黑的了，貪圖我家孫媳婦會刺繡的手藝，為了想要學了去，竟然鼓動村裡面其他婆娘上我家逼迫，就妳躲在背後想撿便宜？我呸！肖二鳳，我告訴妳，別以為別人都是傻子，這世上就妳一個聰明人，就算別人不知道，這老天爺也是長眼睛的。」

肖二鳳這幾天都在家裡生悶氣，關於刺繡的事她還真是忘在腦後了，她想著這麼多天沒得到鐵子媳婦的消息，應該是那邊還沒有開始行動。哪承想，今天趙氏主動上門竟是為了這事，這突如其來的消息讓她措手不及，到底是怎麼回事？是誰漏了消息？她才幾天沒出屋，怎麼就出了這麼多事？

注：老天爺餓不死瞎家雀兒，天無絕人之路。

「姑姑，您說的是啥，我怎麼聽不懂呢？」肖二鳳心裡千迴百轉，可是面上卻擺出一副不知情的樣子。

趙氏一看她那樣就來氣。「妳甭跟我裝，那鐵子媳婦跟二狗媳婦都說明白了，這事就是妳在背後捅咕（注）的，看妳長得人模人樣，幹的卻不是那人事！」

「姑姑，您怎能這樣說話？咱們說來說去都是一家人，打斷骨頭還連著筋呢，我哪能幹那缺德事，您一定是聽錯了，要不就是她們誣賴我。」看著周圍人那不善的目光，肖二鳳此時只能努力撇清關係。

但她想撇清，也得看她的同夥同不同意，躲在人群後面的鐵子媳婦一聽肖二鳳說是她信口開河，馬上跳出來怒道：「姓肖的，妳說啥呢？妳再說一遍，誰誣賴妳了？哎喲，妳可是真鬼啊，當面一套，背地一套，妳難道忘了妳當初找我的時候說了啥了？」

於是鐵子媳婦臉不紅、氣不喘的就把當初肖二鳳找她的事一口氣全倒了出來，說完之後才感覺有些不對，看著大家嘲諷的眼神，她用力地跺了下腳，灰溜溜地走了。

「姑姑，您別聽她胡說，我可沒有啊！」肖二鳳那個恨啊，這鐵子媳婦根本就是個草包，怎麼能啥事都往外說了呢，她是跑了，可自己該怎麼辦？

「別，妳可千萬別叫我姑姑，我聽著噁心。你們這門親戚，我趙春梅還真是要不起。你們平日裡好吃懶做，總想變著法子占我家便宜也就罷了，現在竟還在背後往我們家捅刀子？你們這樣的親戚，沒有才是我的福氣。所以從今天起，你們莫要再踏進我們方家半步，聽到沒有？當著全村鄉親的面我再說一次，要是再讓我知道你們在背後又起什麼壞水，別說我不給你們臉面。」趙氏說完，站起身拉著李氏就往外走。

趙滿倉氣得臉上褶子好似又多了兩道，哆嗦著手，指著趙氏的背影，他真沒想到趙氏這次竟然這麼狠，當著這麼多人的面，一點面子都不留給他，說斷關係就斷關係。眼看著趙氏就要走遠，他大聲叫道：「妳給我站住，妳說斷關係就斷關係？我認了嗎？想要斷關係，也成，妳拿錢來吧。」

到了這個時候，聽到趙滿倉仍然想要錢，趙氏竟然氣愣了。「趙滿倉，你憑啥跟我要錢？我啥時欠你錢了？」

「哼，妳說要啥錢？妳要跟老趙家斷了關係就得給錢！妳得把當初吃咱娘奶的錢給我，就當妳是奶娘餵大的，從此咱們就沒關係了。」趙滿倉話音一落，就像是平地一聲雷，不只驚了趙氏，連一邊圍觀的人也都驚呆了。

天大地大，他們還是頭一次聽到這稀奇事，若真要說無賴，村裡的二狗子可要被這趙家老頭給比下去嘍。

人們在安靜了片刻後，轟的一聲就炸開了鍋，這樣新奇的事情，不得讓他們好好熱鬧熱鬧過過嘴癮啊！

趙氏也許是氣大了，她突然笑了起來。「趙滿倉啊趙滿倉，你可是真有出息。我今兒把

注：捅咕，慫恿之意。

話撂這兒了，咱們這門親戚是一定要斷的。至於你要的錢，等我進棺材那天，我去地下親自交給咱娘，一分都不會少的。」說完，她就和李氏頭也不回地走了。

趙氏回到家後就把自己關在了屋裡，看樣子很失落。而從李氏那裡知道剛剛發生什麼事的溫月，心裡對趙氏也有些心疼，人上了年紀就開始念舊，對親情這種東西也就越來越看重，這樣決絕地說要跟親哥斷了關係，心裡多少也會難受的吧。

趙氏雖說嘴上厲害，卻也是個豆腐心的老太太。她還記得第一次趙滿倉來找他們的時候，趙氏那複雜的表情，那裡面應該是含著高興的吧。只是後來的這些事情，擊碎了趙氏心中的期待，老太太是真的傷心了才作出這樣的選擇。

李氏站在門外有些著急。「奶奶歲數大了，可不好讓她這麼傷心，別壞了身子啊。」

溫月看著急得打轉的李氏，又看了看懷中睜著大眼睛不停吃手指的滿兒，心裡說了句——抱歉啊，寶貝兒，得讓妳受點委屈了。

她輕輕隔著襁褓擰了下滿兒的小屁股，可因為力量太輕，滿兒根本就沒有感覺，無奈之下她又加重了手上的力道，滿兒終於「哇」的一聲哭了出來。看著滿兒哭得傷心，溫月又開始心疼得後悔，不停埋怨自己找什麼辦法不好，非出這麼一個昏招。

李氏聽到孩子哭，也忙湊過來，她還沒把孩子接到懷裡，趙氏就從屋內出來了。「怎麼了，怎麼了，我們滿兒為什麼哭了？」

溫月看了看趙氏有些發紅的眼眶，小聲道：「我也不知道，滿兒突然就哭了。」

被趙氏抱在懷裡的滿兒已經停止哭泣，溫月本來就沒有下多重的手，所以她也只是叫了那麼一聲而已。趙氏看著滿兒眼角還掛著的一滴淚水，瞪了溫月一眼。「妳還能幹點什麼？看個孩子都看不好。走吧滿兒，太奶奶抱妳去玩啊，走嘍，咱不要理那個壞娘親！」

看著已經把悲傷拋在腦後的趙氏，溫月挑了下眉，就知道趙氏捨不得聽到滿兒哭，現在滿兒就是她的心頭寶，誰都比不上。

「以後可不許掐我的孫女了。」李氏重重拍了下溫月的手背，不太高興地說。

溫月知道她的小動作被李氏發現了，忙摟住李氏的胳膊討好道：「娘，就這一次，下次再也不敢了，我也心疼著呢。」

李氏笑看著她，無奈地搖了搖頭。

時間一天天的過去，當凜冽的寒風肆意撲打著厚厚的窗紙時，方家的小寶貝滿兒已經可以微微翻身了。打滿兒會動開始，溫月就要付出比從前多幾倍的精力來照看這個小傢伙，因為不曉得她什麼時候會突然翻到地上，就連趙氏怕孩子一個不小心會摔著，在滿兒睡覺時，她也要在炕邊上摞起厚厚的被子當防護牆。

入冬後的周家村，幾乎沒有下過幾場小雪，每次天空飄下的雪花都會洋洋灑灑的落一整天，待雪停時通常都有那及膝的高度。而窮苦的村裡人家，能夠穿上厚棉衣的只有少數，所以這樣的季節，村裡的小路上很少會看到有人走動。

方大川在昨兒個雪停的時候，就跟村中七、八個交好的壯丁一起進山打獵，溫月其實不太喜歡他跟那些人一起進山，若只有大川自己，他也就是看看套子裡有沒有獵物，只當是鍛鍊身體，可是跟那些人一起，他們總是一去兩、三天，好像非要在山裡打個大獵物回來才好。

這次他們臨走前，溫月又聽那趙老憨家的兒子吵著說一定要打一頭野豬回來，山裡的成年野豬有三百多斤，若凶起來也能要人命，所以這兩天溫月的心一刻也沒有放鬆過。好不容易挨到日頭西垂，溫月總算是把方大川給盼了回來，見他平安，根本也不會在乎他又一次空著手回家。

「不要再跟他們進山了，怪讓人擔心的。」溫月在給方大川拿來在家穿的棉衣時說道。

看著溫月在他身邊忙前忙後，方大川笑了兩聲，有媳婦照顧的感覺真好啊。「嗯，我不去了，誰耐煩跟他們一群人住山裡啊，而且他們現在也知道打獵不是那麼容易的，已經要放棄了。」

「那就好，今天你好好休息，過幾天一起去鎮上，年前的最後一個大集，咱們去採買些年貨回來。」聽大川說他不再進山，溫月也將她的打算說了出來。

方大川點點頭。「成，就聽妳的。」

吃過晚飯後，方家人都圍著已經會笑的小滿兒逗哄著，白胖的滿兒眼睛一笑就成了一條線，肉乎乎的小胳膊和小腿，就像是單獨安裝上的一樣，已經看不到手腕和腳腕。大概任誰也不會相信，這個孩子竟然是一口母乳都沒有喝過的孩子吧。

進了年關，日子彷彿一下子快了起來，伴著孩子們期盼過年的清脆童謠聲，年三十的腳步也越來越近。到了臘月二十九，溫月還跟在趙氏和李氏的後面，往鍋裡下著蘿蔔絲丸子和地瓜丸子，砧板上還有那些剛剛切出形且加了糖的麵片，這些都是稍後要一起入鍋炸的。

在這個沒有瓜子和膨化食品的年代，這些東西就是過年裡大家聊天說話時的零嘴了。

方大川手裡拿著已經化好的凍梨進了廚房，給趙氏、李氏還有溫月手裡各塞了一個。「快吃吧，剛化好的，這時候吃正好。」

凍梨是普通百姓家裡在冬天唯一的水果了，把從山上摘回來的酸澀秋子梨存著，到了冬天就放在冰冷的室外，再蓋上枯葉凍上幾天，等到想吃的時候，再拿回屋裡化著，或也可以放在一盆冷水裡浸泡，直到梨子周圍結一層冰衣時，這就能吃了。把梨從冰衣裡取出來，輕輕把黑色的梨皮咬碎，又白又鮮還帶著酸甜口味的汁肉就吸進了嘴裡，再加上那冰涼的口感，很有一番滋味。

這都是溫月在吃過一次後品味出的感覺，事實上，在大川第一次把凍梨拿來給她吃的時候，她著實是有些嫌棄凍梨那黑色的外皮，要不是方大川勸說著，她差點就因為這賣相而錯失了一道美味。

一陣忙忙碌碌，終於到了年三十，熱騰騰的餃子下了鍋，屋外，方大川點燃了爆竹，噼哩啪啦的聲音瞬間響徹了屋內的每個角落。滿滿一桌子的菜端上了桌，溫月給每個人的碗裡都添上了點酒，趙氏最先舉起碗。「來、來，今天過年，是個好日子，咱們乾上一杯。一是為了明年能跟今年一樣，過得開開心心的；二是咱們要好好感謝月娘，不只給咱們家添了丁，更是因為她，咱們才有了現在這好日子。孩子啊，辛苦妳了。」

趙氏說著說著，淚盈於睫，溫月忙站起身將酒乾了。「奶奶，您這麼說讓我怎麼擔得起，您是我的奶奶，這是我的家，我做什麼不都是應該的嗎？其實我才要謝謝您和娘才對，這麼長時間了，我一個做小輩的沒有下過幾次廚，也沒有洗過幾件衣服，更別說去地裡幹活了。這家裡家外的活兒都是妳們在忙著，若放在別人家，我哪能這麼順心地過日子呢，也就是妳們疼著我、寵著我啊。」

趙氏點點頭，擦了擦眼角。「好孩子，咱不說那些虛的，往後啊，都把這勁兒往一處使，是好是壞都互相多擔待些，就沒有過不好的日子了。」

吃過年夜飯，趙氏和李氏就抵不住睏意先回房睡覺了，只留下溫月和方大川兩人在這裡守歲，跳躍的燭光顯得溫月的面容更加嬌柔，方大川拉過溫月的手，深情地道：「娘子，妳辛苦了。」

溫月順勢偎進方大川的懷裡，柔柔地道：「只要你對我好，我就不辛苦。」

她是真心這麼認為的，她在這裡，有了曾經渴求的一切，與自己血脈相連的孩子、一個有擔當的夫君，還有待她如親生孩子的奶奶與婆婆，這一切都是她不曾擁有過的。雖說方大川並沒有給她帶來前世與丈夫交往時的那種浪漫，可是方大川卻給了她最重要的感覺，那就是踏實。

這樣的日子，好似一下子就可以看到幾十年後的她與方大川，子孫繞膝、相攜到老，她所求的不就是這種細水長流、波瀾不驚的生活嗎？

過完了年，又過了好些安穩日子，天依舊很冷，今夜，月光投在皚皚白雪上，折射出慘白的微光，毫不留情地穿過厚厚的窗紙，打在了坐在窗邊的趙氏身上。良久，她深深地嘆了口氣。「秋紅，妳說，大川他爹現在在哪兒呢？難道真的是沒了？」

突然聽趙氏提起夫君，李氏眼裡出現一絲複雜。大川他爹失蹤後，她也曾難過了好久，但現在對她來說，生活已讓她漸漸忘記這男人了，甚至……她有時會冒出些想法，也許沒有大川爹在身邊的日子反而更自在，再也不會有一個男人整天看她不順眼，動不動就用那些文謅謅的話來諷刺她，把她當下人一樣的使喚。而她再也不用把家裡的錢都拿去給他買那些永遠看不到出路的書，也不用看兒子辛苦賺來的錢全都被他毫不在意地花掉，不用再忍受他三天兩頭身上沾染的胭脂味……

但他怎麼可能會死呢？土匪衝過來的那一剎那，他把自己推到了前面，不管家人的死活，撒腿就跑，甚至連自己的老娘都不管。那樣一個自私惜命的人，怎麼可能死得了？又怎麼可能想到他們？

李氏被自己心底的想法嚇了一跳，她雖順服那個男人，但對他還是有些怨啊，原來自己也有這樣心狠的時候呢。她輕輕將手搭在眼睛上，不想讓趙氏看到她此時的表情，害怕婆婆罵她心黑、心狠，況且婆婆待她這麼好，她不能讓婆婆傷心。

日子不知不覺進了二月，寒冷的氣候似乎也發現它沒有幾天可以猖狂了，所以竟在這二月底的最後幾天，瘋狂下起了鵝毛般的大雪。而就在這樣一個無人出戶的大雪天裡，方家的大門再一次被人敲響，而那來人，也讓開門的方大川目瞪口呆。

「娘！不孝兒給娘磕頭了！」

趙氏在李氏的攙扶下，哆嗦著手將跪在地上痛哭不已的男人攬進懷中，她捧著那男人的下顎，老淚縱橫。「我的兒啊，你可是回來了！」

不同於李氏看向那男人時眼裡的矛盾，也不同於方大川偶爾可見的一絲激動，溫月卻是對跟著自己公公一起進門的兩個女人好奇不已。

這兩個女人一個梳著婦人頭，另一個卻做姑娘打扮。梳著婦人頭的女人始終面含微笑，仔細看去，她的眼裡還閃著點點淚痕，好似對方大川的父親與趙氏認親的場景感動不已，而那個姑娘打扮的女人卻一直半低著頭，可細細看去，她也是淚痕滿面。

李氏看著趙氏與方同業抱頭痛哭的樣子，眼淚在眼眶裡轉了許久後也跟著流了下來。雖說心裡有些恨他、怨他，可在見到他活著回來的這一刻，她只剩下激動的情緒，原先她腦中那股惱恨交纏的心思，也被根深柢固的傳統道德與夫妻之情給漸漸逼退。

趙氏哭了很久，好像要將這一年來心裡的所有痛苦都宣洩出來，眼看著方同業的肩膀上已經被趙氏的淚水浸濕，溫月見李氏也只顧著哭，只好上前勸道：「奶奶、娘，爹回來是值得高興的事，咱們應該笑的啊，不要再哭了。」

趙氏聽了溫月的勸，總算是止了眼淚，她拉起一直跪在地上的方同業，仔細打量後，哽咽道：「快坐下吧，也來見見你媳婦和孩子們。」

李氏看著方同業，滿腹的話語只化作輕輕兩個字。「相公……」

相比於李氏的態度，坐在椅子上的方同業只是將目光從李氏身上一掃而過，淡淡地「嗯」了一聲，停頓片刻後似是被趙氏眼裡的情意所逼迫，極其勉強的又加了句。「妳能恪守本分，很好。」

一屋子人誰都沒有想到方同業會說出這樣的一句話來，對於久別重逢、一直照顧家庭的妻子，就算感情再淡，不也應該說上一、兩句暖人心的話嗎？就算再怎麼不喜，至少也要說上一句「謝謝」吧。

這麼久的相處，溫月早將李氏當作家人，這個善良、怯懦卻充滿韌性的女人，溫月是打心裡喜歡的。所以當看到方同業這樣對待李氏的時候，溫月對這個公公的印象一下子就降到了冰點。

平靜下來的趙氏見氣氛不好，雖有些不高興兒子這樣對待李氏，可到底是念著兒子剛回來，不好開口嘮叨，便趕忙對著溫月和方大川招招手。「你們兩個快來，都怪我，把時間全占了，這半天也沒讓你們父子倆說上話。」

溫月見方大川腳下沒動，她也就沒跟著往前走，兩人並肩站著，對方同業行了一禮，叫了一聲。「父親。」

方同業點了點頭，感嘆道：「我這一路受盡風雨，吃盡苦頭，蒼天總不負我，甚好、甚好。」說完，他轉身指著身後那兩名女子，對趙氏道：「娘，您今日還能見到我這樣健康地站在您跟前，全是因為有她們。當初我慌亂逃走時，不慎傷了腿，要不是有她們兩位姑娘仗義相助，您老怕是要白髮人送黑髮人了。」

趙氏一聽說這兩個女人是兒子的救命恩人，哪裡還坐得住，忙起身道：「大川他爹啊，你這是命大啊，咱們一定要好好謝謝這兩位姑娘才行啊。」

那梳著婦人頭的女人用帕子輕拭了下眼角的淚痕，對著趙氏盈盈一拜。「伯母您過獎了，當時那種情況，我們姊妹兩人又怎麼可能見死不救呢？更何況在這段時間裡，方大哥也給了我們不少的幫助，不然我們兩個弱女子，又怎麼能夠安全地存身到現在。」

她說話的速度不快不慢，輕輕柔柔的，中間的停頓恰恰好，溫月聽她的口音倒有些像前世那些江南女人，那一直微翹的眼角將她本來平凡的相貌襯得嬌媚了幾分。「方大哥，能見到你們一家團圓，我和妹妹也覺得很感動，上天總算是厚待我們，沒有讓我們失望而歸。」

趙氏聽她這麼說，不知想到了什麼，眉頭忽然皺了皺，打斷了正要開口說話的方同業，指著一邊的凳子道：「妳們快坐吧，走了這麼遠的路，都累壞了吧，叫什麼名字啊？家裡還有些什麼人？」

這次仍是那梳婦人頭的女人先開口。「回伯母的話，我叫郭麗娘，您叫我麗娘就行，這是我妹妹麗雪。如今這世上就只剩下我們姊妹相依為命了。」她輕推了下一直低頭的那個姑娘，示意她跟大家打個招呼。

郭麗雪這才抬起頭，一雙杏眼仍舊含淚，稍帶哽咽地道：「見過伯母。」

溫月趁著他們說話的當口看向方大川，方大川對她搖了搖頭，示意他也沒辦法。再轉頭看向那兩個女人，看到她們還是那怯懦的樣子，心中更是不喜。

照理說，好人家的姑娘如何會跟一個陌生男子相處近一年的時間，又如何會千里迢迢地到別的男人家裡。雖然從進門到現在，那個郭麗娘沒有跟方同業說過一句話，可是只這一會兒工夫，她可是不只與方同業對視了十幾下那麼簡單，這哪會是個安分的主兒？

再看方同業對那兩個女人的態度，溫月有種不好的預感，他該不會是想將這兩個女人留下來吧？那可不行，這可是自己的家，是她用心經營起來的，她絕對不能允許心懷不軌的人住進他們家。

第十六章

想到這裡，溫月覺得她有必要問上一問，至少心裡要弄清楚方同業的意思，而一邊的方大川似乎是知道了她的想法，暗中拉了下溫月的胳膊，搖了搖頭，示意她先不要說話。

方大川道：「爹，您一路辛苦，剛回來應該好好歇息，再吃點東西解解乏，有什麼事情咱們明天再說吧。」彷彿是為了配合這話，方同業的肚子就在此時咕嚕地發出了聲音。

不說還不覺得，方大川這一說，他還真餓了，於是方同業點了點頭。「也好，我們走了幾天的路，也確實是又累又餓。」

趙氏在一邊心疼地道：「大川啊，帶著你爹進屋去睡一覺。月娘，妳帶著這兩個姑娘去我屋裡躺著。媳婦，走，咱們去做飯，今天晚上好好慶祝一下。」

「我和麗雪也留下來幫忙吧，怎麼好讓伯母和嫂子受累。」郭麗娘有些過意不去。

趙氏擺了擺手。「不用、不用，妳們遠來是客，哪能讓妳們動手？都進屋歇著去吧。」已經準備進屋的方同業轉過頭，憐惜地看著郭麗娘道：「就是，麗娘，妳帶著麗雪進屋歇會兒吧，這些日子妳們也累壞了。」

郭麗娘遲疑了下，便笑著拉起麗雪的手。「伯母、嫂子，那我們就不客氣了。」她也確實是累了，長這麼大，還從沒有像這幾天一樣，除了睡覺都在趕路，大冬天的，真是沒把她凍死，不過既然想要表現，也不差這一會兒的時間，先歇息再說吧。

溫月帶著她們兩個進了趙氏的屋子，上炕將被褥鋪好。「妳們先休息吧，我就不打擾妳們了。」

「謝謝，給妳添麻煩了。」郭麗娘客氣地說著，臉上的笑容始終沒有停過。

溫月心裡有事，無心跟她們多糾纏，只點了下頭就出去了。

廚房裡，趙家三代婆媳一起做飯的情景雖然常見，可是像今天這樣，沒有說話聲也沒有笑聲的時候卻是從來沒有過的。溫月不知道趙氏和李氏心裡是怎麼想的，可是在她這裡老是覺得心裡不太踏實，一想到方同業，她這心裡就覺得不對勁。

這時，方大川的到來打破了廚房裡的沈默。「奶奶、娘，我來了。」

正在燒火的趙氏抬起頭問：「你爹他睡了？」

方大川輕輕「嗯」了一聲，視線轉向了一直在切菜的李氏，然後對著溫月道：「月娘，妳出來一下，我找妳說點事。」

方大川拉著溫月的手回了屋，對著溫月不解的目光道：「我剛剛攔著妳說話，妳沒有不高興吧？」

溫月搖了搖頭。「我還以為是什麼事呢！」她反握住方大川的手道：「剛剛是我衝動了，幸好你拉住了我，不然當著外人的面讓公公下不了臺，還指不定會發生什麼事呢。」

方大川見溫月沒有不高興，鬆了口氣的同時又皺著眉道：「妳不瞭解我爹那個人，若是當時妳反駁了他，他一定會鬧上一場的。除了我奶奶還能說上他幾句，別人說什麼他都不會聽的。」

說完，方大川冷哼一聲，又接著道——

「更何況他一向自詡為讀書人，虛榮得厲害，不然怎麼會非讓我娘叫他『相公』，妳見過幾對鄉下夫妻叫相公的。我知道妳不喜那兩個女人，我也不喜，等吃過了飯，咱們再一次商議商議。」

看得出方大川對方同業也是一肚子的不滿，只是因為方同業是他的父親，在這個孝道大於天的古代，他被這一條規矩給牢牢地束縛住了。

溫月伸手輕輕撫平了方大川皺在一起的眉頭，輕聲道：「知道了，一切等吃完飯再說吧，奶奶現在正高興呢，我也不想讓她不開心。你好好看著滿兒，我去廚房做飯了，奶奶可是把家裡能吃的都拿出來了呢。」

這頓飯足足準備了一個時辰，趙氏甚至還包了白麵餃子，擺滿了整張飯桌。接著，趙氏樂呵呵地去叫方同業吃飯，等她進了屋子，卻沒看到方同業的人影。

趙氏在屋裡屋外找了幾圈，對抱著孩子剛進屋的方大川問：「大川啊，有看到你爹嗎？」見方大川搖頭，她自言自語道：「奇怪，這會兒工夫，他能去哪兒了？」

方大川怕孩子冷，便將滿兒抱進趙氏的懷裡道：「奶奶，妳先抱滿兒進屋，我去茅廁找找。」

「那行，你去吧！哎喲，我的乖寶寶，冷了吧，咱們待會兒就看到爺爺嘍。」趙氏抱著滿兒進了屋，路過自己的房間時，想了想便推門而入。「兩位姑娘啊，醒了沒啊，起來吃了飯再……」

趙氏的聲音戛然而止，因為她看到方同業正與郭麗娘並肩而坐，兩人有說有笑，見趙氏進來了，方同業還繼續掛著笑容對趙氏問道：「娘，可是有事？」

趙氏愣了下，「喔」了聲。「那個，飯做好了，我來找你們吃飯。」

方同業聽說是來叫他們吃飯的，便高興地對郭麗娘、郭麗雪道：「走吧，麗娘、麗雪，咱們也好久沒有吃上點像樣的飯菜了。」

趙氏抱著孩子站在原地，看著方同業熱情地將郭麗娘和郭麗雪帶去吃飯，看都沒有看滿兒一眼，臉上的表情也漸漸黯了下來，兒子這是，又犯毛病了啊。

餐桌上，雖然郭麗娘和郭麗雪極力控制著挾菜的速度，想要讓自己的表現更端莊些，可是眼看著她們近前的白菜炒臘肉跟爆炒兔肉一會兒就沒了大半盤，一盤酸菜餃子也只剩下兩個留在那裡撐場面，終於吃飽了的兩人有些尷尬地放下筷子。

而睡過一覺的方同業已經精神百倍，再加上吃了這一頓豐富的晚飯，心情大好，於是他坐在那裡與趙氏他們說起分別這近一年的經歷。在說到他扭傷了腿被郭麗娘姊妹相救，而郭麗娘是如何辛苦照顧他，無微不至，他們在那時是怎麼樣的患難與共時，方同業看向郭麗娘那滿含深情的樣子，深深刺痛了李氏的心。

任誰都能看出來，方同業對郭麗娘是動了心思了，而郭麗娘卻只是低著頭，含羞帶怯的不肯抬頭，也不肯與方同業對視，讓人不清楚她到底是什麼態度。

「那個，天都這麼晚了，你們趕路也辛苦，雖然你們剛剛已經休息過了，但還是先睡吧，有啥事咱們明天再說。」趙氏努力讓自己的臉上不要表現出憤怒，可如果再繼續看著方同業跟郭氏姊妹這樣互動，她怕自己忍不住想要動手。

支走了方同業與郭氏姊妹，趙氏幾人圍坐在溫月的房裡，陷入了沈默之中。良久後，趙氏最先開口。「大川爹跟那兩個女人之間，關係肯定是不一般的，我生的兒子我最清楚。現在我就是想跟你們拿個主意，如果他執意要留下那兩個女人，咱們該怎麼辦？」

溫月和方大川都沒有說話，李氏更是低著頭看不清表情，趙氏嘆了口氣道：「他再壞，也是我的兒子，要我將他攆了出去，這事我做不出來。況且，我也不能讓大川你背著一個不孝的名聲。月娘，妳平時主意最多，想個辦法吧。」

溫月也同樣嘆了口氣，這若是別人家的事，她定是要躲得遠遠的，摻和進去肯定不會落好，可現在事關她的家，說什麼也不能袖手旁觀啊。溫月仔細想了想，結合前面大川跟她說過方同業的性格特點，便將自己的主意說給趙氏聽，接著看向趙氏等著她的答案。

「也好，若真到了那一步，咱們就按妳說的辦吧，為了我，讓你們受委屈了。」趙氏聲音有些哽咽，也飽含疲憊。

任何人對自己關心的人都願意留有一絲期待，趙氏也不例外，只是事情往往事與願違，方同業最後還是讓她失望了。

當聽到方同業說無論如何都要留下郭氏姊妹方便照顧時，趙氏忍著心傷，勸說道：「大川爹，她們兩個，咱們家不能留。」

一聽到趙氏說不允許郭氏姊妹住下，方同業的臉一下子就沈了下來。「娘，您怎麼也是這種無情無義之人？」

趙氏看到兒子這個態度，只能在心裡長嘆一聲，忍著怒氣道：「不是娘不知道感恩，可娘確實是覺得這事情不妥當，你先別急，聽聽娘的說法……」

長長的一番話說下來，方同業的表情越來越嚴肅，最後在趙氏緊張的關注下，他毫不猶豫地點頭答應了。而一直躲在門外偷聽的溫月完全沒有想到，剛剛還那樣堅持的方同業竟然這麼容易就同意。雖說最終的結果讓溫月很滿意，可心裡還是對他再次鄙視了下，這人真的是太自私了。

其實，溫月只是跟趙氏說，若方同業執意讓郭氏姊妹留下來，那趙氏就只需要跟他說一下，留下郭氏姊妹會給他帶來名聲上的損害，因為溫月相信，作為一個書沒讀好，卻學了一身虛偽之氣的方同業來說，他最愛的一定是自己的名聲與臉面。

事情果然不出溫月的預料，方同業竟是這樣毫不猶豫地同意了，只是不知道那郭氏姊妹在看到這人此時的嘴臉時，是不是對他還有興趣……

夜裡，溫月躺在方大川的身邊，才剛神情輕鬆地吁了口氣，方大川就已經將她的手緊緊握住。「月娘，累了吧，才剛過上幾天踏實日子，結果現在又……唉！」

溫月看著方大川那愁眉苦臉的樣子，卻覺得有些暖心，有這樣一個男人陪在身邊，又有什麼是過不去的呢？誰的日子又能是一帆風順的？好日子是過出來的，只要有共同面對一切困難的決心，翻越過重重阻礙就會看到一片花海藍天。

「你別亂想了，這是上天給咱們的考驗，好好應對著，以後咱們的日子會過得更好、更圓滿。不過有件事情，明兒個一早你得去辦一下，耽誤不得。」溫月想到明天要面對的事情，不禁又有些頭大。

「什麼事？」方大川鬆開溫月的手，將她攬進了懷中問道。

溫月把頭枕在方大川的肩窩處，尋了個舒服的位置。「奶奶勸爹的話你也聽到了，明兒你早起先過去，把咱家的事跟里正說一聲，讓里正心裡有個數。無論如何，一定要讓里正給咱們撥個房子出來，而且離咱家要遠一點。等爹去了，里正就不需要問太多，可以馬上就定下來，這樣也省得爹反悔。」

方大川用下巴蹭了蹭溫月的額頭，硬硬的鬍渣扎得溫月不停躲閃，輕捶了下方大川，嗔道：「哎呀！你別鬧了，聽明白了沒呀？」

「聽明白了，放心吧，保證明天給妳一個滿意的結果。」方大川不死心，到底在溫月的額頭上又蹭了兩下才老實下來。

「大川，」溫月從方大川的懷裡爬起來，半趴著身子看著他說道：「你會不會覺得我太不孝順了，這樣花心思來糊弄你的父親？」

「胡說什麼呢，快躺下，怪冷的。」方大川把溫月拉回了自己懷裡，仔細地掩上被子，這才緩緩道：「對待非常之人就要用非常的手段。對我爹，我但凡要是愚孝些，這個家根本就支撐不住。妳也看到他是個什麼樣的人了，要是全順著他的心意來，咱們明兒個大概就要去街上要飯了。」

「那就好。」溫月捏了捏方大川的臉。「我還真怕你不高興呢。」

「怎會，妳的決定就是我的決定，我怎麼會對自己的決定不高興呢？以後不要瞎想了，快睡吧，我先給孩子換尿布。」方大川拿起放在一邊的尿布，輕手輕腳地幫滿兒換上，再回身摟著溫月一起睡了過去。

隔天一早，方大川輕手輕腳地離開了家，溫月看著他像做賊一樣的動作，突然覺得有些好笑，直到方大川的背影消失在她的視線裡，她這才搓了搓冰涼的手進了屋。滿兒這時候也醒了，正睜著眼睛對她甜甜地笑著，溫月頓覺心柔軟得跟那棉花糖似的。

不一會兒的工夫，溫月就聽到趙氏和李氏屋子裡發出了聲音，她算算時間，也是平時她們兩個起身的時候了。雖說平日裡趙氏和李氏幾乎不讓溫月下廚，可溫月也不是那不知好歹的人，所以每到了做飯的時候，她還是會主動地去打打下手。

溫月把滿兒綁在背上，圍上厚棉被，便去了趙氏住的正房。

等方大川回來時，溫月才剛和趙氏布好飯菜，屋裡人多，溫月也不好開口問，但看方大川的神色輕鬆，且他發現溫月看向他時，還悄悄地對溫月眨了下眼，溫月便知道事情成了。

吃過了早飯，和往常一樣，趙氏抱過滿兒，與溫月一起給她餵飯，方大川則跟著李氏一起收拾碗筷，一家人分工合作的非常有默契，這讓想上前插手的郭麗娘覺得無從下手。不過方同業倒是沒什麼感覺，他雖然不大待見方大川做女人的活計，可是他又怕開了口會招來趙氏的嘮叨，便乾脆眼不見為淨，轉身出去了。

郭麗娘見了，稍猶豫了下便拉著郭麗雪也跟了出去，見方同業果然是進了西屋，她沒停腳的掀開門簾也跟著進去，見她們進來，方同業笑著問：「妳們怎麼不留在那屋裡說說話？」

「還不是特別熟，有時候不知道該說些什麼。」郭麗娘有些可憐地道。

方同業點了點頭。「也是，我家裡這幾個女人，都是不識字的鄉下女人，跟妳們姊妹自是沒辦法比。不過沒關係，之後會給妳們找一處自己的家，妳們往後就不用感到不自在了。」

方同業的話讓郭氏姊妹一下子變了臉色。他這話是什麼意思？什麼叫給她們找一處自己的家，這是要讓她們離開方家？

「方大哥，你這是什麼意思，咱們不是說好了，我們姊妹往後就靠你來幫扶嗎？難道說你現在找到了親人，就嫌我們姊妹是累贅了？」郭麗娘紅著眼眶看向方同業，心中卻是滿腔憤怒。

「不是，當然不是，我方同業又豈是那忘恩負義之人？只是，我那時不知道家中實際情況，但這次回來，聽了母親所說，才知道這村子裡的人都是一群粗鄙之人，平日裡就喜歡捕風捉影，我也是怕收留妳們在家裡，會影響妳們的名聲，這才不得已找了個法子。怎麼，難道妳們不會在意嗎？」方同業的表情十分無奈，一副我全是為了妳們好，妳們卻不領情的傷心之色。

郭麗娘聽了方同業的解釋後，差點沒背過氣去。什麼叫為她們好？明明就是他不肯擔當，怕事了，這沒用的男人！可心裡罵著，嘴上她卻十分善解人意地道：「方大哥，謝謝你為我們想了這麼多，是我誤會你了。」

而此時方同業與郭氏姊妹之間的齷齪和虛偽，溫月懶得去管，因為她正高興地坐在一邊，看著方大川抱著滿兒在屋裡玩耍。一時間，竟忘記自己來尋方大川的目的。

不過夫妻間的默契讓方大川在看見溫月進屋時的第一眼就知道她心中所想，他把滿兒放在炕上，邊看著她邊道：「看把妳急的，我還以為剛剛妳已經明白了呢。」

溫月把滿兒伸進嘴裡的小手拉了出來，瞋了方大川一眼道：「我只是大概猜到是好的結果，可是真正的我哪會知道，現在有點時間，你快跟我說說呀。」

見溫月真急了，方大川忙點頭道：「好，我說，我說。」

於是，方大川便把他與周里正的決定，一五一十說給溫月聽。

第十七章

因為已經知道了答案，在決定送郭氏姊妹去周里正那裡時，溫月並沒有跟著他們一起出門。只有趙氏，因為擔心，即使北風瑟瑟，也一樣堅持地跟了去。

等他們回來的時候，趙氏和郭家姊妹的臉色都不太好看，一進屋裡，趙氏就對溫月說道：「妳知道周里正跟她們要了多少落戶銀子嗎？四兩啊，竟然要了四兩，真是氣死我了！咱大門不出，二門不邁的，也能倒往裡搭錢？郭家的姑娘，妳們過來，老婆子我有話問妳們。」

趙氏鬆了溫月的手，把正要進西屋的郭麗娘與郭麗雪叫了過來，方同業見了，忙道：「娘，妳叫麗娘她們幹什麼啊？剛走了那麼久，有什麼事等休息好了再說不行嗎？」

趙氏白了方同業一眼。「你跟誰不高興呢？我有事問問她們不行啊，我老婆子都沒喊累呢，她們小小年紀累什麼？」她沒好氣地訓了方同業幾句後，又轉頭看向郭家姊妹，臉上掛上了笑容。「郭姑娘，妳們真累啊？要是真累，我就等等再說。」

只是她不知道，她這硬擠出來的笑容和聲音，落在他人眼裡是有多麼難受。

郭麗娘看著趙氏已經有些扭曲的笑容，心底雖是厭煩，嘴上卻無任何遲疑地答道：「伯母您太客氣了，我怎麼會累呢，您有什麼事情要交代的嗎？」

「好孩子，咱們非親非故的，我這個老太婆哪好跟妳們交代什麼啊，我就是想知道，妳們打算什麼時候搬啊？同業他是讀書讀傻了，不知道世道艱難，張口就答應替妳們拿出四兩銀子，但既然他應了就應了吧，可後面妳們過日子上再有花銷，可不敢再讓我們出了，我們也是小家小戶的，真折騰不起啊。」趙氏也不客氣，直接把心裡的想法說了出來。

她是不想再在這兩個女人身上花一文錢了，剛剛在里正家裡，同業這個傻的開口就答應給郭麗娘拿錢，逼著大川沒辦法，只好替她們把落戶錢繳了。可也就只這一次了，若是還想再花自家的錢，她就是拚了老命也不會同意的。所以她才會先一步說出了她的想法，這也叫醜話說在前頭，免得之後還要她潑婦罵街，年紀大了她也嫌累啊。

郭麗娘面露難色地微低下頭，可是眼睛卻是往方同業的方向瞟了過去，讓一直看著她的方同業能夠恰好看到她眼中的悲傷。

方同業果然如她所願地開了口。「娘，妳說這些幹什麼呢？麗娘姊妹已經夠苦的了，如今也算是千里迢迢的投奔咱們家，咱們既然不能留她們住一起護著，那在銀錢上幫著點又能怎麼樣？不過都是些黃白俗物，哪及得上咱們之間的情分呢？」

趙氏白了方同業一眼，有個屁情分啊，但她也知道跟方同業講道理沒用，所以根本就不搭理他，繼續看著郭麗娘執著地想要一個正面的答覆。

郭麗娘想假裝看不到，可是過了半天，除了方同業不停「娘、娘」地叫著外，屋裡根本聽不到別的聲音。大家已經表現得這麼明顯，她要是再假裝不知道意思也實在說不過去，心裡暗罵方同業沒用的同時，郭麗娘也迅速想著應對之法。

她又不是方同業，怎麼可能不知道錢有多重要？要不是知道方同業這人對錢財假清高，掌握了他就等於掌握了他的錢財一樣，她又怎麼會非要弄清楚這方家是窮是富呢？

現在這死老太婆不捨得在自己身上花錢，可她也不捨得用自己的錢，現在也就只能各憑本事，看誰能拿捏得住方同業了。

「伯母，我們姊妹本就是逃難之人，不然也不會遇上方大哥，又在危難之中救了他，與他共同上路。我們姊妹但凡手中有銀錢，也不會這麼厚顏地賴在您這裡，還要您出銀子幫我們安家落戶。說句實話，就是您不問我，我也不知道往後我們姊妹的日子要怎麼過呢。」郭麗娘說著，又抹起了眼淚。

還不等趙氏對郭麗娘的話做出回應，一直站在郭麗娘身後，沒有多少存在感的郭麗雪突然怯怯地開口說道：「雖然人們常說，滴水之恩當湧泉相報，可是我們姊妹在救方大哥的時候真沒想那麼多，也沒有想要挾恩圖報的意思，我們確實是有難處的啊。」

溫月正看著在炕上不停蹬著胳膊腿想要努力爬行的滿兒發笑，趙氏剛剛說出那些話後，溫月立時覺得心情放鬆不少，那郭麗娘不就是看準方同業有護花之心且好面子嗎？可現在家裡有趙氏這個為了家可以豁出臉皮的定海神針在，她就不信這郭麗娘的臉皮還能厚得過趙氏？

也正是因為溫月有這樣的認知，所以她覺得將郭麗娘姊妹請走只是早晚的事，不過就是趙氏多費些口舌的問題。哪想到，那個平時不慍不火的郭麗雪今天卻給了她這樣大的意外，看來兩人都不是簡單的角色啊。

「啥意思？」郭麗雪的話對趙氏來說，理解上還是有些難度的，這全是文謅謅的詞，趙氏聽了真打怵。

「呵！」溫月笑了下，看了眼郭麗雪後，轉頭對趙氏道：「奶奶，郭姑娘的意思是，咱們太忘恩負義了，她們在公公危難之際救了他一命，可我們不思著怎樣去報答，反而還要往外趕人。人家本是大度之人，根本也沒有想過要用這份恩情來要求咱們什麼，不過是確實遇到了難處沒辦法，可咱們這做法，太小人了些。」

郭麗雪的臉色隨著溫月一字一句吐出的解釋越來越蒼白，最終在溫月停下之後，慌忙擺手道：「我沒有那個意思，妳誤會了，真的，你們不要曲解我的意思呀。」

趙氏對溫月的解釋也是消化了半天才明白過來，看向郭麗娘和郭麗雪的臉色就更不好了。「我說兩位姑娘啊，妳們說這話我怎麼聽著就不順耳呢？沒錯，妳們是幫了我們家同業，他扭了腳被妳們照顧著，可妳們卻非說是救了命，難道扭傷腳就真是救命了？就這一點恩惠，我們同業可是花了五十兩銀子報恩啊，五十兩啊！郭姑娘，真的都給我們家同業治病花了？」

趙氏一想到昨天問方同業家裡那些錢都去哪兒了，他說全都治病用了，她這心就疼得跟什麼似的。扭傷腳也能花上五十兩銀子，他是用人參敷的腳嗎？

郭麗娘被趙氏用那已經混濁的雙眼直視著，心頭一顫，這老太婆難道是知道什麼了？不可能吧，她怎麼可能會知道他們三人這一年的花銷呢？更何況每一筆錢她都有跟方同業說了用處，根本就不可能露出破綻。

想到這裡，她穩了穩心神，咬緊牙關委屈地看向趙氏。「伯母，您怎麼可以懷疑我的人品呢？那些銀子確實都已經花出去了，每用一筆錢我都向方大哥交代過，他也是清楚的。」

方同業在一邊連連點頭道：「就是啊，娘，這事您怎麼還提啊，我不是早就跟您說清楚了嗎？」他顯得有些不耐煩，尤其在看到郭麗娘故作堅強的樣子後，對趙氏更是生出了一絲不滿。

郭麗娘見趙氏沒了聲音，得意之色便在眼中一閃而過。果然，這個方同業就是趙氏的軟肋，只要方同業聽話，趙氏又算得上什麼？

溫月瞧不上郭麗娘這小人得志的樣子，眼睛一轉，開口道：「郭姨，事情到底是怎麼樣的，妳我心裡都清楚，我和奶奶都是持家過日子的人，錢到底是怎麼個用法我們能不知道嗎？人啊，差不多就行了，便宜占大了早晚是要吐出來的，這也是給自己積福，妳說是不是？」

「郭姨」這兩個字一出，宛如炸雷一般響在了郭麗娘的耳邊，沒有一個妙齡女子願意別人將她稱呼得如此之老，更何況叫她郭姨的是一個年紀比她小不了多少的少婦，這也太糟蹋人了！

「月娘妹子，妳怎麼這樣稱呼我？可是我哪裡做得不對了？」郭麗娘似是受了很大的打擊，身子左右晃了幾下。

溫月像是吃了一驚，忙委屈地站起身對郭麗娘解釋道：「我這兩天一直猶豫著要怎麼稱呼，今天才把決心給下了，往後妳們就是咱們村裡的人了，低頭不見抬頭見的，總得有個正式的稱呼，所以就從公公這裡輪下來了，喊妳一聲『姨』，有什麼不對嗎？」

「行了，說這些沒用的幹啥，一個稱呼而已。」趙氏突然打斷談話，插嘴道。「明兒個里正會帶妳們去見村裡的人，然後妳們就快收拾收拾離開吧。」

饒是郭麗娘意志力再強，被人當蒼蠅一樣地向外轟，也感覺非常下不了臺，她一張臉脹得通紅，雙唇緊閉，不發一言。

趙氏也不奢望她回話，抱起炕上的滿兒就往外走，她可沒那麼多時間在這裡浪費，還得做飯呢，餓了誰都沒關係，可不能餓了她的心尖尖啊。

方同業見一大家子人都出去了，而郭麗娘和郭麗雪卻是可憐地站在角落，好不委屈的樣子，於是忙上前表示關心。「呃，麗娘，妳不必難過，明天我會陪妳們一起去整理房子的。」

真是沒用的東西！郭麗娘在心裡罵上一句，便轉身拉著郭麗雪去了西屋，用力地將房門關上，她坐在一邊呼呼地喘著粗氣。事情不能就這麼完了，她得好好想想以後該怎麼辦！

溫月今夜心情不錯，因為兩個心腹大患終於要走了，雖說是損失了四兩銀子，可溫月卻覺得很值，別說四兩了，就是十兩，只要能讓她們離開自己的家，她都願意付。因為心裡放鬆，許久沒有跟方大川好好恩愛的溫月，著實在今晚酣暢淋漓了一回。她渾身癱軟地被方大川攬在懷裡，沒有看到方大川那饜足的表情裡摻著一絲愁色。

「怎麼不說話？在想什麼呢？」溫月又往方大川的懷裡鑽了鑽，人體火爐就是比熱炕舒服。

方大川眉頭微皺了下，把溫月有些冰冷的手握在掌心裡，放在他的胸口。「過兩天帶妳去鎮上看看大夫吧，再抓幾帖藥好好調理調理，手總是這麼冰涼怎麼行。」

「沒關係的，我都有在補身體，就慢慢調理吧。你剛剛到底在想什麼呢？」溫月不想在身體這個問題上糾結太久，她這個身子是太寒涼了些，可這也不是一天、兩天就能調理好的。

「也沒什麼，就在想雖說那兩個女人要搬出去了，可是我爹他……唉，估計以後不會少折騰了。」方大川愁容滿面，哀嘆不停。

溫月有些難受地看著方大川，遇上這麼一個不著調的爹，又是生活在這種社會背景下的古代，想躲都躲不開。如果是前世那種環境，她早就拉著方大川躲到別的城市了，每月給點錢，眼不見，心不煩。

不過方大川已經很不錯了，至少不是那種愚孝的人，不然她跟這樣的男人在一起生活，可就真是看不到天日了。

「沒關係。」溫月安慰地拍了拍方大川的肩膀道。「生命在於折騰嘛！」

「哈哈！」方大川在聽了溫月的歪解後，忍不住笑了出來，他側身看向溫月道：「從哪兒聽到的俏皮話？妳現在的性子真的是越來越活潑了，怎麼越發像個孩子呢。」

溫月愣了下，也跟著笑了出來，其實她也發現了，如今的她與方大川在一起的時候，越來越像個小女人了，性子也一天比一天活潑，她對方大川也是越發地依賴，很多時候她是能不動腦就不動腦，能不動手就不動手，恨不得一切都由方大川作主才好。

要不是這郭氏姊妹同為女人，溫月怕方大川不明白女人的花花心思而著了她們的道，就連這事溫月也是不想管的。

說到方同業，溫月還真的不是很在意，雖說家裡多了他可能會有些變化，日子不會過得像從前那樣平順，可不過也就是多些麻煩而已。只要她和方大川感情好，只要方大川信任她，無條件地支持她，那所有的問題就都不會是問題。

有麻煩不怕，解決就行，反正對溫月來說，方同業也就是個住在一起的陌生人而已，在情感上不會對她有任何的傷害，隨他怎麼折騰，必要的時候她也可以用一些非常手段來處理。

可是對方大川和趙氏他們就不一樣了，即使方同業做人再差勁，他也是他們的親人，方同業每做一件錯事就會傷害到家人的感情。在這世上，唯有「情」字最傷人，可偏偏方同業就占了方家幾人的情，母子情，父子情，夫妻情。

溫月雖是心裡明白，卻也知道這想法是不好說與方大川聽的，即使方大川與她的感情再好，即使方同業做人再爛，可他都是方大川的父親。她還沒有自大到說她對方大川的影響力可以讓他棄父親於不顧，至少在這個時候他不會，至於以後……若是方同業自己主動作死，送上門來的機會她是不會放過的。

郭麗娘與郭麗雪去收拾房屋的時候並沒有表現出什麼異常，只是趙氏看著方同業幫著她們一起忙前忙後的樣子，就覺得真是扎眼刺心，難受到不行。

這天，方同業像往常一樣去郭麗娘那裡幫忙，到了中午，溫月跟李氏才將飯菜擺好，方同業和郭氏姊妹就回來了。

見到家中已經開始準備用飯，方同業臉色一沈就坐在了主位上，似是想用他的不滿來得到大家的關注。只是他的表現並沒有得來他想要的效果，趙氏像沒看見一樣，溫月更是毫無所覺，只有李氏有些坐立不安，被趙氏喝了一聲「吃妳的飯」後便慌忙地捧起了碗。

郭麗娘拉了下想要說話的郭麗雪，示意她不要出聲，就這樣，飯桌上的氣氛一下子變得詭異起來。突然，方同業把筷子重重地放在桌上。「娘，那個房子怎麼住人啊，裡面冷冰冰的，麗娘她們要是住進去，身子怎麼受得住？」

他終於憋不住，給自己找個臺階下，把想要說的話說了出來。

「怎麼不能住？我們剛來的時候又比現在暖和上多少？眼見著天就要暖了，堅持堅持吧，不行的話就讓她們去鎮上把東西置辦齊了，火一燒上就暖和了。」趙氏把碗裡的米粒都吃乾淨後，又感慨了句。「唉，家裡的日子越來越不好過了，告訴你們一聲，明天咱們家的午飯就減了，一天只吃兩頓。」

「娘！」方同業不可思議地大喊了一聲。

「娘什麼娘，你要吃奶啊，一天到晚娘娘娘的叫！」趙氏轉過頭對著方同業就是一通罵。這幾天她對方同業也真是忍夠了，本來想著顧忌郭麗娘她們，不想在外人跟前落他的面子，可現在看這方同業根本就不需要給他留面子。「你想吃三頓飯？那就去賺錢啊，家裡這麼多人口，哪有餘糧可吃，你沒看到大川今天上山了啊？難道你不知道他為啥要進山？」

方同業沈默不語，於是一頓飯就這樣不歡而散，郭麗雪皺著眉頭小聲問郭麗娘。「姊姊，咱們現在怎麼辦？」

「走！」郭麗娘心一狠，說道：「咱們搬出去，不過不是現在搬，明天咱們想辦法進鎮裡，把家裡東西添補一些。死老婆子，妳真當我喜歡在這裡住啊，哼！」

到了隔天，也不知道郭麗娘她們是尋了誰的門路，竟然在這樣冷的天裡找了一輛牛車進了鎮，當然，同行的也離不開扮演護花使者的方同業。

臨行前，方同業軟磨硬泡（注）的非跟趙氏要錢，說他要去鎮上買筆墨，趙氏拗不過他，不情願地拿了五百文錢交到他的手裡。

可方同業哪會滿意，見趙氏那裡拿不出錢，他竟然在臨出門的時候，將方大川昨天上山獵的兔子一起摸走了。等趙氏發現的時候方同業早已經走遠了，氣得她在院子裡跳腳大罵，直說她上輩子定是作了大孽，才生出方同業這麼一個不肖子。

等方同業下午回來時，氣還沒消的趙氏狠狠地打了方同業兩下，雖不解氣，可她也沒有別的辦法。

就這樣，經過幾天的忙碌之後，郭家姊妹總算是搬出了方家，不約而同的，溫月幾人心裡都長吁了口氣。

趙氏看著前去相送的方同業，想著這幾天他一直忙前忙後的，只能告訴自己再忍忍，至少已經把禍害先弄走了，後面拘著些他應該會好的。等終於看不到他們的背影後，趙氏長長地吐了口濁氣道：「總算是走了，妳們不知道啊，我一看到那兩個女人整天滴溜溜亂轉的眼睛，我心裡慌的啊……」

「奶奶，人已經走了，您就不用想了，以後咱們只管過好自己的日子就行。」溫月上前安慰道。

趙氏哼了一聲。「我看沒那麼容易，妳看看妳那個公公，為老不尊的樣子，我真是想不通他怎麼就是我生出來的呢？還有那兩個女人，明顯就是個騙子，妳們看看，說是沒錢，可這些日子沒幾天就進鎮一次，哪次回來不是大包小裹的？」

注：軟磨硬泡，死纏爛打，軟硬兼施之意。

她越說越激動，幾乎是咬著牙根接著道：「妳那個公公，從我這裡要了錢，說是要買筆墨，可買在哪兒？連個紙邊我都沒看到！幸好啊，我只給了他五百文，不然都得被那兩個女人騙了去，虧大了喲。」

旁邊的李氏臉色一下子就白了，整個人愣在那裡，被溫月和趙氏落在了後面。趙氏回過頭，看著李氏道：「妳不走站那兒幹啥？我看他中午是不會回來了，妳就別等了。」

李氏低著頭，不說話也沒動，趙氏突然睜大了眼睛，多年的婆媳相處讓她一下子想到了什麼，用變了調的聲音問：「媳婦啊，妳的錢呢？孩子孝敬妳的錢還在妳那裡吧？」

李氏把頭垂得更低了，趙氏心急地大聲說道：「妳別低著頭，倒是說話啊。」

其實看李氏的動作還有什麼不明白的呢？只不過趙氏心裡還存著一點點的希望，總不想去相信而已。果然，抬起頭的李氏已經是淚流滿面，趙氏哀嘆一聲。「我這是造了什麼孽啊，媳婦，妳那五兩銀子真都被那畜生拿去了？」

李氏點點頭，哽咽道：「我不想給的，可又哪能管得住他？昨兒個半夜，他跟我發了脾氣，說我這是耽誤他的前程，我沒辦法……就給了。」

「妳……」趙氏手指著李氏，「妳」了半天，最終頹然地放下手，喃喃道：「也不怪妳，妳是個什麼脾氣我能不知道嗎？但凡妳要是能降得住他，我也不至於這麼操心了。」

溫月也無語了，李氏和趙氏手裡的錢都是她跟方大川兩人給她們的零用錢，平日省吃儉用，她們每人手裡大概也有三、五兩之多。怪不得啊……郭麗娘這幾天買東西總是那麼樂呵，沒一點心疼錢的意思，合著花的全是方家的錢。

溫月看趙氏和李氏都那麼傷心，怕她們兩個再急出病來反倒不值了，左右人已經走了，總不能再被她們一直影響著生活吧。「奶奶、娘，別上火了，已經發生了還能怎麼辦呢？不過公公也太大方了些，容我說一句不敬的話，以後萬不能再給公公錢了，娘。」

第十八章

這是溫月第一次明著表達她對方同業的不滿，雖然小輩說長輩的是非不太好，可是對於德行確實有虧的方同業來說，做娘的趙氏實在是說不出什麼話來。更何況這家裡的錢幾乎都是溫月和方大川賺來的，他讓那兩個女人花他們的辛苦錢，她本來就有說話的權力。

「不行，不能就這麼算了。媳婦，妳跟我來，我得找那兩個小狐狸精去，今兒不是說她們還要請人吃飯嗎？我就當著大家的面把事情說清楚！」趙氏拉著李氏就往外走。

可李氏卻不願意，她用力往回拽著趙氏大聲道：「娘，您這樣做，相公的臉面往哪兒放啊？若鬧大了，人家也會笑話相公的啊。」

「他要什麼臉，他有什麼臉可要？」雖然趙氏嘴裡這樣說，可到底是不再往前走了。溫月心裡一嘆，終歸是親生兒子，做娘的再沒徹底失望之前總是不忍心啊。本來她聽趙氏說要去說理，心裡還挺高興的，只要把事情鬧開了，郭家姊妹就算是要上門，短期內也不會再來了，畢竟她們也是要臉的。可現在趙氏不去了，以後怕是還要經常跟郭家姊妹打交道了。

溫月頓覺有些煩躁，本來好好的日子，偏偏要回來這麼一個讓人糟心的爹，自己又是小輩，真是打不得也罵不得，難道除了給他擦屁股之外就真的沒有辦法了？趙氏和李氏怎麼就沒有為她跟方大川想想呢？

有這樣一個爹，以後的麻煩事肯定不少，方同業不過四十剛出頭，至少還有幾十年好活呢，難道說往後的日子裡，他們要一直在水深火熱裡過日子嗎？

「不行，我怎麼想都覺得還是得去，不能讓她們把這便宜給占了。」趙氏眼看著就進了屋，卻突然停下腳，看著李氏道：「妳去不去？我可告訴妳，我是拿妳當閨女看的，妳也看出來了，大川他爹的心根本就不在咱們這個家身上，也不在妳身上啊。

「我是他娘，不能說不要他，所以也只能加把勁把他拉回來。這事孫媳婦跟大川不能做，他們是小輩，要是鬧大了免不了被人說三道四，他們的路還長呢，不能讓他們揹上這個包袱。所以我想著，妳以後就跟著我鬧，我不會讓他休了妳，所以妳就放開了膽子幫我，妳有兒子，還有我在，啥都不要怕。」

「娘！」李氏震驚地看著趙氏，咬著下唇，半天才說出一句。「我不敢啊，娘，我怕他。」

「不怕，孩子，有娘在呢，娘也不是要妳跟他怎麼樣，妳以後只要聽娘的話就行，成不成？」趙氏已經沒了剛剛那種衝勁，話音裡帶著無力，她看李氏還是有些膽怯，搖著頭道：「妳有沒有想過，要是讓同業再這麼折騰下去，咱們還怎麼過日子啊？妳可是有孫兒的人，以後還會再添小輩，妳就不想想他們了？我當年要是能想通透，哪至於讓大川過上這樣的日子啊。」

看著最終被趙氏說服的李氏跟著她一起消失在大門外，溫月的臉一陣陣火辣辣的發熱，趙氏說的每一個字都像是搧打在她臉上，讓她難受。溫月覺得很羞愧，平心而論，趙氏和李氏真的算是絕好的婆家人了，她們雖仍有不完美之處，可是對溫月卻是發自真心的愛護，如果不是她們無微不至的關懷，她又怎麼能這麼快就適應這種生活環境呢？

或許就是這個原因，讓溫月一直將她們歸類成一家人，才使她疏忽了方同業也是趙氏的兒子及李氏男人的事實。雖然她對方同業心裡鄙夷、不屑，討厭到恨不得他從來沒出現過，可是對趙氏她們來說，方同業也是親人，她又憑什麼責怪趙氏和李氏為方同業著想呢？

她現在也已為人母，若是將來滿兒有不好的地方，是不是她就可以像對待陌生人一樣，置之不理、任其生死呢？將心比心，做人不能太過自私，自己都做不到的事情，又憑什麼要求別人去做？更別說現在趙氏已經在盡她最大的努力彌補了……唉，罷了，往後的日子，只要方同業不做危害到方家的事情，就由趙氏去處理吧。

趙氏她們離開的時間並不長，看著趙氏幾乎是用盡全力才將一臉鬱色的方同業拉回來，溫月又是一聲輕嘆。好不容易將方同業拉進院子裡，還沒等趙氏緩口氣，就見方同業用力地甩了下衣袖。「有辱斯文，成何體統！娘，您莫要逼我做那不孝子，您就給兒子留些臉面吧！」

早有心理準備的趙氏根本就不在乎方同業的態度，也不理那負手而去的方同業，反而是拉著李氏，倍感安慰地拍了拍她的手道：「大川娘，做得好，以後也要這樣，咱娘兒倆一定要齊心啊。」

這一席話，氣得方同業加快離去的腳步，甩著袖子將自己關進了屋裡。

就這樣，在往後的日子裡，方同業被趙氏和李氏嚴加看管起來，每一次出門趙氏都會在他身邊陪伴著，只要方同業想往郭麗娘家裡去，趙氏就會不顧一切地把他往家裡拉。

時間久了，方同業也發現不論他是火冒三丈還是軟磨硬泡，都沒能改變趙氏的想法，他也只能暫時放棄了去找郭麗娘的心思，轉而每天在家裡捧著書，似模似樣的讀了起來。

而最讓溫月奇怪的是那郭麗娘姊妹，也不知道是什麼原因，她們在搬走後竟然再也沒有上門過一次，彷彿她們從不曾跟方家有過什麼關係。

當河面上的冰雪慢慢消融，小路兩邊的柳條也悄悄抽綠的時候，又一個春暖花開的景象在人們的期盼中來臨了。

方家的院子裡，勉強倚著東西可以坐起的滿兒，被溫月放在厚厚的墊子上，身上還被溫月圍了一圈被子固定著，遠遠看去，只剩下一個臉蛋圓鼓鼓的小腦袋露在外面，左右看個不停。

趙氏從外面回來，一見這個情景，便用力地戳了戳溫月的頭，將滿兒抱在懷裡道：「哪有妳這麼當娘的？想給孩子曬太陽，妳就抱著她呀，這麼點大的孩子坐會兒就行了，妳讓她坐太久多累啊。」

每每看到趙氏這樣，溫月就會犯愁，孩子這會兒還不算累就慣成這個樣子，若是到了學走路的時候，她還不累死了啊！這種時候，溫月就會想到前世那便利的物質條件，那個可以解放家長的嬰兒學步車，要是有這樣一個東西就好了。

到了晚上，趴在炕上由著方大川按摩腰部的溫月，滿腦子都是學步車的樣子，只是不知道現在的技術能不能做出這種產品。

正想著呢，方大川的臉就突然出現在溫月眼前，把她嚇了一跳。「哎呀，你嚇到我了。」

方大川見溫月臉都嚇紅了，笑著揉揉她的頭髮道：「摸摸頭，嚇不著，摸摸耳，嚇一會兒，月娘不怕啊。」

「討厭啊你，我又不是小孩子。」被方大川像孩子一樣哄，溫月心裡又窘又臊，情急之下用力掐了下方大川。

「妳想什麼呢？我跟妳說話都不回答。」方大川並沒有去解救自己被溫月掐住的胳膊，反而好奇問道。

溫月見方大川那有如看淘氣孩子的眼神，倒覺得有些不好意思了，邊幫方大川揉著被她掐過的地方邊道：「想點事情，等我想好了再告訴你。你剛剛要跟我說什麼？」

方大川在溫月的身邊躺下，拉著溫月的手道：「眼看著天氣暖了，妳說咱們是不是該多置辦些地了？還有牲口什麼的，妳想好要買什麼了嗎？」

「這個啊……」溫月一聽是這事，搖著頭道：「你看著辦吧，這種事情不都是男人作主嗎？地裡的事我哪懂那麼多，不過奶奶可是吵著要養豬、養雞，這些可得給她買回來。」

方大川點了點頭。「這些事情都好說，而且現在雞和鴨都還沒孵出來呢。只是地的事我想咱們還是得商量商量，妳說是跟咱們村買還是去別的村買？」

溫月愣了一下，這確實是個問題，如果跟村裡買，那麼家裡有錢的事情肯定是藏不住的。可要是跟外村買，一是看顧起來不方便，二是想要保密也不是那麼容易的事，秋天的時候總要往家裡拉糧食的吧，世上又哪有不透風的牆呢？可卻也不能因為這些麻煩就不買了吧，因噎廢食那才是真的蠢呢。

「大川，跟咱們村買地，能買多少啊？咱們村裡有佃戶嗎？」溫月突然想到了一個問題，她好像從來沒聽說過周家村有佃戶，也從沒有在周家村聽過有地主這一說。

溫月的話倒提醒了方大川，他長長的「哦」了一聲，才恍然道：「妳說這個我倒是想起來了，周家村一直是地廣人稀，不然當初官府也不會讓咱們遷到這裡了，這樣說來，就算咱們買了地，也找不到人給咱們種啊。看來要想方便些，也只能在外村買了啊，可是外村……」

如今唯一的顧忌就是，他們根本就不瞭解外村的情況，貿然地去買，搞不好還會吃虧。

「不如去找牙行！」驀地，溫月與方大川同時開口，兩人竟是想到了一處去，夫妻倆相視一眼，便都笑了出來。

這種夫妻間的默契讓方大川無比滿足，他揉了揉溫月的耳垂道：「那行，就這麼定了，我明天就出去打聽一下哪家牙行聲譽好，到時咱們一起去看看。」解決了一件事，方大川的心情輕鬆許多，夫妻兩人躲在被窩裡又嬉鬧了半天，說話聲也漸漸變成了讓人面紅耳赤的喘息聲，一夜熱情。

隔天，當溫月再一次瘦著腰扶滿兒練習坐姿時，才想起因為昨天胡鬧而忘記要跟方大川說做學步車的事情，這可是一大疏忽呀，她懊惱自己竟忘記正事。後來好不容易等到方大川回來，他卻笑容滿面地將溫月拉到一邊，悄悄將他今天出去打聽到的事情跟溫月說了，溫月聽完後立刻決定明天跟方大川一起進鎮。

到了吃飯的時候，方大川把他們要進鎮的事情跟趙氏和李氏交代了一聲，只說是想要進鎮裡看看有沒有合適的農具。

溫月想著趙氏跟李氏來這裡都這麼久了，還沒去過鎮上，從前是因為孩子小，天也冷，不能全家人一起去，可現在已經是春暖花開了，乾脆就帶上她們一起去逛逛。

而當溫月把她的想法說出來時，趙氏考慮了一會兒就答應了，她笑著對方同業道：「你看看，大川和媳婦多孝順，去哪兒都不忘了把咱們帶上，明兒你也一起去吧，你前兒不是還說家裡墨不夠了嗎？」

溫月心裡嗤笑了下，方同業也就能糊弄糊弄不識字的趙氏跟李氏吧，說得倒好聽，什麼唸書、考科舉，可事實上根本就不是那麼回事。

有一日，溫月無意間在方同業的桌上看到他的書，那都是些什麼啊，全都是才子佳人的那種畫本，風花雪月……怪不得整天窩在屋裡不嫌悶，還特別反感方大川進他的屋子，原來真正的原因是這個。

他要是考上童生，那估計童生就跟前世的小學學歷一樣的普及。不過，以溫月看來，若真是那樣，他方同業也就是個勉強畢業的水準。

不過溫月也只把這事跟方大川說了，卻瞞著趙氏和李氏，她實在是不忍心看到趙氏失望的神情，就讓她抱著這樣一個希望也好。每當她看到趙氏路過方同業的窗口，看著方同業讀書時的那種目光，溫月就打從心底鄙視方同業，真是世上第一混蛋兒子！

溫月在心裡吐槽著，正愁明天跟方同業同行時，要怎麼應付他那些可能會發生的突發狀況，結果這幾天一直陰著臉的方同業竟然一口拒絕了。「娘，我就不去了，我這兩天讀書正讀到要緊的時候，不好分散精力。」

趙氏一聽，有些緊張地點頭道：「喔，那行，那你就不要去了，別耽誤了你唸書，需要買什麼讓大川他們給你帶。娘也不去了，明兒個就留在家裡照顧你。」

趙氏這些日子心情是真的好，自郭麗娘姊妹搬出去後，有她天天盯著果然還是有效果的。方同業他現在已經不像最初那樣不能穩下心來溫書了，這些日子幾乎是天天書不離手，好啊，兒子要是真有出息了，她付出再多也是願意的。

「娘，不用了，我又不是沒手沒腳，你們也不是一去十天半個月，有什麼放心不下的。您就去吧，這是難得的機會，再說，大川跟他媳婦帶著孩子走，您不擔心啊？」聽趙氏要留下來，方同業的臉色一變，忙找盡理由勸說趙氏明天一起出門。

趙氏搖搖頭。「算了，娘還是不去了，娘這麼一大把年紀了，去不去鎮裡能怎麼著？照顧你才是娘要做的事，你年紀也不小了，讀書也吃力，娘心裡都知道。」

「娘，您這不是要陷我於不義嗎？」聽趙氏還是執意要留下來，方同業竟然急了，臉色通紅地站了起來。

趙氏有些不明白地看著方同業，不明白怎麼就成了她不好了？「你急啥啊？我明天留下來怎麼了？同業啊，莫不是你明兒個想支開娘去找那郭麗娘？」

方同業把筷子往桌上一拍。「我不吃了！這叫什麼事？我一心為了您著想，您竟然這樣懷疑我？娘，您還當我是三歲的孩子嗎？我要是想出去，您還能攔得住我？行了，您愛去不去，隨便！」

說完，方同業就氣呼呼地轉身走了，那感覺像是他受到了很大的侮辱。

趙氏幽幽長嘆一聲。「唉，吃吧、吃吧，不用管他，吃完再說吧。」

溫月也跟著無奈嘆氣，好好的一頓飯，又被方同業給毀了。

吃過飯後，趙氏進了方同業的房間，兩人在屋裡談了好一陣子，之後，趙氏推門而出，一臉平靜地對方大川道：「大川啊，明兒個我也進鎮。」可那表情卻是一點輕鬆都沒有的。

方大川往方同業屋裡看了幾眼，隨後點了點頭，一句話都沒有說。

等到他跟溫月單獨在一起時，他才心事重重地道：「我猜爹明天不進鎮，一定是有什麼計劃，妳看他今天反應這麼激烈就知道了。」

溫月此時正拿著炭條在紙上畫著學步車的樣子，對方大川的話只輕應了一聲當作回答，方大川見狀，湊到她身邊好奇地問：「妳怎麼也不表態啊？好像心裡早就有數似的。」

「我能有什麼數呀。」溫月頭也不抬，仔細看了看她畫的車，在不太像的地方又描上幾筆。「腿長在爹的身上，他去哪兒咱們還管得了？奶奶的法子本來就是治標不治本，現在爹還怕奶奶，所以還會聽話。等時間長了，爹爹不耐煩了，奶奶也得夠嗆才能拉得住他。」

「也是。」方大川點點頭，想到他爹就頭疼，但他也只能先把這事拋到腦後，於是他轉移目標，看著溫月畫的圖問道：「月娘，妳畫的這是什麼？新花樣嗎？」

「算是吧！」溫月拿起畫好的圖紙，興奮地看向方大川，迫不及待地把她的想法說了出來。

方大川聽完後，驚奇地拿著圖紙看了又看，月娘的腦袋裡怎麼有這麼多稀奇的想法啊，這東西若是真能做出來，那定是一件能引起整個鎮子轟動的大事啊！

溫月見方大川半天都不說話，心裡有些著急。「大川，這個能不能做得出來呀？」她心裡到底是有些忐忑的，擔心這時候的手工技術沒辦法將學步車做出來，畢竟她對這種製造類別的東西，真的是一竅不通。

「應該可以，估計沒多大問題，妳讓我再看看。」方大川點點頭，帶著八分自通道。

「能做出來就好，等到之後滿兒學走路就能用了，這小傢伙現在真的是精力無限，奶奶累得都快直不起腰了。」溫月一想到趙氏天天捶腰的動作，就覺得心裡難受。她勸趙氏多休息，可趙氏聽了卻很不高興，還誤會是溫月不放心讓她帶孩子，弄得溫月也沒辦法，只能由著她。

溫月轉頭看了眼熟睡中的滿兒，點了點她的小鼻子道：「這還是個女孩兒嗎？怎麼能這麼活潑呀，我看孫四嬸家的金豆也沒這麼淘氣，人家還是男孩兒呢。」

方大川也同樣看向滿兒，一臉驕傲。「淘氣些才好，我倒不喜歡那懦弱性子的姑娘。這樣多好，將來長大了也不怕吃虧。」

「什麼呀！」溫月白了方大川一眼，她是看出來了，方大川根本就是個女兒奴，全家最寵滿兒的就是他了。有好幾次，因為方同業對滿兒的視而不見，方大川都對著他直接擺出冷臉。要知道，即使是方大川自己在方同業那裡受了委屈，他可都是選擇退讓。

到了隔天，要準備出發去鎮上時，卻只有方大川和溫月兩人，趙氏經過一夜思量後，最終還是因為放心不下方同業而選擇留在家中。自然的，滿兒也被留在家裡，由趙氏和李氏照顧著。

直到這一刻，溫月腦中還清晰地留有方同業知道趙氏不肯一起出門時，那臭到不能再臭的臉，這種表現看在眾人眼裡，誰又能不心中猜疑呢？

第十九章

一路顛簸著進了鎮，溫月和方大川決定還是先去牙行，之後再去牲口市場買牲口回家，兩人邊走邊打聽，卻沒想到去牙行的路上竟然先路過錦繡坊。方大川下意識地往店裡看了一眼，然後就聽到了莫掌櫃那又驚又喜的呼喚。「方小哥！」

莫掌櫃最近的小日子過得實在不錯，自從將溫月手中得來的新繡法交給了自己的東家後，他沒少受到東家的青睞和表揚。要不是他家從祖輩就在這洛水鎮上住著，此時他早就一紙調令去更大的店面當掌櫃了。他莫老三是個知恩的人，這對小夫妻又很得他的眼緣，所以他也樂得多與他們交好。

在店裡，方大川沒有看到那個跟他們擺臉色的小二，好奇之下他便隨口問了一句，莫掌櫃聽了後，捋著鬍子搖頭笑道：「早就被我打發了，我既然知道他平日是個什麼樣的人，哪裡還能再用他。」

不願再多提起那小二徒增怒氣，莫掌櫃笑著問方大川：「方小哥真是好久不見了，這次進鎮裡可是有什麼事情？還是溫小娘子又有新繡品要來售賣？若真有，放心，老朽定會給你們一個公道的價錢。」

方大川搖了搖頭。「我家女兒正是淘氣的時候，娘子她每日裡帶孩子很辛苦，已經很久沒有拿過針線了。不瞞莫掌櫃，上次我們得了那些錢後就一直想要多置辦些田地，畢竟咱們就是個種田的，還是要有地，這心才踏實。這次就想趁著天氣暖和來鎮上找間牙行，看看有沒有合適的地方，也算是給孩子留下點基業。」

方大川也是在看到莫掌櫃的時候才想到的，這鎮上的事情還有誰能熟得過莫掌櫃呢？若是莫掌櫃肯幫忙介紹一家信譽好的牙行，這可比他們自己上門去打聽強多了，畢竟他可是聽說這牙行裡的門道多著呢。

果然，莫掌櫃只略沈吟了片刻，就對方大川道：「方小哥，你若是信得過我，我正好知道有一處還不錯的地方。」

「哦！」方大川跟溫月眼睛同時一亮。「莫掌櫃您說的是哪裡話，我們夫妻兩人信不過誰，也不會信不過莫掌櫃您啊，要不是您，我們夫妻怕是現在還過那苦日子呢。」

莫掌櫃聽了，連連擺手道：「話可不是這麼說，那是你夫人她確實有門好手藝，這是你們自己的本事，老朽可不敢貪功啊。只是……」莫掌櫃頓了一下，看著方大川。「這並不是牙行的生意，這是我的一個老友，他因為遇上了不孝的子孫，沒有辦法才出此下策的。」

方大川挑了下眉，對莫掌櫃拱了拱手道：「還勞莫掌櫃細言。」

原來，莫掌櫃所說的故友是打小一起長大的好朋友，年輕時走了大運，挖到兩株千年老參，得了一大筆的銀錢，從此便過上富足的日子。可惜好景不常，許是因為錢財得來太容易，這後輩們是一代不如一代，一個個的都好吃懶做，不思進取。

那故友有三子一女，大兒子早喪，卻給他留下了唯一一個孫子，那活著的兩個兒子也不知道是怎麼著，都只生女兒，生不出兒子，這便造成他對這唯一的獨苗溺愛萬分。得到的結果便是這個孫子長大後，吃喝嫖賭樣樣沾，很快就把家財給散得差不多了。

眼看著莫掌櫃這老友年紀一天大過一天，孫子又這麼的不爭氣，兩個兒子又一天到晚吵著要分家，老爺子一怒之下就將剩下的家業全都分了出去，自己只留下一間莊子作為傍身之用。

老爺子當初在買這莊子的時候，都沒有告訴任何人，為的就是要給自己留下後路，可現在看著分家後的孩子們一個個將僅有的錢財也都敗得差不多，老爺子心疼之下決定將他這莊子給賣了，準備帶著老伴南下投奔女兒，只要遠離了這裡，也只當眼不見心不煩，隨他們折騰去。

莫掌櫃長長地嘆了口氣。「老了卻要遠走他鄉，搞不好還要埋骨於異地，唉！」

好半天，莫掌櫃才從過往中醒過來，他意識到自己的失態，有些不好意思，可看到方大川夫妻竟然一直默默相陪，沒有一點不耐的表情時，心裡倒是更加讚賞他們二人。

「唉，人老了，就是這樣容易走神，你們莫要見怪啊。」莫掌櫃笑道。「你們可還有哪裡沒聽明白的？」

「莫掌櫃，我還有幾件事不大清楚，想煩勞您再細說一些。不知您這老友的莊子位於何處，莊子裡的地又有多少畝，水田多少，旱田多少，上等田與下等田又各占多少，最重要的是，他想多少錢出售呢？」

方大川的一連串問題出口，倒使得莫掌櫃愣了一下。「看看我，這可真是老了啊，剛剛囉嗦了那麼多，竟然一丁點也沒進入正題。是這樣的，他那處莊子在李家溝，耕地大概有個兩、三百多畝，至於多少水田、旱田的我就不清楚了。那些地是由李家溝的五、六家佃戶在種。

「我那老友的意思是，那些佃戶也跟了他這麼多年了，只希望買下他莊子的人能繼續雇用那些佃戶，也算是全了他們這麼多年的情分。喔，對了，他那裡還有一套兩進的宅子，是前年剛蓋的，還沒住過。」

方大川「哦」了一聲，便把視線轉向溫月，溫月想了想，開口問道：「大川，你可知道那李家溝離咱們周家村有多遠？」

方大川想了想。「不是很遠，從咱們村出去往西走，大概需要半天的腳程。」

「那也挺遠的。」溫月點點頭，隨口說道。

莫掌櫃看出來了，方小哥還真是對他的娘子很上心，無論什麼事都會徵求他娘子的意見，看來若是想跟方家打好關係，還真不能小看了溫小娘子。

莫掌櫃心思一動，便對溫月說道：「遠一點不是正好嗎？我看兩位的意思，也是不想讓太多人知道你們夫妻現在有這樣一大筆的錢財，不然你們就不會來找牙人了，老朽猜得沒錯吧？」

被人猜透了心思，溫月和方大川也不覺得有什麼不妥，反正這是事實，對他們這種平頭百姓來說，當然得財不露白了。

莫掌櫃本來還想從他們夫妻的臉上看出點什麼，結果看著兩張平靜萬分的臉，他不由得有些喪氣，自嘲地笑了一下道：「你們這些年輕人，也太不懂得尊老了，難得老頭子我有心猜這麼一次，你們倒是給點面子嘛，就不能表現得驚訝一些？」

說完，他自己率先開懷大笑起來，溫月跟方大川也被他這番自我調侃逗樂了，也就是這會心一笑，沖淡了他們之間一直存在的些許距離感，倒是有了幾分可以交心的意思。

莫掌櫃習慣性地捋著他的小鬍子開口道：「這樣吧，要是你們今天無事，乾脆就跟我一起去那莊子上看看，究竟能不能成，總要看過了才知道。」

「這個……」方大川猶豫著，看向了溫月。「月娘，妳看呢？」

溫月還挺想去的，可是想到今天他們還要買牲口，便有些猶豫。眼看著離犁地的日子也沒有多久了，剛買回來的牲口總要餵幾天熟悉了，才好讓牠們幹活，且下次的集市要等到一個月以後，到時再來買可就有些晚了。

溫月把心裡的疑慮說了出來，而這也是方大川猶豫的地方。莫掌櫃聽了，倒不甚在意地道：「這也不是什麼大事，你們夫妻就先去選牲口，左右我找我那老友來也是需要時間的。咱們就在這裡集合，等你們買完了牲口，咱再去我那老友的莊子，況且我這裡有馬車呀。」

方大川對這個提議很心動。「月娘，我看這樣也行，反正我們有一整天的時間，妳說呢？」

「行，那咱們就別耽誤了，現在就走吧。」溫月痛快地說道。

等兩人離開錦繡坊一段距離之後，方大川才小聲地開口。「月娘，咱們要不還是先去牙行看看吧，雖說是莫掌櫃牽的線，可是咱們也從沒有打聽過這樣的莊子到底是什麼價位，我這心裡怪沒底的，總怕到時候吃了虧。」

方大川的話一下子點醒了溫月，她還一直在想像那莊子到底是個什麼樣子，若真是喜歡了要怎麼砍價才好，大川這幾句話就讓她清醒過來了。是啊，她現在根本就是兩眼一抹黑，什麼都不知道，連個參照物都沒有，就想著怎麼砍價，又如何能爭取得到最大的平衡呢？

看來她最近真的是太鬆懈了，依賴會成習慣，還會讓人的思想變得遲緩。這樣可不行啊，大川是成長了，自己卻原地踏步，說好了要共同努力、一起成長的，這可不是好現象。

「怎麼了，月娘，妳不同意嗎？」方大川見溫月不出聲，還以為她有了其他的想法。

溫月搖搖頭。「我沒別的意見，你說得很對，剛剛是我想得太簡單了，光顧著高興，竟然把這麼重要的事情都給忘了。怎麼辦？大川，你現在好能幹，我覺得自己都變笨了。」

溫月難得這樣嬌滴滴的跟方大川說話，讓方大川的心酥了又麻，他帶著深深的微笑，忍不住用寬大的衣袖做遮擋，悄悄握住了溫月的手。

「沒關係，妳不用擔心，一切有我在，我是妳的男人啊。」正沈醉於方大川手心熱度的溫月，在聽到他堅定的回答後，彎了嘴角，深覺幸福的她沒有留意到方大川那染了紅暈的耳根，不然肯定會在心裡誇獎他可愛。

夫妻倆走進鎮上最大的一家牙行，從裡面出來時都面帶微笑，打聽了這麼久，總算是做到心中有數了。

兩人說說笑笑地到了專門販賣牲畜的集市，還沒走近就聞到牲畜的糞便味，濃濃的異味衝得溫月一下子就合上嘴，使勁地憋著氣。

方大川見溫月雙頰微鼓的樣子，大笑道：「妳要是受不了，就站一旁等我吧，我選好了再來找妳。」

「不用，我還是跟你一起吧，以後這可是要住進我們家裡的，要天天聞味道呢。」溫月邊說心裡邊哀嚎，想到趙氏說還要養上兩頭豬，雞、鴨各抓十隻，以後他們家裡的味道大概不會好了。可抱怨歸抱怨，一想到家裡院子一片欣欣向榮的景象，這點小瑕疵還是可以忍受的。

方大川跟溫月早就商量好，他們的第一選擇是牛，第二選擇才是驢子，至於馬……按當朝的律法，馬只能用在戰場和拉車，絕對不允許用牠們來拉犁。所以農村幾乎是沒有人買馬的，既然不能用來耕種，那買牠有什麼用？又不是富裕人家需要用牠來彰顯身分。

跟在方大川的身後走了一段時間，溫月也漸漸適應了空氣裡的味道，再看向周圍那些牲口時，一時感覺很是新鮮。終於，一直走在她前面的大川在一頭賣小牛的販子前停了下來，只見方大川一會兒看看牛身，一會兒看看牛的牙齒，基本上每看一頭牛都要圍著轉上兩圈，甚至還會看看牛屁股下面那一坨坨的牛糞。

他似乎對其中一頭牛很滿意，與那牛的主人交談了一會兒後，溫月就看到了讓她感覺萬分新奇的一幕。只見那小販和方大川幾乎是同時將胳膊往前伸，兩人手便握到了一起，就在溫月想知道他們兩人在做什麼的時候，他們握起來的手便一起消失在那牛主人的衣袖裡。

過了好半天，溫月就見方大川搖了搖頭，說了一句太貴，那牛的主人最後也搖了搖頭，大川就有些遺憾地帶著溫月離開了。

溫月很好奇，不明白那是什麼動作，忙拉住方大川小聲問道：「你們剛剛那是在做什麼呢？」

「什麼？」方大川沒明白溫月問的是什麼，反問了一句。

「就是你們剛剛把手伸進衣袖裡，我只看到你們拉來拉去的，到底是做什麼呢？」溫月實在太好奇了，因為她現在又發現好多買家跟賣家都在做著與剛剛相同的動作。

「哦，妳說這個啊。」方大川循著溫月的視線看過去，這才明白她在問什麼。「月娘，不要那樣盯著人家看，這是在談價錢呢。這是商販們為了防止別人知道他的成交底價而想出來的辦法，這可是沿用了好多年的交易手段了，妳連這個都忘了啊。」

溫月聽了，又假裝不經意地往正在進行交易的商販看去，果然他們一個個的表情嚴肅，只是偶爾能從那袖口的起伏上看出他們正在討價還價，互不相讓。溫月沒想到這一趟選牛之行，竟然還能遇到這樣有趣的事，等回去之後，一定要大川好好給她講講。

最終，市場上的所有地方都走了一圈後，方大川還是決定去買那頭他第一回看好的小牛，又跟那牛主人神秘討價了半天，方大川跟他這才都露出了滿意的笑容。而買了牛怎麼能不買車，當把這一套都配好後，方大川興奮地對溫月道：「月娘，快上車。」

「好！」溫月開心地應著，這可是他們家自己的車啊。從今往後再想進鎮裡時，就再也不需要去村頭跟別人一起擠車，他們家也是有車一族了。

第二十章

不知道是不是因為自己家車的原因，坐在有些硬的車板上，溫月竟然一點都不覺得有任何的不舒服。且牛還太小，方大川不捨得讓牠太過勞累，走得慢不說，還對牠特別溫柔，最多在牠不聽話的時候用手拍一下，手裡的鞭子儼然成了裝飾。

等兩人回到錦繡坊時，莫掌櫃正在安慰一個老淚縱橫的男人，看來這個人應該就是莫掌櫃的老友了。按莫掌櫃所說，他這個老友比他還要小上三歲，可看他黑白相間的頭髮與滿面的頹然之色，卻像比莫掌櫃大上五、六歲不止。

莫掌櫃見溫月與方大川回來了，忙給雙方介紹起來，那個姓曾的老人聽說他們就是要買莊子的買家時，混濁的雙眼立時布滿了希望。簡單寒暄幾句後，莫掌櫃就在曾老的催促下帶著大家坐上馬車。

看到這個老者後，方大川的心情一直不能平靜。在他看來，這位老人之所以會如此不幸，他兒女雖是原因之一，可更多的因素卻是源於他自己。

一夜的暴富，缺少了累積財富的辛苦過程，沒能及時調整好心態的他們，當然會慢慢的迷失。人都說富不過三代，不也是這麼個原因嗎？沒有任何的付出卻得到了豐厚的回報，又怎麼會懂得珍惜？

所以，家裡有這樣一大筆錢的事情，一定不能讓他爹知道，就憑方同業的為人，這筆錢要真落到他手裡，只要三兩天便能一文不剩。

沒多久的工夫，馬車就到了位於李家溝的莊子上，在老人的引領下，溫月與方大川足足花了大半個時辰才把這一片屬於曾老漢的莊子全都走遍。

勉強陪著溫月他們走完，莫掌櫃和曾老漢的體力就有些跟不上，一行人又去了曾老漢在這裡的宅子。

只敲了幾下門，就有一個老頭從裡面走了出來，他是曾老漢雇來專門看守宅院的，進了屋子後又簡單地參觀了下，最讓溫月滿意的是屋後那遍布桃樹的山林，聽老人說，那也是屬於他的。

房子很滿意，地也不錯，剩下的就是談價錢了。老者一開口就要了七百兩，這讓方大川和溫月都連連搖頭。從他們在牙行那裡打聽出來的消息，這樣大小的莊子至多也就五百兩，且還可以再議，說七百兩是漫天要價了。

「曾老，您這塊地並不是很大，水田也不多，我們來時也有看過別的地方，您要的這個價錢我們可以買下更好的莊子了。我們也是因為您跟莫掌櫃的關係才一路跟來的，帶著十足的誠意，所以您是不是也該如此？」方大川雖同情他的遭遇，可是涉及到誠信的事情，他還是不願意輕易讓步的。

那老者臉上一紅，他在聽莫掌櫃介紹的時候，聽說這對夫妻還沒有去過牙行，就起了這點小心思。想著趁他們不明白行情的時候，能多賺一些是一些，畢竟他們老兩口是要賣地投奔女兒的，身上能多帶一文錢就多了一分的保障。

結果哪想到這對夫妻看著年紀不大，辦事還挺周全，竟然早就提前打聽好了行情。

老者苦笑了下，開口道：「方小哥，這事是我做得不對，剛剛也是我糊塗了，你千萬別見怪啊，要不這樣，我也不多要了，就五百兩吧。」

溫月輕輕笑了一下，搶在方大川前面開口道：「大川，我看曾老伯不是誠心想賣，不如咱們就先走吧，還有牙行那邊呢。」

「別、別啊！」那老頭一看方大川準備站起身，忙起身相攔。「方小哥，你不要急啊，咱們可以商量。」他說著，又用求救的目光向莫掌櫃看了過去。

莫掌櫃本是不大高興的，明明最開始的時候說可以用五百兩左右的價錢成交，結果現在竟開口要了七百兩。若是不認識的人也就罷了，可明知道是他介紹來的，還這樣漫天要價，這種行徑將他的面子置於何地？若不是看在多年的交情上，他早就甩袖走人了。

可現在看他這老友可憐的樣子，他又有些不忍心，將心中的不滿甩在一邊，他也上前勸說道：「就是啊，方小哥，人家都說談買賣，這買賣不就是談出來的嗎？這樣吧，我就賣一下自己這張老臉，再問一句，方小哥你打算出多少錢？」

有了莫掌櫃在其中斡旋，那老人與方大川之間的交易就顯得順利許多，也許是那老人知道方大川並不是什麼都不懂，所以在要價五百兩被方大川還到四百兩的時候，苦笑連連說什麼都不能同意，而方大川卻是咬死了四百兩，多一文也不想出，這個莊子的位置並不好，且都不是什麼肥田，有條件的人家是不會為了圖省錢選這種莊子的。

也就是他們吧，手裡餘錢不多，本著能省一分是一分的想法，才會看好這裡。若是這老人要價實在太高，大不了他們就去牙行，多花些錢買下那六百兩的好地，種著也舒心。

曾老漢見方大川說什麼都不肯再多出錢，不禁有些心急，他這莊子早在一個月前就悄悄託人幫著出售，光是莫掌櫃就拉來三、四個買家了，可是無一不是因為各種原因連價錢都沒有談就被拒絕了。難得今天來了一個真心想買的買家，他是真的想要快些脫手，家裡的孩子們現在是越鬧越不像話了，他要是再不快些走，怕是他們老兩口最後就走不了了。

於是他牙一咬，對方大川說道：「方小哥，我確實是急需用錢，想快些將這莊子脫手，這樣吧，我們各讓一步，四百八十兩，你看行不行？」

「老先生，」方大川抱了抱拳，臉上雖是沒什麼多餘的表情，可是心情卻因為他在價錢上的鬆動而變好了不少。「四百五十兩吧，這價錢才是真正的各退一步，莫掌櫃也知道，我們夫妻其實就這些錢了，再多也著實拿不出來，您要是覺得虧了，就再擇下家吧，我們也不好耽誤您。」

「唉！」那老者無奈地搖了搖頭，頗為蒼涼地道：「子孫不孝啊，就這樣吧，四百五十兩就四百五十兩。」

「老先生，」一直坐在一邊不出聲的溫月突然開了口。「您能保證我們買下後，您的兒女不會有什麼過激的行為嗎？」

溫月確實很喜歡這處地方，光是後面這一大片的桃林，就足夠讓她從現在開始無比期待秋天的到來了。只是她唯一不放心的就是這老人的兒子，到時候牽牽連連的全是麻煩事，那可就叫花錢找罪受了。

「不會的，小娘子大可安心，這處莊子連我那老太婆都不知曉，更別提他們了。我本是打算將來等兒女們分了家後，作為養老之用，結果現在……唉！」

老人說著說著，又流下一行濁淚，面對此情此景，方大川和溫月實在是沒辦法在臉上表露出一點喜悅的心情。屋裡一時又陷入了沈默，半晌，那老人才抹了眼淚，對方大川說道：「方小哥，老朽還有一事相求，就是我那看門人和這塊地的佃戶，我希望你還能繼續雇用他們，他們也都是一些在苦水裡泡著的人啊！」

方大川點頭道：「這個請您放心，我們買下這裡，除了地契、房契改名外，其他的規矩我們都不會隨意去變動。而且我們住的地方離這裡也不近，一切也都需要您留下來的老人幫忙，您就放心吧。」

「那就好。」他鬆了口氣，繼續道：「我那看門人叫石全福，他還有個婆娘，我們都叫她全福家的，是個啞巴。他們無兒無女，沒啥牽掛，但人很實誠，這點你們可以放心。至於莊上的佃戶，一共有六家，每年打糧食繳了稅後四六分，大概也就這些了，你要是還有什麼不明白的，可以找石全福來問。」

正說著，石全福就帶著他的婆娘一起過來了，那老者對他們招了招手，等他們進來後，便指著方大川道：「全福啊，從今兒起，他就是這裡的新主子。別看他年輕，可卻是個仁義的，他可說了，往後還繼續雇用你們，和以前沒啥變化，所以你們的賣身契，我可就要轉給方小哥了。」

石全福夫妻聽了，忙轉向方大川就要下跪，方大川哪受得起，幾乎是逃似的跳到一邊，連連擺手道：「不用、不用，你們站著就好，不用跪。」

溫月看著方大川那緊張得滿臉通紅的樣子，終於忍不住笑出了聲。

事情終於全部順利解決，方大川和溫月一路好心情地往家裡趕，才剛進了村子，天就慢慢暗了下來，溫月隱約看到前面岔路有三個熟悉的身影，細細一看，竟然是郭麗娘、郭麗雪與趙土根他們。那條路正是往郭麗娘家的方向，應該是因為天黑所以趙土根才送郭麗娘她們回家，但……他們是怎麼湊到一起的？

「大川，你看那裡，是郭麗娘她們還有趙土根。」溫月忙小聲地對方大川說道，不知道為什麼，當看到他們湊在一起的畫面時，溫月就沒辦法繼續淡定了。雖說打那次趙氏上趙家吵過之後，他們就沒在自己眼前出現過，可溫月總覺得他們不會這樣輕易放棄，只要給了他們機會，肯定還會反撲回來。

所以現在，當看到同樣居心不良的郭氏姊妹與趙家人攪在一起的時候，溫月下意識地覺得有些頭疼。

顯然方大川也認出了他們，只聽他冷哼一聲道：「老話說得有道理，魚找魚，蝦找蝦，王八找個鱉親家。他們就該是一條臭水溝裡的，不管隔多遠都能湊到一起去。不要管他們，心術不正的人，能成什麼氣候！」

本來還有些擔心的溫月，被方大川這句順口溜給逗得笑個不停，頓時也覺得自己因為那些人而受到影響太不應該了，她輕輕摸了下小牛左搖右擺的尾巴，高興地道：「大川，好奇怪，坐自己家的車，怎麼一點不舒服的感覺都沒有了啊。」

其實溫月也是知道的，她之所以有這種感覺，不過是因為太過滿足而心生的暗示而已。只是因為她總想著要把心裡的感覺說出來，反正大川也不是外人，肯定不會笑她這種幼稚的行為。

果然，方大川回過頭，十分認真地看著溫月。「我也這麼覺得，就連這車轍聲聽起來都像奏樂，真是悅耳。月娘啊，我們果然是天生的夫妻！」

沒負方大川所望，溫月在聽了他這不似表白的表白後，果然又是笑聲不斷。

等他們回到村裡，天已經完全黑了下來，進了家門後才發現趙氏他們似乎都睡了，連方同業的屋子裡都沒有燭光。溫月趁方大川去拴牛的時候，跑到趙氏的窗底下小聲道：「奶奶，我們回來了。」

「嗯，回來啦，挺晚的啊。」屋裡，趙氏的聲音還很清亮，回應得也很快，根本沒有一點睡著的樣子。溫月知道她肯定是因為放心不下，才一直都沒睡。她只覺得心裡暖烘烘的，即便趙氏看不到她，也還是微笑著道：「我們今天在鎮上辦了點事耽擱了，讓您擔心了。」

「還成，妳和大川都是穩當的孩子，我倒不會操心。你們也累了一天，趕緊洗洗睡吧，滿兒就留我這屋了。」屋裡的趙氏打了個大哈欠說道。

溫月在屋外應了一聲，便跟著走過來的方大川一起回了屋，就算是自家的牛車坐著再舒服，那也不過是心理作用，事實上在車上折騰了大半天的時間，身上真的是痠痛到不行。兩人躺下後沒說上幾句話，便都沈沈地睡了過去。

「大川啊，大川啊，快起來！」

一聲高過一聲的呼喚，終於將睡得正香的方大川和溫月叫了起來，兩人不知道發生了什麼事，急忙穿好衣服出了屋子，就看到趙氏正激動地圍著牛棚走來走去。她看到溫月跟方大川出來了，就指著那頭小牛問道：「大川啊，這怎麼回事，這是誰家的牛？」

趙氏現在是心裡明白又不敢確定，她一臉希冀的看著方大川，只想要大川一個點頭說出肯定的答案，她現在已經緊張得不行，心都提到嗓子眼了。

「奶奶，您這一大早的叫我們起來，就為了這事啊？早前不就說了，咱們家要添個牲口嗎？這當然是咱們家的了。」方大川沒有讓她失望，說出了她最想聽到的話。

趙氏聽了，臉上直笑出了一朵花，自言自語道：「下個月就要抱小雞了，我都已經跟村裡的幾戶人家打好了招呼，咱們到時就去他們那裡買。我還在墩子家訂了兩頭小豬呢，也是下個月出圈。」趙氏心裡美滋滋地看著小牛。「好嘍，好嘍，咱們家這日子啊，總算是好起來了。」

見趙氏這麼高興，方大川和溫月兩人自然也很開心，年輕人過日子，無非就是看到長輩身體健康，兒女聰明伶俐，這樣和和美美的日子，哪裡還會心有不足？

隨便尋了個藉口，大川駕著牛車就去了鎮上，昨兒個夜裡，他跟溫月都是興奮到後半夜才睡。要不然，今天早上也不至於被趙氏堵了被窩了。

一路上，恨不得飛到鎮上的他，坐在這小牛車上，根本就是一種痛苦的煎熬。好不容易總算看到了城牆，方大川激動地空甩了下鞭子，大喝一聲。

等到進了鎮，從曾老漢手裡拿過地契，又小心地將地契疊好放進懷裡，方大川才真正感覺有些踏實，他向還有些恍惚的曾老漢與莫掌櫃道了別，步伐輕快地出了屋，又輕身一躍上了車，他是恨不得身插雙翅飛回家中，與溫月一起分享屬於他們的幸福時刻。

突然，他看到前面有家賣糕點的小店，一路急於回家的方大川倏地拉緊了韁繩，「吁」了一聲，牛車便停了下來。

想到上次因為時間緊，就算到了鎮上也沒能給奶奶和娘買點吃的，月娘夜裡還自責了半天，這一次出發之前，月娘還千叮嚀萬囑咐一定要買點她們愛吃的糕點回去。方大川為自己差點忘記這事而慚愧不已，心裡卻又十分自豪，在對趙氏和李氏的心意上，月娘做得要比他好太多了。

進了糕點鋪子的方大川只掃了一眼，發現店裡有兩個女客背對著他站在那裡，頓覺有些不自在，於是他趕緊對著另一個閒在一邊、正低著頭的小二說道：「小二，給我秤一斤玫瑰糕。」

「好的，客人，你稍等！」那小二痛快地應了一聲，抬頭對著方大川笑了一下，可是那笑容還沒有完全咧開，就又收了回去，神色尷尬。

方大川這時也愣了一下，沒想到這個小二竟是錦繡坊那個對他們鄙視又無禮的小二，莫掌櫃之前說已經將他打發走了，卻沒想到他竟然又在這裡找了份工。不過那些事情對方大川來說早已是淡如雲煙，且這小二也受到了教訓，自己實不必要再揪著不放。

想了想，他決定每樣糕點都買一斤回去，反正奶奶和娘都喜歡吃，買少了她們又該捨不得吃了。「小二，將你們這裡的糕點每樣都給我包一斤。」

那小二乾乾地應了兩聲，手腳麻利地把糕點包好後，將它往櫃上一推，臉上也沒了一開始時那熱情的笑容。他的這個態度讓方大川皺了下眉，原本方大川覺得經過上次的事情之後，這小二應該學乖覺些，卻沒想到他竟是一點長進都沒有。

看他這冷淡的態度，分明就是恨上自己，方大川冷哼一聲，拿起糕點轉身就走。

等他出了門後。那小二恨恨地「呸」了一聲，小聲罵道：「老天真是不長眼，真讓你有了錢，小人得志，早晚有你好看！」

他正躲在那裡小聲宣洩著心頭憤恨的時候，猛地聽到櫃檯外傳來了道好聽的女聲。「小二哥，你認識剛剛那個人嗎？」

小二抬頭，就看到兩個年輕女人站在那裡，正對他露出媚惑的笑容。小二似是被蠱惑了一般，傻傻點頭。

其中那個婦人打扮的女人見他點頭後，眼裡精光閃過，柔柔問道：「小二哥，你與那人可是有什麼過節？我見你似乎對他很不滿意，你這樣面善的人，怎麼會呢？」

小二聞言，生怕這兩個女人誤會了他，連忙擺手說道：「小娘子，妳們可莫要誤會我，我與他雖有很深的過節，可錯根本就不在我。」見這兩個女人笑容開始變淡，小二恨不得一句話就將他跟方大川的過節解釋清楚。「事情是這樣的……」

小二越說越多，那兩個女人的臉色也越來越奇怪，等到小二一口氣說完，讓那兩個女人給他評評理時，那梳著婦人頭的女人開口說道：「小哥你說得沒錯，那人是可惡了些，怎麼可以做這樣讓人誤會的事呢。不過……」她話鋒一轉，眼睛直直地看著小二。「你剛說從前那個掌櫃真的給了他們家一大筆錢？」

第二十一章

一腳踏進屋內的方大川只覺得家裡的氣氛十分沈悶，不用想就知道定又是父親惹了事，讓奶奶傷心了。

他轉頭看向溫月，見她微微搖了搖頭，他便像什麼都沒發覺一樣，笑著對趙氏和李氏道：「奶奶、娘，快來看我給妳們帶什麼回來了！」

說著，他把手中的糕點放在炕桌上，又往趙氏和李氏的手裡都塞了一塊。趙氏勉強笑了笑。「就愛花這些沒用的錢，家裡啥吃的沒有……你吃過飯沒？」

方大川嘿嘿笑了兩聲。「家裡不是做不了這個嗎？又不是天天吃。奶奶，妳和娘先吃著，我還沒吃飯呢，我讓月娘去給我弄點。」

方大川拉著溫月出了屋，門簾放下的瞬間，他便拽著溫月的手匆忙往他們的屋裡奔去。進屋前，方大川還像做賊一樣，在門口左右看了看，這才小心地閂上門，來到溫月跟前，從懷裡將契紙拿了出來。「月娘，給，從今天起，那個莊子就屬於咱們的了。」

溫月拿著契紙的手也有些輕顫，銀票放在那兒的時候她並沒有太大的感覺，可現在換成了這些土地，她便一下子就有了直觀的意識，自己從今天起也是一個地主婆了呢，只要他們經營得好，以後還會有更多的土地，以及更多的幸福。

她小心地打開那張契紙，從上到下仔細看著上面的墨跡，過沒多久，溫月抬起頭，目光複雜地看著方大川。「大川，為什麼這裡寫的是我的名字？」

「哦？」方大川睜大了眼睛。「給我看看，奇怪，怎麼會寫妳的名字呢……」

溫月見他也是什麼都不知道的樣子，便把手中的契約交到他的手裡道：「這裡，你看看。」

為了讓方大川看得清楚，溫月坐到了他的身邊，將手指向了寫著她名字的地方。方大川「嘖」了一聲，道：「就是啊，這是怎麼回事？大概在匆忙之中搞錯了吧。不過算了，寫妳的名字就寫吧，妳的我的又沒有區別。」

溫月看方大川這樣，要是再想不通其中的關鍵，她就是傻子了。

「方大川！」她仰起頭，狀似威脅地看著他。「是你做的吧？竟然還騙我，裝樣子裝得也不像。」

被點破心思的方大川撓了撓頭，又嘿嘿笑了兩聲，卻什麼也不解釋。

溫月將契紙放在桌上，看著方大川。「為什麼要寫我的名字？」

「我覺得寫妳的名字最好。」方大川突然站起身，對著溫月深揖一禮。「夫人，小的姓方，名大川，讀過幾年書，略懂算數，對農耕之事也有瞭解，家中有妻小高堂。聽聞夫人有一座不小的莊子，小人自薦來貴府做個管家，平日給夫人您分憂，聽您的差遣，不知夫人願意雇用小人否？」

「你啊！」溫月輕捶了下方大川的肩膀，嗔道：「你這是幹什麼，又鬧什麼呢！」

「我沒鬧！」方大川認真地看著溫月道：「那個莊子現在是妳的產業了，以後我可就是給妳工作，娘子，我現在可真的是妳的人了！」

「好吧！」溫月端起身，一本正經地道：「那麼方管事，從今天起我的產業就都交給你打理了，你要好好幹，只要做得好，月錢我是不會少了你的，保證讓你養家無憂。」

說罷，溫月笑著撲進了方大川的懷裡，喃喃道：「謝謝你，大川，謝謝你。」

方大川呼吸中全是溫月身上淡淡的皂角香氣，懷中抱著她柔軟的身體，方大川正欲說些什麼，突然間，他的肚子傳來「咕嚕咕嚕」的聲音，打破這一室的旖旎，溫月看著方大川窘迫的樣子，伏在他的胸口大笑了出來。

方大川最近要做的事情很多，新買的莊子還沒有好好地熟悉，佃戶的情況他也不夠瞭解，眼看著春耕就要來臨，其實他心裡還是很著急的。在這種緊張的壓迫下，他並沒有多少時間去考慮父親的事情，或者說，他其實下意識在逃避方同業的一切，只要父親沒有惹出什麼太大的問題，他都可以裝作視而不見。

因為他常常要出去，趙氏又一心留在家裡看著方同業不讓他出去，去地裡幹活的事情就落到了溫月和李氏的身上。

可當今天溫月她們從地裡回來的時候，卻看到趙氏一臉茫然地站在院子中間，李氏嚇得扔了手上的農具，幾步到了她的跟前，問道：「娘，您怎麼了，哪兒不舒服嗎？」

趙氏看到李氏，失魂落魄地道：「我、我就去了趟茅廁，回來的時候，大川他爹就跑了，他跑了啊。」

她捂著胸，大口大口地喘著粗氣，聲音也變得顫抖，李氏不知道該怎麼勸她，只能緊緊握著她的手，默不作聲。就在這時，突然聽到「哐噹」一聲，方家的大門被人粗魯地踢開，方同業陰著臉從外面走進來了。

他這次出門又沒能見到郭麗娘，便不死心地四處打聽著郭家姊妹的下落，他心裡一直擔心郭麗娘她們會搬離這個村子。後來在他找遍了大半個村子後，竟讓他遇見了今生根本就不願再遇到的人，他的舅舅。

對於舅舅一家，他也是很不喜的，年幼時趙氏在舅舅那裡受到的屈辱，少年時他在舅舅那裡受到的侮辱，至今他都沒有忘記。所以，當他發現迎面而來竟是舅舅一家的時候，他的第一反應便是扭頭就走。只是表嫂的一句話讓他已經邁出的雙腳又停了下來，因為他們知道郭麗娘的去向。

不知道是什麼原因，這次舅舅一家對他的態度很是客氣，方同業左想右想，最終也只能將理由歸於趙家人知道他將來會是個有功名的人，所以想要修復與他們家的關係。只是，曾經的傷害哪是說修補就能修補好的？

後來，在他從肖二鳳口中知道郭氏姊妹去了鎮上，心裡雖然有些不甘，可也明白今天定是見面無望，便又急匆匆地回家了。

還沒進院子，他就聽到了趙氏那毫無顧忌的叫嚷聲，本就因為沒看到郭麗娘而煩躁的心情就更差了，所以他才會踢門而入，對著呆站在那裡看著他的趙氏道：「娘，您就不能注意著點嗎？大白天的喊這麼大聲，您是怕別人不知道咱們家發生了什麼事情是不是？真是無可救藥！」

他撂下了這句話就直接往屋裡走，急於想知道他做了什麼、去了哪裡的趙氏連忙跟在他的身後，邊追邊問：「你別走，你把事情給我說清楚，你今天是去哪兒了？」

趙氏隨著方同業消失在東屋裡，溫月上前攙扶著有些木然的李氏進了她的屋子，道：「娘，喝點水吧，爹他……」

李氏將溫月遞過來的水推到一邊，苦笑了下。「月娘，娘想通了，往後啊，妳爹他愛幹啥就幹啥，我不會再管了。妳奶奶說由著妳爹這樣混下去，我就會沒了這個男人，其實，我早就沒男人了，是我一直心存著幻想，以為妳爹有一天會明白我的好。

「呵，果然這都是作夢。算了，我的夢也醒了，我這輩子也沒啥大本事，往後要跟著妳和大川過日子，我還要給你們帶孩子，所以我會健健康康地活下去，放心吧。」李氏放下了心中的包袱，笑容格外暢快。

溫月還是第一次見她這樣笑，不論是表情還是眼裡，從前那揮之不去的憂愁竟是再也不見蹤影。真的想開了嗎？溫月看向李氏，她能作出這樣的決定，自己心裡是萬分贊同的。對方同業這樣的男人，本就不應該有所留戀，活出自己才是首要的任務。

被方同業這樣一鬧，家中的氣氛又是在沈默中度過，若不是偶爾能聽到滿兒開心的笑聲，方家的小院就是一片死寂。

就在第二天方同業與趙氏仍在冷戰的時候，事件的罪魁禍首郭麗娘姊妹竟然一大早的主動登門，一看到這對姊妹，趙氏的眼裡都快冒了火，新仇舊恨全都湧了上來。自己家待她們也算不薄，就算是對她們態度不好，可她們能在村裡立足，又有房子住，不論是人情還是錢財，哪樣不是他們家出的頭？

結果，她們這兩個黑了心肝的不知道感恩，明知道她不喜她們與方同業多來往，竟然還主動往家裡湊。「妳們來幹什麼，我們家不歡迎妳們！」

郭麗娘早就料到趙氏的態度，心道：哼，誰耐煩來你們家？以為我想看到妳這個老太婆嗎？但她面上不顯，只是笑著道：「許久不曾來看看伯母您，今兒正好有空，所以我們姊妹就來了。」

她說著時，目光便與一直激動看著她的方同業碰了個正著，此時的方同業在她眼裡儼然已經成了一棵搖錢樹，是她一生富足的依靠。但這幾日都不曾見過方同業，郭麗娘還生怕他把自己給忘了，不過這會兒看這老色鬼看她的眼神，她頓時充滿了信心。

「伯母，既然您不高興我們來，那我們就先離開了，等您心情好時我們再來看您。」此行的目的已經達到，方同業也上了鉤，剩下的就是安坐在家裡等他就好，她又何苦在這裡找不自在，看人家的臉色。

郭麗娘臨走前，將手中的東西交到了方同業的手上，小指順手刮了下方同業的手心，然後就痛快地離開了。

看著方同業自郭麗娘來後就一直失了魂的樣子，趙氏氣得狠狠用笤帚打了他幾下，將郭麗娘帶來的東西全扔了出去，但依舊不解氣，於是趙氏便恨恨地將自己關在了房裡。

溫月嘆了口氣，回到屋裡給滿兒餵著雞蛋羹，見她吃得歡快，便笑道：「小傢伙，全世界就只有妳最開心了，什麼煩惱都沒有。」

滿兒像是聽懂了溫月的話，不停地拍著一雙肉乎乎的小手，咯咯笑個不停。

「滿兒笑什麼呢，這麼高興？」方大川從門外進來，將手放在炕上暖和了下，就將滿兒抱在懷裡。

「爹怎麼說？」就在剛剛，方大川因為壓不住心裡的氣憤，決定要找方同業好好談一談，所以他一進屋，溫月就趕忙問道。

提到父親，方大川習慣性地皺起了眉頭。「他根本就不聽我說，滿腦子都是那個女人，我說什麼他都不聽，還說真把他逼急了，他就要離開這個家。」

呵，還要離家出走？溫月聽到這話的時候，差點氣樂了。她拿帕子給滿兒擦了擦嘴，笑道：「我說句話你別不高興，我看啊，爹可不是那種有志氣離家出走的人。」

方大川苦笑了下，沒有出聲。

趙氏直到晚飯的時候才恢復了點精神，可還沒等她說什麼，方同業的一句話又將她好不容易恢復的那點精氣神又打散了，她甚至想，或許到她死的那一天，她都不會再有順心的事了。

見大家都不出聲，方同業「咦」了一聲，看著溫月道：「大川媳婦，我剛剛說的話妳聽到了沒有，準備好東西，我明天給麗娘她們送賠禮去。」

趙氏真覺得不是她瘋了就是方同業瘋了。「為什麼要賠禮？為什麼要給她們送東西？」

「還不是因為今天你們對麗娘的態度太惡劣了，人家麗娘到底哪兒做錯了？都說佛堂裡的蜘蛛待三年也會唸經，我整日苦讀聖賢書，為什麼你們就沒有受到點感化，還是這麼的粗鄙？」方同業痛心疾首地說道。

溫月覺得她都要吐了，恬不知恥這四個字由活人來演繹果然比在書本上看到更讓人有甩上一巴掌的衝動。四十歲的人連個童生都沒有考過，怎麼還好意思說他是苦讀書？整天看那風花雪月、靡靡之音的畫本，怎麼好意思說他天天都在背誦聖人訓？

心中不停咆哮的溫月沒有控制好臉上的表情，而恰好她那帶著嘲諷的神色就落在方同業的眼中，他再一次覺得作為家主的威嚴被挑戰，於是向溫月喝道：「妳那是什麼表情?!」

溫月沒想到方同業會對著她發難，愣了一下後就看向方大川，畢竟方同業是他的父親，溫月總覺得由方大川出面比較合適。哪知道方同業就像是盯住了肉骨頭的惡狗一樣，抓著溫月就不放了。「妳看大川幹什麼，我問妳話呢，一個婦道人家怎麼能這麼沒教養？」

泥人還有三分性，更何況溫月並不是那泥塑的擺設，自從方同業回來後，這個家裡是麻煩不斷，早沒了從前的歡聲笑語，溫月心裡也是很煩的，但因為他是大川的父親，是心愛男人的親人，所以她一直忍讓，一是不想讓方大川為難，二也是不想讓大川感到沒面子。

可是現在，溫月覺得若是她再不說點什麼，那往後這方同業不就會把她當泥人隨意揉搓了？難道真當她是李氏嗎？何況就算是李氏，現在也正用她的方式反抗著啊！

「爹，既然您問了，那我就說說我的想法吧。我不明白我們到底做錯了什麼，為什麼要給郭家姊妹賠禮，我也一直很納悶，作為家人的您為什麼會對外人比我們這些至親還要好？

「況且，您知不知道當初我們一家人要在這裡站穩腳跟有多難？您問過奶奶或者娘，我們那些日子是怎麼過的嗎？我們又受了多少委屈、掉了多少淚，大川和我差點都沒了命，您又知道嗎？從您回來到現在，我看您的眼裡除了那兩個女人，怕是再也沒有別人了，那我們這些家人在您眼裡到底算什麼？您還跟我談尊重？」

溫月的質問中帶著嘲諷，既然說了，她索性就說個痛快，本來她還想揭露方同業以讀書的名義在看閒書，欺騙趙氏和李氏，但後來還是忍住了，因為她看方同業的臉色實在是太難看，也怕他控制不住自己的情緒再次咆哮帝附體，那猙獰的表情就像是隨時準備撲上來咬人的惡狗。

「妳、妳……無法無天！簡直目無尊長！我不與妳一個女人見識！」他顫抖著手指向溫月辯駁了幾句，就逃似的甩門而出。

「唉……都吃飯吧，不用理他。」趙氏無奈地的嘆了口氣。「不過月娘啊，以後對妳公公還是客氣點吧，再怎麼說他也是長輩。」

「對不起，奶奶，我就是太生氣了，一時才沒控制住。」溫月能夠理解趙氏的心情，跟這世上所有的父母一樣，即使自己的孩子再不好，哪怕是恨得想要一棒子打死，也不願意聽到別人說自己孩子一句不好，更何況她還是個兒媳婦。

所以溫月今天的話聽在趙氏耳朵裡肯定是不大舒服的，趙氏能像現在這樣只是點了一句，已經算是理智的了。

溫月能理解趙氏的立場，自然也沒往心裡去，以後大不了顧忌一下趙氏的情緒，少頂撞他幾次，可要是他自己不要臉，上桿子（注）找罵，那可就不要怪她不給面子了。

第二十二章

因為方同業的攪局，晚飯又一次在低氣壓中結束，回到房中的方大川見溫月還是心事重重的樣子，便伸手將她攬進懷中。「月娘，今天很抱歉，爹在針對妳的時候我沒有出言相幫。我只是怕我如果再說他，他會惱羞成怒，以後對妳態度更差。」

「我明白的。」溫月把頭抵在方大川的胸口，笑道：「不過，別人家都是婆婆挑事，媳婦受氣，可在咱們家卻正好是反了。大川，你說，被我剛剛那麼一說，爹明天還會去嗎？」

「怎麼不會去！」方大川嘴一撇。「賠禮也不過是他找的藉口而已，其實大家心裡都清楚，是他自己自欺欺人，當咱們都是傻子。」

「也是，我看爹是真的被那郭麗娘給迷住了，咱爹不會最後鬧著要把她娶回來吧？」溫月一想到這種可能，就忍不住頭疼。

方大川冷哼一聲道：「他想得美，我娘還在呢，他憑什麼往家裡領人？」

「不是有妾這一說法嗎？還有平妻呢。」溫月不明白方大川為何說得這麼肯定，李氏的存在為什麼能夠影響到方同業再娶呢？

「妳們女人家哪裡知道這個，以為自己看到的就是真的了？」方大川在說到這個問題的

注：上桿子，主動接近或討好之意。

時候，心情好似十分輕鬆，見溫月還是一臉茫然的樣子，他笑著解釋。「歷代朝廷都有律令，庶民是不可以納妾的，雖說這些年這條律令執行得並不是十分嚴格，可是一般人也不敢輕易去觸碰。」

溫月有些汗顏，她似乎是被前世的宅門電視劇給影響了，以為在古代人人都可以納妾。但也許是這朝代才有這個規矩的？可是她去鎮裡的時候，也是看過一些小戶人家有納妾啊，也有聽過鄰村的地主家熱鬧的納妾場面。

「可是大川，很多平民人家都有納妾啊，你不是也見過嗎？」溫月不明白，便又追問了一句。

方大川笑了笑，道：「那是有條件的，庶民要納妾，就要繳一大筆的錢，官家就會睜一隻眼閉一隻眼。可若是不想繳錢，又想納妾，那根本就是想都別想的事。妳看那些人家，哪家不是有錢的？如果非要納妾，那唯一的理由就是妻子不能生育，官家才會批准。至於平妻，那就更不用想了。」

接著，他好像想到了什麼好笑的事情一樣。「他要是想把那個女人娶進門，應該有三條路可以走，一是休了我娘，娶那女人為妻，不過這事他就不用想了，我娘她情理占盡，他沒有休妻的理由；二是花上一大筆錢，但妳覺得他會有錢嗎？那可不是一筆小數目；至於三麼，就是他快些考個功名上身，但那真的是說都不用說了，妳覺得他能考得上嗎？」

聽方大川解釋得這麼清楚，溫月就更不明白了，既然這個朝代對平妻和納妾有著這麼多的限制，那郭麗娘還這樣勾著方同業圖個什麼呢？她總不至於是想沒名沒分地跟著方同業吧，那也不可能啊。

方同業說穿了就是個一窮二白的糟老頭，以郭麗娘現在的資本來說，除非她瞎了才會看上他，難道說是自己誤會了，郭麗娘根本沒那個心思？也不對啊，若是沒這個心，她幹什麼費這個力，這可事關名聲啊！

「想什麼呢？」方大川見溫月半天不說話，低頭問道。

「在想郭麗娘究竟要幹什麼？在我看來，那郭麗娘並不是個蠢人，沒有好處的事情她是不會做的，那郭麗娘圖什麼呢？」溫月實在想不通，只覺得這事情太不合情理了。

「別想了，誰知道她圖什麼？走一步算一步吧，只要不傷害到妳們，我真的懶得理她。我跟妳說說這些天我去咱們莊子上的事吧，讓妳也高興高興。」方大川不想讓溫月的心思總是被這些破爛事占據著，便將話題轉到了莊子上。

果然不出方大川所料，即使全家人都反對，方同業仍舊是穿戴整齊、情緒高漲地出了門。雖說溫月並沒有給他準備所謂的回禮，可方同業也沒空手，只不過他拿走的就是昨天郭麗娘送來又被趙氏扔掉的禮物。

郭麗娘從一早起來就忙著塗脂抹粉，打扮十分妖嬈，仔細對著鏡子抿了抿口脂，看著雙唇變得嬌豔，郭麗娘露出自信的笑。回想當年她在戲班子的時候，熬了那麼久，總算是被一位富戶買了出去，還以為從此就能脫離苦海，可命苦的她還沒過上幾天好日子，那個混蛋就把她轉賣給一個無所事事的痞子。

要不是她機靈，偷跑出來，那日子肯定是豬狗不如。她不在乎做妻還是做妾，與她一起唱戲被有錢人家買去做妾的，哪個不是穿金戴銀、過得舒服？她知道自己有幾斤幾兩重，所以方同業這種男人對她來說，才是最好的歸宿。

「麗娘，妳在家嗎？」屋外，方同業小心翼翼的聲音傳進了屋裡，郭麗娘衝著郭麗雪一挑眉毛，眉宇之間盡是勝券在握。

「方大哥，我在呢，快進來吧。」嬌柔而甜膩的聲音從屋裡傳了出去，方同業的眼裡很快出現了一個粉紅色的身影，他心頭一片火熱。

接下來幾天，方同業都是早出晚歸，不用想也知道他是去了郭麗娘家裡。他這裡春風滿面，趙氏那裡卻是一病不起，大夫說這是急火攻心，需要慢慢調養。方同業也知趙氏生病是因他而起，也許自知理虧，他竟然一直躲著，從趙氏生病那天起就沒有進她屋裡看過一眼，每天只在家裡吃頓早飯就出門，中飯和晚飯時間根本就不見人影。

可他越是這樣，病中的趙氏就更是生氣，結果本來七、八天就能好的病，拖拖拉拉到一個月才好。而這一個月裡，最讓溫月感覺到不一樣的就是李氏了，她是真如自己所說，對方同業完全死心了，那種冷淡的態度，恐怕除了心思不在的方同業外，沒人會感覺不到。

為了能讓趙氏早點好起來，溫月乾脆做起了壞媳婦，整天在趙氏身邊說著「沒人去地裡幹活啊」、「方大川經驗不夠啊」、「秋天要沒收成啦」之類的話。

而心裡全是這個家的老太太，到底是不放心地開始跟著大川在地裡忙活著，雖是累了些，可效果卻很好，她的精氣神全都回來了。

「好了、好了，這些夠了，妳快下來吧。」方家院門外，李氏正站在一棵大樹下仰頭催促個不停，隨著樹上那人的每一個動作，臉上的擔心之色就更濃一分。

「知道了，娘，您別催我，最後這一串就好。」從樹上傳來的竟是一個女人的聲音，她半個身子已經被濃密的枝杈遮住，看不清究竟是哪個膽大的女人敢爬上這近五米高的大樹。

李氏見叫不動她，心裡更急了。「妳快下來吧，一會兒大川和奶奶就回來了，要是被他們看到妳爬樹了，妳就等著挨罵吧。」

「下來了、下來了。」女人輕柔的聲音傳了過來，沒一會兒工夫，就看到溫月小心地順著架在樹幹上的梯子爬了下來。

還沒把手中的筐交給李氏，坐在地上的滿兒就伸出了她的小手，「啊啊」地叫個不停。溫月輕輕捏了下滿兒的小鼻子，再從筐裡抓了一串榆錢放在她的手心。「不許偷吃啊！」

滿兒又「啊啊」了幾聲，拿著榆錢就往嘴裡塞，李氏忙一把攔下來。「哎喲，妳明知道她拿了東西就往嘴裡塞，哪聽得懂啊！」

滿兒有些不大高興，卻也沒哭，緊閉著小嘴跟李氏做著不屈的鬥爭，似乎沒什麼能阻擋她把這榆錢放進嘴裡的想法。李氏見攔了幾次都攔不住，乾脆從她手中把榆錢拿了出來，放進籃子裡，滿兒緊閉的小嘴一下子就張開來，眼看她就要放聲大哭，李氏搶在她哭鬧之前道：「滿兒乖，回屋裡，奶奶給妳拿果果好不好？」

滿兒含淚的臉馬上有了笑容，李氏的心一下就軟成一灘水，一把將滿兒從地上抱了起來。「我們滿兒怎麼這麼可愛呢，只要給吃的，就啥事都沒了，走，跟奶奶吃果子去。」

但李氏說的果子也不過是鄉下人對糕點的叫法而已，她抱著滿兒進了屋，拿了一小塊鬆軟糕點給她，便又將她抱出屋，只見溫月坐在院子裡的陰涼處正往那鐮刀柄綁上一根長木棍，李氏好奇問道：「妳這是要幹啥？」

「做個工具，我要跟大川去找點新吃食。」溫月用力地綁緊木棍，時不時地在手中抖動幾下，看她綁得結不結實。

前天陪趙氏去里正家裡看豬仔，溫月才看到原來路邊有很多的香椿樹，冬天那時都是樹幹，還看不出來，這會兒香椿發芽了，她才發現。其實香椿是個好東西，但因為它本身有種怪味，愛吃的人覺得它怎麼做都好吃，不愛吃的人連聞那味道都受不了。

只是溫月覺得很奇怪，在這個榆錢樹上處處是人的時候，這香椿樹下卻沒有一家村民來尋，問了趙氏後才知道，原來村民們根本就不知道這種東西是能吃的。溫月想到香椿的美味，覺得這真是有些暴殄天物了，所以才起了心思，回來做了一支長竿子。

別看她剛剛敢上樹弄榆錢，那是因為這榆樹就長在方家的門前，來往少有人經過。那香椿樹長的地方卻是在村子的小路密集處，那裡隨時都有行人路過，她可不敢再表現得那樣粗魯，免得被村裡的好事者又說三道四的。

李氏一向沒有什麼好奇心，剛才若不是溫月擺弄鐮刀，她也不會開口問。她將滿兒放在地上，看著她踉踉蹌蹌地爬著，時不時地又往院門外看上幾眼。「月娘，妳說不會有啥事吧，娘和大川怎麼還沒回來呢？」

溫月將已經弄好的工具放在高處，免得滿兒不小心碰到受了傷，然後直接蹲在那裡伸來雙手，看著向她爬來的滿兒道：「不會的，娘，能出什麼事啊，是去里正家裡買小豬仔，又不是幹別的，應該快回來了。」

話音剛落，滿兒就咯咯笑著爬到了她的跟前，溫月想要將她抱起來，可人家滿兒根本就不領情，小屁股一扭，又往李氏爬了過去。

自從滿兒會爬後，家裡的炕根本就不夠她發揮，有時候一個不注意，她就已經滾到了地上，摔得鼻青臉腫。無奈之下，溫月只能在屋裡的地上鋪一層石板，石板上是厚厚的棉被，棉被上則是方大川辛苦編的蘆葦蓆。

只是滿兒太過好動，雖然胖得圓滾滾，可一點都不影響她的靈巧度。在幾次抱她去屋外曬太陽，寵慣著讓她在屋外爬了幾次後，這小傢伙就抵死不肯乖乖地待在屋裡了。

不過也是趙氏他們寵孩子，見滿兒被溫月強留在屋裡哭得傷心，幾個人竟連著幾天趕編出兩片超大的蘆葦蓆，鋪在院子裡，讓滿兒在上面爬著玩。從那以後，滿兒除了睡覺的時間外，幾乎每天都待在院子裡，雖說曬黑了一些，可卻比別人家的孩子都要活潑、結實。

爬到李氏身邊的滿兒許是有些累了，她親了親李氏的臉頰後，便笑著對溫月「啊啊」地叫著，似乎是在說她很乖、很聽話，又似是在自得她爬了那麼遠的路。

總之，作母親的溫月，在看到女兒那張略有些傲嬌的小臉後，忍不住誇獎道：「滿兒真棒！」

一聽溫月誇她，滿兒忙抽出她的小手，不停地鼓掌，意在表揚自己。看滿兒臉上的燦笑，溫月覺得便是此時的陽光也比不過她的笑容，又暖又耀眼。

「幹啥呢，這麼一個個都高興的，快來看看我抓的小豬仔，精神不？」趙氏和方大川兩人在此時推門而入，人有事情忙就好，就不會總想著那些不愉快的事情，看著趙氏眼中飛揚的神采，溫月就覺得她做對了。

方大川將筐裡的小豬放進豬圈裡，兩隻小黑豬一下子就竄到角落裡擠在一起，邊哼哼叫著，邊警惕地看向溫月幾人。

滿兒見大家都圍著豬圈，也急得想要看看裡面到底有什麼，但她人小，又不會說話，只能啊啊地叫著，張開手等人抱，而趙氏怎麼可能不依她？看著不停拍打小手的滿兒，趙氏笑問：「滿兒喜歡嗎？過兩天我再去抓些雞和鴨回來，那個時候咱們家才是真的熱鬧呢。等牠們長大了，再給妳做肉吃！」

溫月沒有打擾沈浸在暢想中的趙氏，而是悄悄拉了下方大川的手，小聲道：「你跟我出去一趟，我們去弄點好吃的回來，晚上我給你做新鮮的東西。」

第二十三章

媳婦的話就是命令，方大川向來都是無條件執行，他拿上溫月做的竿子，揹著筐，兩人一路說笑著往有香椿樹的方向走去。到了那裡，在溫月的指揮下，打下來的香椿很快就裝滿了溫月帶來的兩個大筐，二十幾棵大香椿樹，足夠讓溫月挑揀最嫩的香椿芽了。

路上不是沒人看到他們在揀香椿，也有那好事之人嘻皮笑臉地湊上來問溫月這是在幹什麼，溫月也不隱瞞，便告訴了他們。那些人一聽說這東西能吃，心也跟著活了起來，從古至今，這世上從來就不缺那跟風之人。

開始時來的人少，他們都還將信將疑，打香椿也打得不是很認真，感覺像是來嘮嗑還差不多，甚至還有幾個村裡人小聲地議論她和方大川，說他們是太閒了才想著要來吃樹葉。可過沒多久，隨著人越來越多，本來還懷疑的那幾個人見樹上的香椿越來越少，他們也急了，這個時候還管什麼懷不懷疑的，先搶了再說。

溫月看著每棵樹下都圍了一堆人，時不時地還有人為了搶香椿吵上幾句嘴架，再看自己的筐裡也都已經裝滿了，溫月與方大川明智地離開這個是非之地。臨走的時候，溫月又回頭看了一眼，這些只顧著爭搶香椿的人，真的知道香椿的做法嗎？

方大川還以為溫月是心裡不捨得，往溫月的身邊近了近，輕聲道：「月娘，妳若喜歡，我知道山上哪裡有這種樹，明兒個我再去採一些。」

溫月聽了先是點頭，後來又搖頭道：「再說吧，等今天晚上我把這東西做出來，看看你們愛不愛吃，若是不喜歡這味道，那採來也沒用。」

「我不挑的，月娘妳做什麼都好吃。」方大川直視著前方，大步向前的背脊明顯有些僵硬。

溫月在心裡偷笑，看著他們之間的距離有些大，溫月忙跑了幾步追了上去，戲謔地看著方大川道：「跟我說些甜言蜜語，就這麼不好意思啊？可我很喜歡聽呢，你以後要多說一些，好不好？」

「我、我不大會說。」方大川臉也開始變紅，結巴道。

「可以學啊，大川你這麼聰明。」逗弄方大川其實也是一件非常有趣的事情。好吧，溫月承認，她真的是太喜歡看方大川臉紅的窘迫樣了，這讓她樂此不疲。

晚飯的時候，方同業依舊沒有回來，可對方大川他們來說，不回來反而是一種輕鬆。一家人瞠目結舌地看著溫月用她做的菜將桌子擺滿，不禁對溫月的廚藝更加期待。

好半天，趙氏才感嘆地道：「月娘啊，妳可真是個伶俐的孩子，這麼粗糙的吃食妳也能做出這麼多的花樣來，快給我們介紹介紹吧。」

溫月這一次也是真的把看家本領拿出來了，什麼香炸榆錢丸子、榆錢飯、榆錢蛋湯、榆錢窩頭、香椿魚、香椿炒蛋、涼拌香椿等等，事實上她腦子裡還有更多的做法，只是苦於沒有配料，只能遺憾放棄。

用榆錢料理的菜，溫月並不擔心趙氏他們不愛吃，她更擔心的是香椿，有些怕趙氏他們適應不了那個味道。哪承想，不論是趙氏還是李氏，對香椿菜都是讚不絕口，更甭提那個不管溫月做什麼都說好吃的方大川了。

得到這麼高的讚譽，溫月也很高興，她並沒有把香椿一次煮完，打算吃過飯後再將剩下的那些醃起來，三、四天後又是一道美食。看來明天還得讓方大川去林子裡多打些香椿回來，趁著季節好，多給他們做幾次。

一家人邊吃飯邊閒聊，少了方同業那敗興之人，方大川跟溫月兩個想盡辦法逗趙氏開心，加上滿兒時不時地賣賣萌，屋裡是一片歡聲笑語。聊著聊著就又說到香椿上，趙氏聽說村裡人已經知道這東西能吃後，便對大川道：「大川啊，你明兒個不是還要去山裡採香椿嗎？你乾脆就多採些，我也給那幾個老姊妹送一點。」

大川聽趙氏這麼說，看來是真的喜歡，便笑著點頭應下。

夜裡，滿兒突然來了精神，怎麼樣都不肯睡，溫月無奈之下，只好坐在一邊看著她精力無限地鬧騰。直到後半夜，好不容易把滿兒哄睡，剛躺好的溫月就聽到院門打開的聲音，她一驚，以為有賊進來了，正要搖醒方大川，卻冷不防地想到，方同業還沒有回來。

她悄悄湊到窗口，從縫隙中往外看去，果然見到方同業躡手躡腳地回來了。這人現在可是越來越猖狂，怪不得這兩天她總覺得都不見方同業的影子呢，回來得這麼晚也確實是看不到。

溫月不用想也知道他是打哪兒回來，不過一個有家室的老男人三更半夜還留在兩個單身女人的家裡，他就不怕被人用唾沫淹死？

夜裡睡得晚，等溫月早上醒來的時候，方大川早已經不見了蹤影。看著剛朦朦亮的天，她摸了下方大川的被窩，一片冰涼，看來他已經走了好長時間。猜想方大川應該是去打香椿，溫月也不著急，給滿兒掩了掩被子，便起身下地去了廚房。

剛把水燒上，溫月就見趙氏披著衣服走了進來，她被趙氏的氣色嚇了一跳，神情憔悴不說，那本就因為年紀大而下垂的眼袋現在更是烏黑一片。「奶奶，您哪兒不舒服嗎？」

趙氏搖搖頭，打了個呵欠。「沒事，昨兒晚上沒睡好。水都燒上了？」

「嗯，燒了。」溫月又往灶膛裡添了把柴，便起身將趙氏往外推。「奶奶，今天早飯我來做吧，您快回去睡一會兒，看看您這黑眼圈，都夠嚇人的了。」

「不用，不用。」趙氏擺擺手就往米缸那裡走去。「都這把年紀了，哪有那麼愛睡。大川出去了？」

兩人沒說上幾句，李氏就匆忙進來了，她看到趙氏已經在淘米，尷尬地笑了笑，伸手接過趙氏手裡的活兒。「娘，對不起，我起晚了。」

「沒事，昨晚妳被我吵得也睡不好。月娘啊，妳快回屋去看著滿兒，別孩子醒了又再翻到地上。」趙氏安撫了李氏幾句，就催著溫月離開，李氏也在一邊附和著，溫月只好先退了出去。

沒一會兒的工夫，村子上空便繚繞起裊裊炊煙，一絲陽光也衝破天際灑向大地。滿兒趴伏在床上，睡得正香，也不知道是作了什麼美夢，閉著眼睛咯咯笑個不停。好不容易安靜下來後，卻又換上一個讓人哭笑不得的姿勢，翹著小屁股吧唧著小嘴，卻仍睡得香甜。

隨著滿兒越來越大，在她身上發生的好玩事情也越來越多，趙氏經常被她逗得合不攏嘴，還感慨地對溫月說，這時候的孩子直到三歲，都是最好玩、最可人的。然後，她的眼神就會看向很遠的地方，好似罩上了一層薄薄的憂愁。

溫月猜到她是因為想到了方同業，因為滿兒的可愛勾起了她對方同業年幼時的回憶。

方大川沒有辜負溫月的期望，竟然採了滿滿兩大筐的香椿。吃過早飯後，方家的三個女人就開始忙了起來，將要送人的香椿分出去後，溫月便著手開始準備醃製香椿。

就在院子裡一片忙碌的時候，方同業總算是從房裡出來了。

熱鬧的院子一下子沈靜下來，趙氏拉長了臉，李氏面無表情，方大川幫著從井裡打上兩桶水後便拿著鋤頭去了後院。溫月看著他大步離開的背影，心裡開始搖頭，這個時候地裡並沒有多少活兒，他總是這樣躲避方同業也不是個事兒啊。

也不知道他到底是怎麼想的，打算拖到什麼時候才能下定決心來解決問題，不過……說是解決，可到底能怎麼解決呢？總不能把方同業當犯人似的鎖起來吧，不能打也不能罵，真夠讓人愁的。

按這裡的風俗，只要方同業一天不死，方家的掌事之人就是方同業，而不是方大川，家裡的財產歸屬與支配權也是由方同業說了算。只要方大川一天不與方同業斷絕關係，他就要供養方同業一日，當然，他們想要與方同業做到毫無瓜葛，還可以選擇分家，可方同業就只有方大川這一個兒子，這個家又如何能分得？

說來說去，他們夫妻只能苦等著方同業主動放棄他們，卻沒有權利選擇跟方同業脫離關係，即使方同業再不好，一句「天下無不是的父母」就能將他們束縛得死死的，如果不想被人用唾沫淹死，不想讓後輩們被流言所擾，他們也只能這麼忍著。

在這種情況下，溫月有時候還真是怕方同業哪天糊塗了，將這家也敗了出去。雖說溫月並不在意這個家明面上的錢財，可那也是他們夫妻倆辛苦得來的，就這麼給了方同業，她還真是不甘心。

「娘！」這些日子一直徜徉在與郭麗娘在一起時那美好時光裡的方同業，終於發現家中氣氛的詭異了。他皺了皺眉頭，環視了一圈，暗想他這是被家人給孤立了？

這麼想著，方同業心裡真是倍感委屈，他到底做錯了什麼要被他們這樣對待？跟郭麗娘交好到底怎麼了，窈窕淑女，君子好逑，這難道是罪嗎？為什麼同是女人，她們卻都容不得麗娘那樣美好的女子呢？

「娘，您這到底是怎麼了？別耍脾氣了行不行？」他覺得一切都是趙氏的無理取鬧，所以即使是他先開口，卻依然是相當不耐煩的態度。「娘，你們真是太讓人失望了，人性的美好你們竟然一樣都沒有，真不知道我方同業怎麼會和你們這樣的人做家人。」

他話說得理直氣壯、慷慨激昂，動作更是迅速無比，完全沒有給趙氏反駁的機會就又消失在大門外。趙氏看著方同業就那樣揚長而去，指著門口道：「快、快，快去把他給我叫回來！」

趙氏並沒有說讓誰去叫，所以心裡百般不願的溫月就看向了李氏，誰知李氏就像是根本沒有聽到趙氏的話，手中不停地洗著香椿，好像趙氏的話根本就不是對著她說的。

溫月心裡苦笑，老實人滑頭起來，也是無敵的啊！也罷，為了不讓趙氏生氣，也為了不讓趙氏埋怨李氏，她還是去應付一下吧。

溫月答應了一聲便追了出去，哪知到了門口時，方同業早已走遠，只留下一個小小的黑點。這人走得還真快，看來那郭麗娘還真不是一般的有吸引力啊！

沒能叫回方同業，趙氏沈默了好久，溫月看著她又一次情緒低落，連忙把那些分好的香椿拿了出來。「奶奶，您還去不去送這東西了？香椿放久了可就不新鮮了。」

趙氏這才想起，忙應道：「要送、要送，看我都差點給忘了！」

溫月送走了出門送禮的趙氏和李氏，總算是鬆了口氣，讓趙氏去跟那些她平時交好的婦人們說說話，分散一下注意力，也有助於她心情轉好。希望趙氏回來的時候，能帶著笑容，要不可真是愁人了，一家人住在一起，有一個人拉長著臉，其他人的心情也不會好。

但事情卻並沒有如溫月所願，就在她和方大川一起陪著滿兒玩的時候，趙氏帶著比出門時還要陰沈幾倍的臉回來了。見方大川一臉不解地看向她，溫月也撇了下嘴，無奈地搖搖頭後，起身跟在趙氏的後面。

趙氏進屋後就把門從裡面閂上，將溫月關在了門外。「你們不要進來，我頭疼，想睡會兒。」

「娘，怎麼了，到底發生什麼事了？」趙氏不想說，溫月也只能問同樣被關在門外的李氏。

李氏沒有回答溫月，而是輕輕拍了下門。「娘，您把門打開吧，您閂著門我們不放心啊。」

「好吧，我不閂著，但你們都不要進來吵我。」聽到趙氏將門閂打開的聲音，李氏這才安了心，小聲對溫月道：「走吧，去妳屋裡說。」

「娘，我們先離開了，您需要啥喊我們一聲就行。」臨走前，李氏又不放心地交代了句。

一進房裡，溫月便迫不及待地開口。「娘，到底出什麼事了？奶奶為什麼那麼生氣，有人欺負妳們了？」溫月從不覺得她是個急性子的人，可是這些日子發生的事情樁樁件件加起來，卻無法讓她不心急。

李氏臉上先是閃過一絲嫌惡之色，之後又變得無奈萬分，看著大川也抱著滿兒坐了過來，她這才緩緩地將事情經過說了出來。

原來今天她們去送香椿，因為送的那幾戶人家關係都不錯，所以也得到熱情的接待。可是不知道為什麼，她們總感覺有些奇怪，似乎在聊天的過程中，對方總是欲言又止，一家是如此，兩家也是如此。她們帶著納悶到了孫四嬸家裡，要說這村裡與方家最親密的人家，那也就是孫四嬸家了。

所以趙氏也沒多想，就把她的疑惑向孫四嬸說了出來，趙氏不太高興，覺得那些人跟她耍心眼。但後來見孫四嬸也是一樣的表情，趙氏開始感覺到不對勁，最後在她的逼問下，孫四嬸才說出實情。

原來，這事還是由方同業引起的。這近一個月來，方同業每天都在郭麗娘家裡出現，漸漸的，村裡就傳出了一些不好的流言。剛開始時，也不是特別嚴重，大家也就當個樂呵聽著，可是過沒多久，方同業在郭麗娘家待的時間越來越長，尤其是最近幾天，他都是半夜三更才從郭麗娘家裡出來，這被有心人看在眼裡，當然不會有什麼好話。

李氏說到這裡就停住了，她不大想說村裡人傳的流言，實在是太污穢了，尤其滿兒還在呢，絕不能讓她的小孫女聽到這樣的話，都是大人造的孽，可不要影響到孩子才好，一想到村裡那些流言蜚語，她又一次對方同業生了恨意。

李氏不說，方大川和溫月也明白那些話定然是不好聽的，趙氏應該也是聽了這些侮辱方同業的言詞後才生氣的吧。

「大川啊，去找你爹回來，就說我找他，要是他不回來，你就是綁也得給我綁回來。」窗外，趙氏那似是從胸口中傳出的聲音帶著無限壓抑地打破了屋裡的沈靜。

方大川去得快，回來得也快，看著一個人走進來的方大川，趙氏不死心地又向後看了看，在確定只有方大川一個人回來後，她的背更彎了。

「奶奶，我沒找到爹。」方大川鬱鬱地說。

「沒事，都出去吧，等你爹回來了再說。」趙氏無力地揮揮手，拿了枕頭就躺下了。

折騰這麼長的時間，大家也還沒吃午飯，雖說都沒什麼胃口，但溫月還是做了手擀麵，還單獨把給滿兒吃的那份煮得軟爛，邊餵滿兒邊催著方大川好好把飯吃了。

方大川幾口就將麵吃到了肚子裡，吁出一口氣道：「我剛出去找爹，人沒找著，閒話倒是聽了不少。呵，人這輩子可真是什麼事都能遇上，長見識了。」

「好了，別愁眉苦臉的了，我看奶奶還挺擔心的，我待會兒跟你再去找一次吧。我還是那句話，遇上事情咱解決就行，那麼難的日子咱們都挺過來了，現在過得好了，還怕什麼啊。乖，給爺笑一個。」溫月單指勾起方大川的下巴，做流氓調戲狀。

溫月正嬉笑看著方大川那無奈的表情時，小滿兒竟然也學著溫月的動作，將整隻小手都放在方大川的下巴上，對著他得意一笑，幾顆潔白的小牙映亮了方大川一片陰霾的心。

而此時的方同業和郭家姊妹也一樣不好過，本來今天他們三人去了鎮上，好吃好喝好玩了一整天，回來的路上那真是心情飛揚。哪知道下車後，一路上遇到的人都很不對勁，總有那麼幾個人在他們的背後指指點點，更有一些整日遊手好閒的村民對著他們不停吹口哨。

那二狗子更是無恥，竟然對著郭麗娘高聲喊道：「郭家妹子啊，妳跟這方老頭在一起，他能在被窩裡頭熱乎妳嗎？我看妳還是來找狗子哥我吧，我保證伺候得妳舒服，比這老瘸三強啊！」

被人叫老瘸三，方同業一肚子火，平心而論，能生出方大川那樣俊朗的兒子，他的五官自然也不會差。雖說四十出頭的年紀，可是從沒吃過苦也沒幹過活的他，看起來卻要年輕很多，加上他跟這些鄉下漢子完全不同的書生氣質，還是招來許多大姑娘和小媳婦喜歡的。

「方老頭，你想什麼呢？不會是心裡偷著美吧？嘖嘖，我怎麼想都覺得您老真是太了不起了，竟然能讓郭娘子這樣俊俏的女人跟你一個炕，莫不是讀書人真與咱們這莊稼人的那活兒不一樣？郭娘子，妳別低著頭啊，給個話，方老頭下面那活兒好不好啊？能讓妳像做了神仙似的嗎？」

「轟」的一聲，周圍的村民們都大笑了出來，看向郭麗娘的眼神從上打量到下，一個個恨不得都生了透視眼，能將郭麗娘和郭麗雪的身子看個遍。

方同業已經氣得渾身發抖，他一向不屑於跟這些莊稼人來往，自視讀書人的他一直覺得高於他們一等，可現在，他竟然被這些像流氓一樣的人給侮辱了，每句話都如此的不堪入耳，真是是可忍，孰不可忍！

就因為他這眼高於頂、明顯瞧不起的神情，所以自他到了這周家村後，村裡很多人都看他不順眼，也看不出他有什麼了不起，一個手不能提、肩不能擔的書生，除了唸兩句酸詩之外，還會做啥？怕是離了兒子，連飯都吃不上。

二狗子更是如此，加上本就因為媳婦的原因跟方家結怨，所以他早就想做點什麼給方家顏色瞧瞧了。這不正好，方家這老色鬼，竟主動送把柄上門。

方同業看著郭麗娘姊妹因為被人羞辱而泫然欲泣的樣子，心痛得無以復加，他用手指著二狗子，「你、你」了半天後，才吐出一句。「太過分了，太有辱斯文了！簡直無恥，無恥至極！麗娘、麗雪，咱們走，都是無知村夫，與畜生無異！」

這大概是方同業能說出來最惡毒的話了，正低頭抹淚的郭麗娘用帕子掩住她眼裡的不屑。這方同業真不是個男人，這時候就是不打一架，也要好好地罵回去吧，這算什麼，被人家侮辱了半天，最後也只是自己先逃了。

「喲，你罵誰是畜生呢？我看你才是那老畜生吧，一把年紀、有家有室的，還跟這小寡婦勾搭不清。怎麼，你這是沒理就要先跑了吧。」二狗子見方同業就要走，還沒出夠氣的他哪能同意，一下子就攔在了方同業的面前。

就在他看著方同業的臉開始變得蒼白，享受方同業因為憤怒、害怕而越來越驚慌的表情時，突然就聽到身後有人輕喝。「劉二狗，你在幹什麼?!」

第二十四章

劉二狗猛一回頭，就看到方大川站在他的身後，正神情不善地看著他。「喲嗬，大川兄弟啊，你怎也來了？我沒啥要幹的啊，就是想要你爹說清楚而已，他剛剛可是罵我畜生呢。再怎麼樣都是一個村住著，也不能因為他年紀大，就隨便罵人吧。」

方大川伸手將二狗往邊上一扒拉，劉二狗就踉蹌著退了幾步，也不管劉二狗跳腳的模樣，方大川對方同業說道：「奶奶叫你快回家。」

「喔，知道了，我這就回。」被兒子看到他這尷尬的一面，方同業也有些不大好意思，所以想趁著方大川的解圍，趕快離開這是非之地。

哪知道他們想走，可二狗卻不想就這麼算了，他把手一張，挑釁地看著方大川。「大川兄弟，你這可就不對了，我都說了，你爹他罵我，你怎還能就這樣讓他走了，好歹也要給我個說法吧。」

「你要什麼說法？」方大川心情真的很不好，他其實跟溫月早就過來了，因為二狗說話的聲音並不小，所以老遠的他們的對話就被溫月全都聽了去。

讓自己的媳婦聽到這種污穢的話，他覺得臉上火辣辣的，這一切的罪魁禍首就是他的父親，可他偏偏是不能打、不能罵，現在二狗還一直糾纏，不肯放他們離開，方大川的心情就更煩躁了。

「道歉啊，一個村住著，我也不能太過分是不是？」二狗還以為方大川是服軟了，心裡頭得意的啊。

方大川眉毛一挑，冷笑一聲。「道歉？道什麼歉？他罵你是畜生你就真是畜生了？我就不明白你為什麼要這麼往心裡去，難不成在你的心裡頭，一直是把自己當畜生看的，所以聽到他這麼說你，你就受不了了？光天化日之下，你攔著他不讓他走，還一個勁兒地羞辱別人，我看你和那瘋狗也沒什麼區別。」

溫月發現，自始至終，方大川都沒有叫方同業一聲「爹」，而是一直用「他」來稱呼。

本來還以為自己占了上風的二狗在聽到方大川不留情面的嘲諷後，惱羞成怒地道：「你罵誰呢！你個小王八蛋，老的是個色鬼，小的也是個混蛋，你們可真是一窩出的。」

方大川不想跟他繼續在這裡糾纏，又見他罵得難聽，一把揪住二狗的衣領用力往上一舉，二狗的腿就離了地，嚇得他嗷嗷大叫。「方大川，你要幹什麼，你想打架是不是，有本事你放下我，咱倆打一場！我要好好教訓你這個色鬼生的，溫月娥，妳可要小心啊，這家人根兒不好，老的大半夜還在寡婦家裡出入，小的難保不會有樣學樣啊！」

方大川見已經被抓住衣領的二狗子嘴上還不老實，一張臭嘴竟然敢叫溫月的名字，溫月是他心尖上的寶，是他要一生守護的人，怎麼能讓她受了委屈？「你把嘴給我閉上！」方大川憤怒之下，一把將二狗子甩了出去。

被甩在地上的二狗子還在那裡哎喲哎喲地叫著，嘴裡還不乾淨地罵著方同業跟方大川，溫月見大川手上青筋迸露的樣子，知道他是真的動了怒。雖然她也覺得這二狗是欠打，可現在是非常時期，如果再打了人，更會被那些人說成是他們理虧了。

溫月上前輕拉住方大川的袖口，安撫他的情緒後，便對著那還躺在地上放賴的二狗子道：「你口口聲聲說我公公與郭家姊妹不清不楚，你可是有證據？只憑著我公公他經常在郭家姊妹那裡出入，你就可以隨意地捕風捉影、無中生有嗎？你知不知道這叫誣衊？」

「呿，別給自己臉上貼金了，村裡人都看到了，就是他，方老頭。大半夜的從郭家門裡出來，一個男人在女人家裡待到半夜，能有什麼好事？」二狗齜著牙哼道。

溫月輕笑一聲。「有什麼好事我不知道，可你又知道了？就憑你說我公公他半夜從郭家姊妹屋裡出來，那人就真是我公公了？到底是村裡誰看到的，讓他出來跟咱們當面對質啊，就算那人真是我公公，那又怎麼樣？你們可有親眼看到他們衣衫不整？可有捉姦在床？可聽到他們說了什麼見不得人的話？」

二狗被溫月這一連串的話問得啞口無言，雖然他總覺得哪裡不大對，可是除了彆扭外他又說不明白。

其實那個在村裡傳這話的人，倒也不是不能公布，他是村南邊周七家的傻兒子，小時候因為發燒把腦子燒壞了，從那以後腦子就不怎麼清楚，也只有他才會深更半夜的在外面瞎遛達，所以才看到方同業從郭家出來的這一幕。可也就因為他是個傻子，二狗也明白，只要方家和郭家咬死不承認，說是傻子看錯了，大家也沒別的辦法。

「你不說話，那就代表我的話沒說錯吧。這老話說得好，拿賊拿髒，捉姦成雙，你們現在只憑著幾句沒有根據的話就來欺辱我們，這根本就是無中生有，陷害我公公，陷我方家於流言之中。

「人總要為自己說過的話負責，你們今天所做的一切我們記下了，若是以後你們還繼續這樣誣衊我們，了不起咱們去見官，少不得要治你一個拔舌之罪。」溫月拉了下方大川的手，趁著這二狗還沒轉過勁兒來，他們還是先離開的好。

「月娘！」一行人沈默地往前走，眼看著就快到通往郭家的路口，郭麗娘開口叫住了溫月。

想裝作沒聽到的溫月準備繼續往前走，可方同業卻是個直腦筋的，轉頭便問：「有事？」

郭麗娘見所有人都向她看了過來，忙解釋道：「沒事，我只是想跟月娘道聲謝，說兩句話而已，你們先走吧，我們一會兒就追上來。」

方大川看著溫月，有些不大放心讓她們單獨在一起，在他心裡，郭麗娘就是麻煩的代名詞，能遠離一些是最好的。

但溫月對他點點頭，示意沒事，因為她也想聽聽郭麗娘要說什麼。

見方大川他們先走了，郭麗娘眼裡閃過羨慕之色，幽幽地道：「月娘，大川對妳可真好。」

溫月瞥了她一眼，不滿地道：「郭姨，大川這名字，不應該是妳叫的。」

郭麗娘愣了下，沒想到溫月這樣不客氣，為了緩解尷尬，她只好把散亂的頭髮掩在耳朵後，似沒有看到溫月眼中的不滿，笑道：「月娘，我是想感謝妳的，今天若是沒有你們夫妻的解圍，我們肯定不知道要面對什麼難堪事，謝謝妳了。」

溫月表情一冷。「我也不是為了你們，我只是為了方家，誰教我公公也摻進這事情裡，我也是沒辦法。若這事是妳跟別人做出來的，我根本就不會理，或許我還會踩上幾腳也說不定。破壞別人的家庭，染指別人的男人，真是讓人覺得噁心！」

不理會郭麗娘由白轉青的臉，也不在意她眼裡的惱羞成怒，溫月轉身快速地向等在遠處的方大川走了過去，只有跟他在一起，才是她的心安之處。

被溫月當眾給了個沒臉，郭麗娘緊抿著雙唇，看著他們的背影，心中暗道：等著吧，早晚我會給妳好看的！

郭麗娘的家裡，肖二鳳正坐在她們家的炕上，不停地吃著放在桌上的花生米，絲毫沒把坐在對面的郭麗娘的臉色放在心上。

眼看著一碟花生米全都被肖二鳳吃進了肚子裡，桌上只剩下散亂的花生皮，郭麗娘雙手抱懷，往後一靠。「吃飽了？要不要我再給妳拿一點？」

肖二鳳呵呵笑了兩聲，拍了拍手上沾著的花生屑，笑道：「妳看看妳，到底是年輕，這才多大點事啊，就讓妳對我這麼鼻子不是鼻子、臉不是臉的，瞧瞧，好像咱們兩個有仇似的。」

「小事？」郭麗娘眉頭一皺，對著肖二鳳喊了出來。「敢情不是妳被村裡人指指點點，那些難聽的話也不是罵妳的，妳當然說得輕鬆了。現在被罵的人是我，是我！我怎麼可能當成什麼事都沒發生？我問妳，妳這事是怎麼做的，當初不是說好只是讓村裡傳出點流言就行了嗎？現在倒好，這哪裡是流言，根本就已經是羞辱！我現在都不敢出家門，就差人人喊打了。」

「這事妳可不能怪我。」肖二鳳撣了撣掉在衣服上的花生皮，依舊是不緊不慢地道：「我可是按妳的要求把流言放出去的，可我哪知道妳真的將別人家的大老爺們留到半夜了呢？妳若讓他天傍黑兒就出來，還會有今天這麼多的事嗎？妳說是不是這個理？」

「妳！」郭麗娘一下子噎在那裡，雖是氣憤，卻說不出話來。而肖二鳳用像是包容一個無理取鬧孩子一樣的眼神看著郭麗娘，毫不動氣地道：「好了，郭家妹子，妳就別生氣了，事情到了這個地步，生氣也解決不了什麼問題是不是？別因為這些事再傷了咱們之間的和氣，我肖二鳳可真是一心為妳好的啊。」

說罷，肖二鳳得意地笑了下。「依我看，這事弄成現在這個樣子，也不全都是壞事。」

「還不夠壞啊？我現在是裡子、面子全沒了，外面的人都說我不守婦道，說我是狐狸精，還想壞到哪兒去啊！」郭麗娘垂著頭，懨懨地說。

肖二鳳搖了搖頭，一臉精明地道：「妹子啊，妳說，咱最初想放出這消息來，為的是啥？不就是想讓村裡人知道這方同業跟妳郭麗娘關係不淺嗎？然後讓方家因為壓力，為了方同業與方家的名聲，將妳娶了回去，妳說是不是？」

郭麗娘瞥了眼肖二鳳。「這不是妳跟我商量出來的嗎，幹什麼先問我？」

「雖說現在事情是出了咱們的掌控之外，可是這目的咱們還是達到了啊。事情雖說鬧得大了，可鬧大了也有鬧大的好處，只不過就讓咱們把計劃的時間再往前提提罷了。」

見郭麗娘像是沒聽懂，肖二鳳把桌子推到一邊，坐到郭麗娘的跟前道：「妹子啊，妳想，現在因為這流言，妳受了這麼大的委屈，依我看那方同業現在整個心思都在妳身上，他能就這樣看著不心疼？他就能坐得住？妳只要在他來看妳的時候，把心裡的委屈與害怕說上一說，他肯定就會慌了神。然後我在旁邊把縫兒一溜（注），藉著這個機會，乾脆把事情給他挑明，到時妳還怕方同業不同意？」

「這能行？」郭麗娘心中一動，有些不確定地看著肖二鳳。

「怎麼不行？妳就等著看吧，他肯定會歡天喜地的把這事答應下來，弄不好不只是平妻，他還能說要把李氏給休了妳信不信？」肖二鳳斬釘截鐵地對郭麗娘說。

郭麗娘也覺得肖二鳳說得有道理，但她還是有一點疑慮。「話是這麼說，方同業那裡我

注：溜縫兒，指幫腔做事，煽風點火。

是不擔心，可趙老太太能同意嗎？這事要是她攔著，還能成嗎？她現在對我的態度可是相當惡劣的。」說到趙氏，她又想到今天在溫月那裡受的侮辱，眼中的恨意一閃而過。

肖二鳳把手一擺，極不在意地道：「妳想多了，趙春梅那個老太太，這一輩子就圍著她這兒子轉。聽我婆婆說，打小開始，只要方同業想要的，趙春梅就沒有不給的。所以妳放心吧，她是擰不過方同業的，不管她怎麼鬧，最終肯定會答應。」

經過這次流言事件，方同業是被趙氏徹底地看管起來了，連續幾天，不論他走到哪裡，趙氏都會跟到哪裡。

可是隨著地裡的活兒越來越多，趙氏也沒法在家裡繼續這樣閒著，想到她去地裡幹活就沒人看著方同業，她絞盡腦汁，不知道從哪兒找來了一把鏽跡斑斑的鎖頭，當時就引起已經快要精神崩潰的方同業巨大反彈。「娘，妳這是要幹什麼，妳瘋了嗎？妳是要把我當成那監牢裡的犯人嗎？」

「我沒把你當犯人，因為你是我兒子，我才不能看著你走錯路卻不管。」趙氏也不生氣，語重心長地勸說著。

「妳這是狡辯，是強詞奪理，什麼是為了我好，我一點都不好，我很不好！」方同業對著趙氏嘶吼，像瘋了一樣對趙氏道：「我不會同意妳這樣對我的，從現在開始，我不要再過這樣的日子，我需要自由，我有這個權力，我要出去。」

沒等趙氏反應過來，方同業便繞過她奪門而出，幾乎是用跑的衝出了家門，這個時間方大川和李氏都還在地裡幹活，趙氏眼睜睜看著方同業又一次從她的身邊逃走。情急之下她追了上去，結果跑沒幾步就沒了力氣，蹲在那裡喘個不停。

溫月早就聽到院子裡的動靜，只是滿兒一直在鬧覺，所以她也沒辦法出去。好不容易將滿兒哄睡了，溫月匆匆出門就看到趙氏坐在地上，無聲地抹著眼淚。

「奶奶，您這是怎麼了？快起來，地上太涼了。」溫月嚇了一跳，急忙將趙氏拉起來。可趙氏並不配合，反而抓著溫月的手道：「月娘啊，妳公公又跑了，妳快去找大川，去把妳公公給抓回來啊，快去！」

溫月沒有出聲，還是用力地想把趙氏拉起來，趙氏急了，把溫月的手甩開。「妳快去啊，妳怎麼也不聽話呢，快去找大川把妳公公給找回來，就是綁也給我綁回來啊！」

「奶奶！」溫月蹲下來直視著趙氏開口道。「我不想讓大川去找公公，現在是大白天，村裡到處都是人，如果公公執意不肯回來而跟大川起了衝突，那咱們家這點事不就全村都知道了？本來村裡人就已經在看咱們家的笑話了，若是再出什麼事，那不又給村裡人添了茶餘飯後的話題？奶奶，我不想這樣。公公跑了就跑了吧，他總會回來的，就這樣平靜地處理，一切等他回來再說，不行嗎？」

「月娘！」趙氏沒有想到月娘竟然會拒絕她的要求，不由得有些失望。「妳怎麼能這麼說呢？要是讓妳公公去了郭家，不也是丟臉嗎？不也會被別人說三道四嗎？」

溫月站起身，看向門外道：「那樣說，他們也只是笑話公公和郭麗娘而已，而且說到底，這種事情總是女人承受的壓力更大一些，而對男人，人們總是會寬容些。所以，即使公公去找了郭麗娘，最後也不過就是村裡人多點話題，可若是大川尋了去，依公公的性格肯定要大鬧一場，到時候大家看的可就不只是公公一個人的笑話了。」

溫月再次蹲下。「奶奶，大川是我的男人，我不想讓他因為公公的愚蠢而被人說三道四。您要知道，如果大川這樣做了，說風涼話的人只會越來越多，甚至還會有那嘴賤的說我們大川不孝順，這是我不能接受的。」

趙氏扶著溫月的手站了起來，猶豫不定地看著溫月道：「可現在這樣，妳公公這麼不著調，咱不也是被人笑話嗎？」

「沒什麼可笑話的，最多說他老年風流而已，真要是逼急了，咱們也可以說是郭麗娘勾引他。奶奶，公公的名聲已經壞了，就不要再把家裡人都搭上，行嗎？」溫月懇切地看著趙氏，她真的不想讓趙氏為了方同業再做出讓方大川左右為難的事，說她自私也好，涼薄也罷，她就是不想。

趙氏用力揉了揉有些脹痛的頭，長嘆一聲。「我知道了，月娘，放心吧，奶奶不會讓大川出頭的。等我歇一會兒，就自己去找那郭麗娘，我就按妳說的罵她是狐狸精，勾引男人。她不仁，就別怪我不義，一個巴掌拍不響，她要是不對妳公公那樣勾搭，妳公公也做不出這事。」

趙氏這樣說，多少也算是遷怒，俗話說蒼蠅不叮無縫的蛋，若方同業真是好樣的，郭麗娘便是有十八般手段也不可能會輕易得手。

可對趙氏來說，方同業即使有萬般的不好，即使她心裡也清楚這不是郭麗娘一個人的錯，但身為一個母親對兒子直覺反應地維護，也是無可厚非的。身為同樣是母親的溫月，她也是可以理解的，畢竟在血緣面前，事情的是非曲直並不會被排在第一位。

第二十五章

中午，方大川從地裡回來時，溫月悄聲地將上午發生的事情跟他說了一遍，也將她的意思明確地傳達給他。大川沈吟了片刻後，就進屋去看望自從方同業跑掉就臥床不起的趙氏，也沒待多長時間，他便轉身出來了。

因為今年有牛的幫忙，所以犁地變得輕鬆許多，方大川也可以趁著中午正熱的時候回來休息一下，早就在屋裡擺好碗筷的溫月幫大川換上一身乾淨衣服後，這才邊給大川盛湯邊道：「奶奶跟你說了？」

「嗯。」方大川點點頭，嚥下嘴裡的飯後道：「我跟奶奶說了，這事妳做得對，即使我在家我也不會去追的，我不怕別人笑話我，我怕的是我控制不住情緒當眾給他沒臉。世上沒有兩全的事，如果非要選，那就應該是兩害相權取其輕，還是躲著吧。我跟妳一樣，就算是讓別人笑他老不羞，為老不尊，我也不想因為他讓別人覺得咱們家雞飛狗跳，一團亂糟。」

說到這裡，他苦笑了下，愧疚地看著溫月。「其實這也是自欺欺人罷了，又能躲多久呢？」

見方大川愁眉不展，還一直愧疚地看著她，溫月心疼地開口勸道：「你別這樣，誰叫咱們攤上這樣一個爹呢？怪就怪在他讀了這些年的書，書中的精髓一點都沒學到，讀書人的糟粕他倒是學了個十成十，一把年紀了還想要紅袖添香、花前月下，就是畫本看多了。」

這邊，溫月小倆口窩在一起彼此安慰鼓勵，努力著一起用笑容面對一切的困難。那邊，卻有一雙眼睛時時刻刻都在盯著方家的方向，焦急地等待著院門被敲響的聲音。

郭麗娘又一次伸頭向窗外看去，門外的小路上還是一個人影都沒有，失望之色就更濃了幾分。肖二鳳隨手把手上的瓜子皮扔在地上，拍了拍衣服道：「麗娘妹子啊，都這個時候了，方同業也沒來，我看今天也不會來了，那我就先回去吧。」

她說著就要往外走，郭麗娘死死盯著地上那散落一地的瓜子皮，忍無可忍道：「肖大姊，妳下一次能不能不要往地上扔東西，這瓜子皮很難打理的，妳把我家當什麼了？」

「喲，這可真不好意思，我這就是習慣了，辛苦妳了，妹子。」肖二鳳嘴上說得好聽，可是臉上卻是一點歉意都沒有，郭麗娘恨得牙癢癢，這幾天肖二鳳在她這裡，可是把她折騰得夠嗆。

她就沒見過這麼不要臉的女人，到別人家裡就跟自己家似的，到處亂翻，凡是能吃的東西就沒有她找不到的，家裡存的這點零嘴全被她給吃光了。吃就吃吧，可這人還髒，吃過的果皮滿地扔，簡直太邋遢了。

等著吧，等她把方同業拿下後，一定跟這死女人遠著點，以後她別想再登自己家的門。郭麗娘在心裡腹誹不停，往門外走的肖二鳳也是一肚子不滿，小蕩婦，真當自己是個什麼人物了？不過是個不要臉的爛貨而已，上桿子給人家做小，還想要個好名聲。既做了婊子還想立牌坊，這世上哪有這麼美的事？要不是為了郭麗娘許的那點好處，要不是因為他們趙家與方家結了仇想報復，當她願意這麼天天折騰啊。老天保佑這事一定要成啊，不然她這些天真是白折騰了，耽誤多少事啊！

她只顧著低頭往前走，還沒走出郭家大門就一頭撞到了一個人的身上，本就心情不好的她頭都沒抬，破口大罵道：「誰啊，瞎了嗎？不知道看路啊，撞死人了知不知道？」

「表嫂，妳沒事吧？」

一個男聲在肖二鳳的頭頂響起，這個聲音極普通，甚至聲音裡還帶著粗粗的喘氣。但是聽在肖二鳳的耳朵裡，卻如同天籟一樣的動聽。方同業，我總算等到你了！

「月娘，有件事我想跟妳商量一下。」午睡醒來的方大川似乎已經忘記了方同業帶來的不快，笑呵呵地陪滿兒玩著舉高高的遊戲，整個房間就聽到滿兒快樂的笑聲。

「把孩子給我吧，別鬧太瘋了，晚上又睡不著。有什麼好事啊？」

方大川並沒有把滿兒交給溫月，而是抱著她坐在自己的懷裡，還沒玩夠的滿兒非常不老實，在他的懷裡不停地扭動。方大川邊安撫她邊道：「好了，滿兒，今天就先不玩了，明天爹再陪妳玩啊，聽話。」

滿兒雖是還小，可大人說的話卻也能聽得懂，溫月有時覺得，她就只差會說話而已，不然真的可以將她當成一個懂事的孩子來看待。比如說這會兒，方大川說明天再陪她玩，她便安靜地坐在一邊，不再吵鬧，乖得讓溫月不知道該怎麼疼她才好。

「也不是什麼大事，村裡又劃出了一些地，價錢不是很高，妳說咱們要不要再買一點？現在剛春耕不久，也不算太晚，買下來就能種。」方大川對土地非常執著，與錢相比，他總覺得有地更踏實些。

溫月想了想，雖然覺得是個好機會，可是一想到家中那個不定時炸彈方同業，她又覺得不妥。「大川，我看還是算了吧，現在咱家這個情況，露在外面的東西多了未必是好事。」

雖說溫月覺得她跟方大川之間已經是彼此坦誠了，可是在聊到方同業的問題時，她還是有一些保留。不是說方大川不好，是她始終提醒自己，方大川再好，方同業再爛，那也是他的親生父親。重要的是方大川已經知道她對方同業有很多的不滿，也就不需要她再反覆強調，反而引起反感。

方大川愣了一下，隨即明白了溫月話中的意思，他沈寂了半天，最後遺憾道：「可惜了，這是個好機會，我本來想把那半坡地給買下來呢。」

「沒事，咱們不是有莊子嗎？等到秋收時你大概就要忙起來了，哪還有工夫再多管一些地？」溫月滿不在乎地說道，反正她是想好了，只要方同業在一天，他們購置土地這事就一定要瞞著，包括家裡有多少錢財，都不能讓方同業知道。

「可惜咱們剩的錢不多，還要留著備用，不然我還想在鎮裡買間鋪子，哪怕不是做生意，租出去也是好的啊！」買鋪子一直是溫月的心願，跟方大川他們這樣土生土長的古代人相比，她以農為本的思想並不是特別的根深柢固。

溫月打開櫃子數了數她繡的那些絹絲扇面和炕屏，一個冬天到現在也存下了不少，這些拿到莫掌櫃那裡，應該會有個好價錢。加上這些錢，雖說不能完全解決問題，但也不需要動用太多的儲備金。

「妳什麼時候繡了這麼多？」方大川見溫月一下子拿出了幾塊料子，其中還有兩幅二尺長寬的料子，隨手翻看了一下，沒有一個圖案是簡單的。

溫月輕拍了下方大川的手，嗔道：「你手那麼糙，把料子刮花了我可就白費功夫了，這都是上好的絹絲呢。」

知道自己冒失了，方大川迅速地收回手，搓了搓鼻子道：「看我都把這事給忘了，沒壞吧？」

「沒事。」溫月又把這些料子放進櫃子裡，回頭道：「這些也不多，冬天到現在，我閒著就繡，沒想到心裡沒壓力，反而繡得快，品質還很好。咱們抽空拿去莫掌櫃那裡，看看能賣多少錢。」

「辛苦妳了，月娘，地裡現在活兒也少，我想著這兩天進山裡一趟，整天聽著野雞叫，總覺得我應該會有收穫。」方大川這些日子被山裡隨處可見的野雞、野兔勾得眼饞，要不是因為這兩天地裡活兒多，他早就進山了。

若是在現代，溫月肯定會反感春天狩獵這件事，春天是繁殖的季節，狩獵勢必會影響動物的生存。可在現在這個落後的年代，沒有槍枝彈藥，沒有先進的狩獵工具，進一次山幾天的時間，常常都沒有收穫。所以，現在方大川無論哪個季節進山，溫月都不會有強烈的排斥了。

「也帶我去吧，我想進山摘些野菜，回來做野菜糰子吃。」說到進山，溫月也起了興趣，想到山上青青嫩嫩的野菜，溫月腦中迅速閃過野菜包子、野菜蒸餃、野菜糰子，再配上些肉菜，呵呵，應該會胃口大開吧。

直到站在自家門口，方同業仍覺得好似夢中一般，整個人暈乎乎的，耳邊全是郭麗娘羞澀的表白。「方大哥，我心悅你。」

心悅你，心悅你，心悅你，這幾個字如咒語一樣在方同業的耳中反覆迴圈。想到郭麗娘那因羞怯而泛紅的臉，那想看他又不敢看、只能偷偷瞄上幾眼時的嬌羞，每當與他的目光正面相對時，那如小兔子一樣驚慌的表情，看得他心癢不已。

短暫的回憶令他充滿了勇氣，想到一會兒他的話可能會在家中引起軒然大波，他也沒那麼怕了。一個弱女子能夠主動對男人表白心跡，那作為男人的他又怎麼可能不勇敢承擔？他不想辜負這個有著美好心靈的女子，也願意與她共同生活。

他只是遺憾，沒有在他人生最輝煌的時候遇到麗娘，為她遮風擋雨。雖然是這樣，可他還是感謝上蒼給了他這個機會，將麗娘這如天仙一樣的人兒送到了他的跟前，他一定會好好珍惜這次機會，給麗娘幸福的生活。

當他拿出破釜沈舟的勇氣，將心中的想法說給趙氏聽後，迎來的卻是趙氏那陰森的、彷彿隨時都會化成尖刀刺他血肉的眼神。

「娘，您倒是說句話啊！」雖是充滿了勇氣，可到底方同業心裡還是不大有底氣的，所以當看到趙氏陷入無盡的沈默時，他又有些慌了。

「要我說什麼？小畜生，我花了那麼多錢供你讀書，結果你就這點出息？休妻？另娶？我告訴你，方同業，你這是作夢，只要我活一天，你就不要想這些沒用的事！咱們老方家世世代代都是老實本分的，怎麼會有你這麼一個不仁不義的混帳東西？」

「娘，您怎麼又罵人，我不管您同不同意，我今天只是通知您一聲，這事情我做定了。我跟麗娘情投意合，是上天安排的緣分，我們已經發誓彼此永不辜負。」趙氏剛剛的大吼出聲，反而讓方同業豁了出去。

「小王八羔子，你再給我說一遍？」趙氏被氣得怒火上湧，抓起放在一邊的笤帚就往方同業的身上打，直打得方同業奪門而出，抱頭而逃。

「娘，您打我也沒用，您就是打死我，我也會娶麗娘的！」

「你別躲！小鱉犢子，看我今天不打死你！我只當沒生過你這麼個丟人現眼的玩意兒，我今天就要為方家清理門戶！」

正依偎在一起午睡的溫月和方大川，也被院子裡的吵鬧聲驚醒。「奶奶怎麼了？」

方大川迅速起身下地，邊穿外衣邊道：「好像是爹又惹奶奶生氣了，我去看看。」

他們這邊正說著時，院子裡趙氏的罵聲與東西的翻倒聲依然不絕於耳，看來這回事情可是真嚴重了。方大川說話間已經出了屋，過沒多久，院子裡的吵鬧聲漸漸小了下來，溫月安撫了被吵醒的滿兒，抱著她去了趙氏的正房時，就看到李氏坐在堂間，一臉木然。

還不等溫月問她發生了什麼事，就聽到趙氏屋裡傳來方同業的大吼。「我一定要休了她，我要娶麗娘為妻！」

「你怎麼不去死！」趙氏幾乎是歇斯底里地罵著，然後砰的一聲，好像是什麼東西掉在了地上。

休妻？溫月吃驚地看向李氏，可李氏卻一改剛剛的痲木之色，就像是方同業那聲怒吼喚醒了她的沈寂。她對溫月淡淡一笑。「把滿兒給我吧，我去廚房做飯。」那感覺好似她完全沒有把自己當成是屋裡兩人對話的主角，淡然而冷漠。

「娘！」溫月心有不安地叫了聲。

可李氏卻親了親滿兒的額頭，十分自信地道：「剛剛只是因為發生得太突然，我有些沒反應過來而已，妳不用擔心我，我知道他休不了我的。」

溫月的心彷彿被什麼揪了一下，疼得不行。假如李氏是個性格剛強的人，那她今天有這種表現，還可以理解。可李氏的個性是那樣綿軟，這個時候的她應該要大哭，應該要無助地伏在趙氏的懷裡尋求依靠，而不是像現在這樣平靜，反常得讓人心裡不安。

「我不管你們同不同意，麗娘我是一定要娶的。」屋裡的方同業斬釘截鐵，似乎對他來說，這一切只是通知而不是商議。

溫月站在門外，都可以聽到趙氏那急促的喘息聲。「好，你是王八吃秤砣鐵了心了，我也告訴你，我不會認她的，你那是作夢！」

「奶奶，您別生氣了，您就只當是聽了個笑話，不要往心裡去。」方大川終於出了聲音，但溫月知道，他的話對方同業來說並不是那麼悅耳。

「你閉嘴！長輩的事什麼時候輪到你插嘴？」就算溫月沒有進屋，也能想像得到方同業有多麼的暴躁，果然，方大川的話對他來說怕是既刺耳又刺心。

屋內的方大川也不怒，鄙夷地看著方同業，平靜地道：「要我解釋一下嗎？看來你真的是不懂，也對，那些風花雪月的畫本怎麼可能告訴你什麼是律法。我娘她從嫁給你，恪守本分，孝敬公婆，為你生兒育女。爺爺過世三年守孝，你在外花天酒地之時，她在家勤勞操持，我朝哪條律例有說，這樣的妻子可以休棄？休掉無過的妻子，按律可是要重責一百杖的，你確定要這樣做嗎？」

溫月豎起耳朵緊貼在門上，她想聽聽方同業怎麼說，她想知道方同業對郭麗娘的愛有多深，能不能深過這可能會丟掉性命的重刑，如果方同業真的願意，他倒也算是沒白噁心人一回。

隨著時間的流逝，屋裡的沈默終於被人打破。「你說的可是真的？那我娶麗娘做平妻。」

溫月一聽，心裡嗤笑一聲，她果然還是高看了方同業，還以為他這麼不顧一切地要娶郭麗娘做老婆，就應該是哪怕刀山火海也要有一闖的勇氣。可是現在再看，一百殺威棒（注），一下子就讓妻變成了平妻，平妻是什麼，平妻就是妾，不過是比妾好聽而已。

「看來你是真的不清楚啊，我再跟你說一條，庶民不得納妾。」溫月聽到方大川冷冷地扔下一句，再想聽方同業的反應時，方大川卻已經把門拉開。當他看到門外溫月尷尬的笑容時，他先是愣了一下，接著有些難過，扯出一個比哭還難看的笑。「月娘，讓妳看笑話了……」

「胡說什麼呢！」溫月第一次看到方大川露出這樣脆弱的表情，讓她都不知道該說什麼好，只能緊握著他的手，試圖給他力量。

「你還在我這裡幹什麼？還不給我滾出去，我不想看見你，滾！」

趙氏的喝罵讓方大川與溫月兩人從凝望中回過神來，方大川趕緊拉著她的手，道：「走吧，咱們回房說。」

方大川想帶溫月回他們的屋子，可溫月卻搖了搖頭。「算了，我去廚房吧，娘自己帶著滿兒在那兒呢，我去搭把手。你回去再歇會兒吧，不要多想。」

「我還是跟妳一起去吧。」心浮氣躁的方大川不想一個人待著，且他也擔心李氏會自己胡思亂想，乾脆還是一起過去算了。他們兩個剛商量好，方同業就推門走了出來，不滿地瞪了他們一眼，便像風一樣的直奔院外而去。

吃晚飯時依舊沈悶，溫月在心裡算了算，打從方同業回來後，他們家有笑聲的日子真是十根手指頭都能數得出來。

趙氏只吃了兩口就放下筷子，起身道：「我不吃了，沒胃口。」

李氏對想跟著一起放下筷子的溫月和方大川擺了擺手。「你們吃吧，我去看看。」

「月娘，我總覺得娘有哪兒不對，她也太平靜了些，今天這事她也是知道的，可是她怎麼什麼反應都沒有啊？」方大川也看出了李氏的不對勁，不安地看向溫月說道。

溫月吐出一口氣，撓了撓頭。「我也不知道，感覺娘像變了個人似的，你說她是不是受了大刺激，所以性子也變了？」

「我也不知道，唉，月娘，這幾天要辛苦妳幫我多看著娘了。」方大川最後還是沒有繼續吃飯，而是放下手中的碗說。

溫月點點頭，也只能先這樣了。

這廂，李氏進了屋，繼續對已經躺下的趙氏勸道：「娘，夜還長著呢，您再多吃點吧！」

注：殺威棒，古代犯人收監前，先施以杖刑，意在挫其凶燄，使之懾服。

聽到是李氏的聲音，趙氏坐起身看著她道：「大川娘啊，今天的事妳別往心裡去，妳放心，只要有娘一天，他方同業就不能做出這傷天害理的事情。」

李氏微笑著點了頭，對趙氏道：「娘，我自是信您的，有您跟大川在，我什麼都不擔心。說句您不愛聽的話，在我心裡啊，大川爹早就跟一個死人一樣了，他不論說啥、做啥我都不在乎，我只當自己是死了男人的寡婦，守著婆婆跟兒子過好日子。」

「說得好，說得對，就該這麼想！」趙氏在聽了李氏的心聲後，竟然沒有一點的不高興，反而是拉著李氏的手欣慰地贊同著。「妳這麼想就對了，雖說那個畜生是我的兒子，可我這心裡也想當從沒有生過他。妳只當我是妳的親娘，咱們就這樣好好過日子。」

趙氏的手因為過於用力而變得顫抖，李氏雖覺得手有些疼，可心裡卻很熱乎。今天的這番話，是她存在心裡許久的想法了，雖說有些大逆不道，可她還是不想瞞著趙氏說了出來，她不想瞞著這個跟她一起生活了多年的老人。

慶幸老天有眼，她遇上了一個好婆婆，還有好兒子和好媳婦，這足以彌補她在方同業身上所受的一切，她不貪心，這樣就很好了。

第二十六章

從那天方同業被明白地告知他不可能將麗娘娶進門而衝動地跑出家門後，已經又過去了三天。這三天裡，方同業一反常態的異常安靜，不吵不鬧，每天都留在家中，除了看書就是在趙氏那裡懺悔，說他與麗娘是多麼的情投意合，是多麼的兩情相悅，請求趙氏的理解。

趙氏不耐的同時也暗生警惕，生怕方同業是在迷惑她，讓她放鬆監視，然後又做出什麼不可收拾的事情。

到了第六天，方大川早早地去了李家溝，趙氏則想趁著陰天去田裡鋤草，已經準備好要出門的趙氏又在方同業的屋前徘徊，猶猶豫豫的樣子引起了方同業的不滿。

「娘，您要去田裡就去啊，您這是幹什麼？放心吧，我不會再做蠢事了，我不是說了嗎？我以後不會再做讓您生氣的事，我會讓您最終心平氣和地接受我跟麗娘。」方同業十分誠懇地看向趙氏，態度也很端正。

方同業這些天的表現真的很好，趙氏也慢慢地放鬆繃緊的神經，暗中相信他的說法。但她害怕刺激到方同業，沒有告訴他不要再作夢，就是死她都不會答應他與郭麗娘在一起。

「那我讓大川娘在家，中午我就不回來了，讓她給你弄吃的。」趙氏滿意地看著方同業，心裡有那麼一絲絲的欣慰。

「娘，我還是跟您一起去吧，反正鋤草也不累。」李氏不想與方同業待在家裡，如果可以，她根本就不想跟方同業有任何的關聯。

一邊的方同業突然「哈哈」笑了出來，對李氏道：「大川娘，妳還是在家吧，娘這是不放心我，讓妳在家裡看著我啊。」

李氏沒說話，只是腳又往一邊挪了挪，與方同業更拉開些距離。趙氏見了這一幕，最終點頭道：「好吧，大川娘，妳跟我去地裡。同業啊，你是個大男人，得說話算話啊。」

見方同業認真地點頭，她才又對溫月道：「月娘啊，那我們走了。」

送走了趙氏和李氏，溫月準備抱著滿兒回屋，這時同樣站在院中的方同業突然對著滿兒伸出手。「來，滿兒，爺爺抱。」

滿兒將頭扭到一邊，整個人趴在溫月的肩膀上，只留著小屁股對準方同業。方同業乾笑了兩聲，像是在緩解尷尬，對溫月道：「這孩子，還不認我呢。」

溫月勉強勾了下嘴角，不明白他今天是怎麼了，從方同業知道滿兒不是男孩開始，他就一直當滿兒是空氣。回來的這些日子，他從沒有抱過她，看都不看一眼，今天倒是想好好表現了，難道說真想要變換戰術，打算走溫情路線了？

到了中午，溫月準備去給趙氏她們送飯，方同業竟然又開口說由他來幫著照顧滿兒，讓溫月可以輕鬆一些。溫月哪會同意，只覺得方同業無事獻殷勤，非奸即盜，誰知道他會不會對滿兒做些什麼不理智的事情？

她帶著滿兒到了田裡，還在地裡幹活的趙氏在聽到溫月喊她們吃飯後，第一句話就問：

「妳爹呢？」

「我走時還在家呢。奶奶、娘，快來吃飯吧。」一想到方同業這個人，溫月就覺得心裡堵得慌。

趙氏匆忙吃了幾口飯後，就放下了筷子。「我不吃了，趕緊幹完早點回去，妳爹他自己在家，我怎麼想都不踏實。妳帶著孩子先回吧，一會兒她也該睡覺了。」

趙氏連聲催促著，溫月有些不情願地答應了，但她還真不想這麼早回去，一想到要和方同業待在同一個屋簷下，她就煩到不行。

她抱著滿兒，慢悠悠地往回走，一推開院門，她就愣住了，這是發生了什麼事？為什麼所有的屋門都是敞開的？就連出門前鎖上的也是？

溫月急忙進了她的屋子，眼前的一切讓她徹底呆住了。屋裡一片凌亂，所有的箱櫃全都被打開，衣服散落一地。

這是招賊了？溫月來不及細想，急忙打開衣櫃的夾層，發現裡面的銀子和地契還在後，鬆了一口氣，這才有心思繼續查看她到底丟了些什麼東西，但當她清點完畢後，臉色卻變得十分難看。除了這些她藏起來的銀子外，其他值錢的東西，一樣都沒有了。不僅箱子內那些平時零用的散碎銀子，還有她的首飾、精緻的刺繡，通通不翼而飛。

溫月坐在炕上茫然了片刻，轉身又去了趙氏的正房，只見她的屋子也是一片凌亂，而在推開方同業那間屋門的時候，溫月眼神一閃，不好的預感從心中升起。

在所有的屋子都被翻得一團亂的時候，只有他的屋子還是整潔一片，而原本答應會留在家裡看門的他也不見了蹤影，這一切足以說明這個賊到底是什麼人。兔子不吃窩邊草，方同業這個混蛋，竟然連自己的家都不放過，偷自己家裡的東西，他還能有什麼本事？

不想再看屋裡的一片狼藉，溫月抱著滿兒出了屋，這日子過得是有多糟心啊！

突然發生這種事，她也不知道該怎麼辦，正在四下張望的時候，趙氏和李氏拿著鋤頭回來了。「月娘啊，妳站在院子裡幹啥呢？滿兒都睏了，妳怎還不哄她睡覺？」

「奶奶，我……」

「大川他爹呢？」放下手中的鋤頭，趙氏開口的第一句話又是方同業。

心中已經有一絲懷疑的溫月在聽到趙氏提起方同業的時候，終於沒有忍下心頭的怒火，冷著臉道：「奶奶，他不在家，您進屋裡看看吧，家裡出事了。」

趙氏不明所以地看了眼溫月，手都沒洗就進了屋。「這是怎麼了？」趙氏在看見一片混亂後大聲叫道，李氏連忙跟了進去。

過沒多久，趙氏便由李氏攙扶著走了出來，她一臉蒼白地看著溫月。「家、家裡這是怎麼了？」

「我回來時就是這樣了，不只妳們的屋子，我的屋裡也一樣，所有的鎖都被撬開了。」

「那妳怎還在這裡站著？快去找里正啊！讓他找人來抓賊啊！這天殺的小偷，我攢的那點錢，還有妳給我們買的首飾，全都沒了啊……」趙氏越想越傷心，坐在地上哭了起來。

「對了，月娘，妳爹呢，見到他沒有？」哭了半天的趙氏突然想到了方同業，見溫月搖頭，她臉色慘白地道：「月娘，他不是被賊人害了吧？不行，咱們得快些去找里正，讓他幫著咱們。」

「奶奶，您冷靜些。」溫月一想到她的推測，這心裡就像吃了蒼蠅似的，噁心到了極點。「娘，您先進爹的屋裡看看，看看他那兒有沒有少了什麼東西。」

半晌後，李氏神情恍惚地從屋裡出來，看著溫月，聲音飄忽。「他常穿的幾件衣服都不見了，月娘……不會、不會是他吧？」

「妳說誰？怎麼可能是同業呢，妳瘋了嗎？怎麼可以懷疑同業？」坐在地上正難過的趙氏聽了這話怒道，怎麼可以懷疑到同業頭上，就算他再不是東西，也不可能幹出偷自己家的事。

可是除了她的怒吼，溫月和李氏都是一聲不吭，兩人臉上的表情看在趙氏眼裡，只剩下深深的絕望，她也不得不漸漸相信，這事真的是方同業做的了。

方大川回來的時候，家中依舊一片混亂，氣氛也是無比壓抑。趙氏已經哭得沒有力氣，癱坐在炕上，一言不發；李氏正默默地收拾屋子，將被翻亂的東西整理好。

方大川用力按了下太陽穴，對溫月道：「家裡值錢的東西都被拿走了？」

見溫月點頭，他站起身。「我出去看看，也許他還沒有走遠。」

趙氏一直低垂的眼皮抬了下，想要開口說什麼，卻又把頭埋得更深。冷靜了這麼長的時間，月娘又把事情重新說了一遍，現在的她也不再堅定地認為這事不是方同業做的了。她現在真的是在他們面前抬不起頭來，聽月娘的意思，她那屋裡凡是能賣錢的都被那個畜生給拿走了，甚至連那刺繡也一併取走了。老天啊，她到底是造了什麼孽啊？

等到方大川再次回來的時候，已經是天色將黑，屋裡的東西都重新收拾好了。屋內的燈光並沒有照亮方大川的臉色，從他那低落的神情就可以看出，他這一趟出去，並沒有得到什麼好消息。

果然，方大川在沈默了一會兒後，環視著屋裡的三個女人，沈聲道：「我下午先去了郭家，郭家院門緊鎖，已經人去樓空了。」

趙氏「啊」了一聲，絕望地倒在被子上，「哎喲、哎喲」地哼個不停，李氏忙去外屋給她倒碗水。

「你的意思是，爹帶著郭家姊妹一起走了？」溫月覺得這是她聽過最好笑的笑話了，她的公公偷了家裡的錢，帶著別的女人私奔了，這世上怎麼會有這麼不要臉的人？

「不是，是只帶了郭麗娘一個人。」方大川嘆了口氣。「我算著妳出門的時間並不長，他偷了東西自是不能繼續留在村子裡，肯定是要離開的。咱們村離鎮上那麼遠，沒有車怎麼行，所以我去村裡有車的人家打聽了下，只有趙家在幾天前借了成子家的驢車。

「然後我又去了趙家，在門口守了一會兒，就看到郭麗雪在那個家裡出現，可是不見郭麗娘。我偷聽了下他們的談話，說是郭麗娘跟著……跟著他一起走了。」方大川頓了下，最終沒有說出那個「爹」字。

「可他們什麼時候跟趙家人扯到一起的？」溫月一聽到方同業跟趙家人攪在一起，突然覺得他做出這種事情來，也不難理解了。就說以方同業那種只知道風花雪月的人，怎麼會做出這種偷偷摸摸的事，原來這背後有他們家的出謀劃策啊。

「趙滿倉！」一直萎靡不振的趙氏猛地一下起身，眼中帶著仇恨的光芒。「不行，這事不能就這麼算了，我得去找他們，我要問個清楚，我要把錢追回來。」

如魔怔了般的趙氏甩開李氏拉扯的手，小跑著出了屋，溫月急忙推了下方大川。「大川，你快去看著點。」

去趙家其實也解決不了什麼問題，這個時候方同業早不知道跑到哪兒去了，趙家也完全可以推說什麼都不知道，不過是讓趙氏將無處發洩的憤怒找個出口而已。

果然如溫月所想，這次上門沒有一點結果，趙家人擺出一問三不知的態度，除了不知道還是不知道。最讓趙氏生氣的是，方同業偷錢帶郭麗娘私奔的消息像風一樣的傳遍了周家村，不用想，放出這消息的人肯定就是趙滿倉那一家子。

剛開始，村裡人總是明目張膽地在方家門口看熱鬧，也對出門幹活的方大川指指點點，後來方大川又帶了幾隻野雞去周里正家裡，這事才被周里正出面壓了下來。

村裡的流言總算止住了，私下裡人們怎麼說，溫月與方大川也不在乎，偶爾有類似像二狗子那樣嘴賤的敢當著方大川的面說三道四，也都被方大川用拳頭教訓了一頓。

六月天娃娃臉，說變就變，早上大雨陣陣，中午時卻已經是晴空萬里。溫月剛幫趙氏把藥煎好，就有人敲響了方家的院門。

方大川打開門，竟然是莫掌櫃。「方小哥啊，我這次可是不請自來，不會不歡迎我吧？」

「是莫掌櫃啊，您又說笑了，您是我請都請不來的客人，您老能親自登門，我這裡可是蓬蓽生輝啊。月娘，莫掌櫃來了，妳快來。」來不及多想，方大川忙將莫掌櫃迎進了門。

見溫月打從他進來後便忙個不停，又是燒水又是找茶葉，莫掌櫃也知道這鄉下人家平時根本就不興這套，於是開口道：「不用如此麻煩，我喝水就好。我這次來是有事要請溫小娘子幫個忙，還希望溫小娘子不要推辭。」

溫月一聽說是來找她的，也不好再繼續走來走去，便站在方大川的身邊，微笑著看向莫掌櫃。「莫掌櫃您太客氣了，有什麼是我能做的，您儘管開口就是，什麼幫忙不幫忙的，您這樣說可真是太見外了。」

莫掌櫃喝了口水，笑道：「也不是什麼讓妳為難的事，是這樣的，妳可還記得當初接過鎮裡朱家的活計？」

見溫月點頭，莫掌櫃才接著道：「朱家四小姐嫁給了京城官家後，持家有道，夫家特地准許她回娘家住上一陣子。別的倒好說，只是她自從穿過妳繡的嫁衣後，就只喜歡上妳那繡法，這次回來也特地去我那裡訂了很多套花樣。

「可我手下人不夠，這活兒我接了卻幹不了，不接又不行。沒辦法，只能求到妳這裡了，萬望妳千萬不要推辭，幫老朽一把。妳放心，這批活兒的報酬我分文不取，全都算妳的，妳看可好？」

溫月沒有說話，轉頭看向方大川，其實打心裡她是不想接這事的，可是莫掌櫃跟他們家也不是一般的關係，還親自登門拜託，溫月覺得有些抹不開面子。

莫掌櫃見方大川夫妻都沒說話，心裡多少也明白一些。只不過……他心裡苦笑，開口道：「方小哥，這事我除了求上你們，也是真沒有辦法。這樣吧，只要你們肯答應，我再另外多付你們一倍的酬勞，你看怎麼樣？」

方大川沒有說話，他跟溫月想的一樣，何況他也不想讓媳婦受累。可是莫掌櫃話裡的意思卻是那朱家非常喜歡這門繡法，非它不可，若是被朱家知道月娘不肯接他們的活兒，之後會受到怎樣的對待，誰也說不準。

方大川想到的，溫月也想到了，只是溫月看方大川的臉色不好，於是主動先開口道：「可以啊，莫掌櫃您太客氣了，朱家的酬勞我可以收下，您那份就算了吧，這不是打我們的臉嗎？你說是不是，大川？」

「月娘說得是，我們這些日子沒少受莫掌櫃您的照顧，所以您千萬不要跟我們太過見外。說句得寸進尺的話，往後的日子裡，我們怕是還少不得要麻煩莫掌櫃您呢。」方大川感覺後背被溫月輕輕擰了一下，這才意識到自己的恍神，忙補充道。

莫掌櫃非常滿意，他這次來也從沒想過方家夫妻會拒絕他的提議，只不過在他想來，應該會有一番波折，至少少不了利益上的誘惑，但只要在他能接受的範圍內，他還是可以答應下來，誰教那朱家是他們錦繡坊得罪不起的人物呢？不過還好，這方家夫妻果然不是那不開眼的人，自己總算沒看錯他們。

莫掌櫃帶著自信而來，又帶著滿意離去，送走莫掌櫃的方大川卻是情緒低落，對著溫月感嘆。「權力真是個厲害的東西啊，月娘，我此時才真的明白，為什麼那麼多人都想要封侯拜相，我果然還是無能了些，連累妳了。」

「你又胡思亂想什麼呢？就連皇帝都不見得凡事隨心所欲，何況是咱們？再說，人家也不是不給酬勞，活兒也不會累，你就別瞎想了。對了，上次那些櫻桃，滿兒可是愛吃得很，你不如再去山上看看，順便摘些野果回來。」

溫月知道，方大川這是受了刺激，覺得他沒能保護好自己的媳婦，讓媳婦又要受累。可這就是小人物的悲哀，又有什麼辦法呢？不過換個角度想，誰又能生活得隨心所欲？

方大川也知道他又鑽牛角尖了，嘿嘿笑了兩聲。「行，是我的錯，我這就將功補過，多給妳們摘些果子回來。夫人的話，比天大！」

看著方大川離開的背影，溫月笑著低聲道：「就知道貧嘴。」

第二十七章

自從方同業做了那下作事之後，方大川就沒有一夜睡安穩過，起初那幾天根本就是徹夜難眠，常常是溫月半夜醒來，就看到他一個人孤單地坐在院子裡。才幾天的工夫，人就瘦了一大圈，幸好年輕底子好，不然早就病倒了。

溫月不知道該怎麼安慰他，也怕她的安慰更會讓方大川想起方同業做的事情，所以乾脆假裝什麼事情都沒有發生過，每天快快樂樂地過日子。彷彿方同業這個人根本就不曾存在過，也沒有發生家中被竊之事，生活一切如常。

所幸她這片苦心也沒有白費，方大川沒花多久時間就從這打擊中走了出來，那個積極、樂觀，為家人努力付出的方大川總算是回來了。

這天，方大川剛出去，溫月就聽到正在午睡的滿兒屋裡有了動靜，進屋一看，才發現滿兒不知道已經醒了多久，要不是她試圖自己扶著窗臺站起來，弄出了聲響，溫月還不會發現呢。

「喲，我的滿兒想要自己走路了？」溫月上炕將滿兒抱在懷裡親了一下，樂得滿兒也親了她一口，母女倆纏膩了一會兒，她這才抱滿兒去噓噓。

一出了屋子，滿兒說什麼都不肯再進屋，在溫月懷裡用力地往雞圈的方向蹭，溫月哪能同意，這麼熱的天，滿兒在外面肯定會曬到中暑。

她把滿兒抱進屋裡，找出自己給她縫的小布偶，哄了半天，才把滿兒的心思給留在屋子裡。眼角餘光看到李氏從趙氏的屋子裡出來，溫月忙又抱著滿兒追去了廚房。

李氏拿著空碗進了廚房，她這些日子心情也很好，雖說方同業偷走家裡很多東西，但是家中的生活並沒有受到影響，甚至比方同業在家的時候還多了不少笑聲，當然，如果趙氏能夠不常提起方同業就更完美了。

見溫月抱著滿兒進來，沒看到方大川的李氏開口問道：「大川去哪兒了？」

「上山給滿兒找野果子去了。」溫月隨口應道。「奶奶她還不想起來嗎？」想到還一直躺在炕上不愛出門的趙氏，溫月又是愁上心頭。

李氏正在洗碗的手頓了一下，點點頭。「是啊，還是不出門，怎麼勸都不行。其實她身子已經好得差不多了，但就是不好意思，認為都是她拖累了你們，覺得沒臉。」

「唉，奶奶就是想太多了，一家人哪有那麼多的介懷。」

李氏只是笑笑，沒有多說，不管趙氏是起還是不起，她好好伺候就是了。她太喜歡現在這種自在的生活，每天聽著滿兒的笑聲，她就覺得日子特別有盼頭啊。

第二天上午，莫掌櫃派車來接溫月，方大川不放心，也一起跟了去。

車子在莫掌櫃的鋪子前停下，莫掌櫃正在店裡跟一個管事打扮的婦人說著話，溫月仔細一看，竟然又是熟人。

還不等莫掌櫃向那婦人引見，那婦人就笑著道：「溫小娘子，咱們又見面了啊！」

溫月朝她輕福一禮。「見過房嬤嬤，許久不見，您看著還是那麼精神十足。」

「呵呵，溫小娘子的嘴還是這麼討人喜歡啊！」被溫月誇讚的房嬤嬤高興地笑了笑，恭維了溫月一句，接著繼續道：「溫小娘子，我從莫掌櫃那裡聽說了，我也不跟妳兜圈子，我家小姐這次要繡的衣裳只有兩件，都是京城裡最時興的樣式，妳只需要將這兩件衣裳在九月十五前繡好就行。」房嬤嬤邊說邊認真看溫月的反應，好像她若是說一個「不」字，房嬤嬤就能上前吃了她一樣。

不過溫月既然已經決定接這活計，自是不會反悔了，在房嬤嬤帶來的小丫頭的幫忙下，溫月將這兩件極其華麗的衣服展開看了看，又細看了她們配好的圖樣，稍微鬆了口氣。她還真怕那圖案太過複雜，一個人用三個月的時間繡兩件衣裳，她還真沒把握。

再次將視線落在那複雜的孔雀圖上後，她對房嬤嬤道：「房嬤嬤，別的都行，只是這套衣服若是繡孔雀的話，會突顯不出這料子的特點，而且顏色也有些不好搭配。我想著，可以把這圖案改成花草圖，既合季節又能將這料子的不凡之處展現出來。」

房嬤嬤有些為難，溫月說的她並不太懂，在她看來，小姐拿來的這兩個圖樣已經很好看了。可現在這溫小娘子既然說了，那代表這也是可行的，想到當初小姐的嫁衣被她改過之後，那出奇好的效果，她便有些猶豫了。

溫月見她為難的臉色，就知道房嬤嬤是作不得主的，於是開口道：「房嬤嬤，既然這活計到了我的手上，我總要為貴府的小姐負責才是。不然這樣吧，我將那花草圖畫出來，您帶回去給小姐看一下。若是她中意，我就繡，若是覺得不好，我就繡這原來的圖樣，您看好不好？」

房嬤嬤眼睛一亮，這倒是個好主意，只是她像是又想到了什麼，有些為難地道：「但我們家小姐出門訪友了，大概要三、四天才會回來。」

「沒關係，我可以先繡另一件，等小姐回來了，有了定奪後我再開始繡也來得及。」

最後，房嬤嬤拿著溫月畫好的圖樣離開了，溫月在送她出門的時候，又仔細地將這花樣的特點講解了一遍，等房嬤嬤坐上車離開後，方大川實在忍不住心中的疑惑，問道：「月娘，妳為什麼要建議換樣子啊？繡花草不是更累嗎？」

沒等溫月說話，莫掌櫃搶先笑道：「方小哥這就是外行了，那孔雀才是真真難繡呢，光是那尾羽就夠折磨人的。溫小娘子聰明啊，雖說花草圖聽起來複雜，可是我看她畫的圖，可是比那孔雀簡單了不止一星半點兒啊。」

心裡的小算盤被識破，溫月也不覺得有什麼不妥，她又不是專職想吃這碗飯，為什麼有簡單的路徑不走，非要去選那麻煩的？刺繡可是很傷眼的，但一想到房嬤嬤還要回去問過那位小姐才能定奪，她這心裡就一點譜都沒有。

「什麼事情都逃不過莫掌櫃你的雙眼，不過這也只是我一廂情願的想法而已，到底能不能成功，還要看朱小姐的選擇了。」溫月也不隱瞞，直接說出了心裡的想法。

莫掌櫃似是信心十足，笑著對溫月道：「我看這事應該能成，就憑妳剛剛畫的那張圖，加上那些講解，我聽了都心動，何況是朱家小姐？妳要知道，當初妳給她繡的嫁衣，可是在京中轟動了一時，要不怎麼會把妳調教出來的那幾個繡娘全都調走了呢？我聽說，當初那個花樣也是妳自己改的啊。」

溫月心中苦笑，上次改花樣，那是不得已而為之，效果好，也只能算是誤打誤撞。這一次卻是她成心想偷懶，也不知道老天會不會幫她了。「也罷，謀事在人，成事在天，我已經努力了，是什麼結果我都會接受的。」溫月說道。

於是她和莫掌櫃約好，以後每天他都會派車去方家接她來店裡繡。畢竟經過上一次的事情後，溫月是不敢再把那麼貴重的料子帶回家了，省得還得整天提心弔膽的，都怕長皺紋了，再加上家中還有滿兒這個精力充沛、好奇心極強的孩子，溫月真的不敢保證能夠保護好這兩件衣裳，還不如麻煩點，坐車到莫掌櫃這裡，只當是古代的上下班了。

回家的路上，溫月與方大川去了一趟雜貨店，什麼黏高粱米麵、江米麵一下子就各買三斤，當然小紅豆也不能少，最後大手一揮又買了三斤糖。這下子材料備得足足的，溫月想著一定要做蘇葉糕給家人吃。

在這樣的古代，有什麼當季的植物類食物就要抓緊時間來吃，只要晚上一些日子很快就會變老，不能再入口。

溫月不是沒想過要試著把那不是當季的蔬菜種出來，可種植反季蔬菜的成本太過高昂，根本就不像她想像中那樣簡單。而且她也瞭解到，即使那高官貴族人家，也不是經常能有這份口福享用的。想到做這件事情的難度，溫月很快就放棄了，她最怕的就是種出來後反而讓他們一家人更扎眼。

回到家後，溫月著手準備起做蘇葉糕，她安排方大川去找一些新鮮的紫蘇葉回來，她則跟趙氏和李氏一起備料。為了防止趙氏不捨得在小紅豆裡加糖，溫月搶著做起了豆沙餡，而事實證明她沒有猜錯，當趙氏看著她豪邁地往豆裡加白糖的時候，心疼得眼皮都開始抽搐了。

幾次她都想開口勸溫月少放一些，可是因為之前方同業的事情，趙氏現在在面對溫月的時候心裡總覺得虧欠得慌，而她臉上的猶豫也被溫月看在眼裡，等了半天也不見她開口勸說，為了不讓老太太心裡難受，溫月只好自己開口勸解道：「奶奶，您不要心疼了，這次是我心裡沒數，放多了，下次我一定注意。」

見溫月先開口說了，趙氏這才接話。「月娘啊，奶奶知道咱家日子比之前好過了些，可是該省的地方還是要省，你們往後還要生孩子的，用錢的地方多著呢，總要嫁姑娘、娶媳婦的，妳說是吧？」

「嗯，我知道了，奶奶，我一定注意。」溫月溫順地答應，趙氏見她這樣乖覺，也覺得有了面子，心情又好了不少。

待蘇葉糕蒸好後，趙氏揀了十個高粱米麵和十個江米麵的，讓大川送去了孫四嬸家。趙氏常說家裡的日子現在好過了，就更不能忘記當初在他們最困難的時候，孫四嬸家給的幫助。不過溫月總是想不明白，這樣明事理的趙氏，到底是怎麼養出方同業那樣的混帳兒子？

方大川從孫四嬸家回來後，正好趕上吃晚餐的時間，現在天氣漸漸熱了，每戶村民的飯桌幾乎都是支在院子裡的。

吃飯的時候，方大川說起去孫四嬸家時，剛巧遇上孫四嬸的大兒媳在院子裡遛彎兒（注），結果那二十個蘇葉糕一個也沒落在孫四嬸手裡，全都被她拿進自己屋裡了。

趙氏聽了，搖了搖頭道：「那個金娥啊，自懷了這胎後，就沒一天消停過。你孫四嬸也是，管他是男孩還是女孩的，又能怎麼樣？反正她現在孫子、孫女也都不缺，就因為那個肚子就一直忍讓著，我看那董金娥要是生不出兒子，他們家到時指不定要鬧成啥樣呢！」

溫月沒有出聲，對於孫四嬸家的兩個兒媳婦，她並不是很瞭解，只是平時從趙氏那裡聽說，總覺得孫四嬸的二兒媳要更精明些。但不管怎樣，那都是別人家的事情，能把自己的日子過好，才是她心中最大的願望。

由於溫月之後都要去莫掌櫃那兒做活，她原本以為出門的時候滿兒會哭鬧不休，但沒想

注：遛彎兒，外出散步。

到對於溫月的離開，滿兒的態度竟異常平靜，甚至還主動對她揮手再見，溫月感覺有些難受，不過或許才第一天，滿兒還不懂發生了什麼事，也許明天就會捨不得了吧？

結果第二天，滿兒依舊在方大川的懷裡歡快地送溫月出門，這下溫月還真沒辦法淡定了，她暗地告訴自己一定要快些繡好才行，不然再過些日子，滿兒怕是都不認她了。

溫月這心酸的表情沒逃過方大川的眼睛，某天夜裡，當溫月再次心有不甘地看著滿兒嘆氣的時候，方大川終於開口。「月娘，妳該不會在跟孩子吃醋吧？」

見到方大川眼中的笑意，溫月撇了下嘴道：「看把你得意的，滿兒纏你不纏我，你很高興是吧？」

方大川恍然大悟道：「喲，原來這是在吃我的醋啊，我竟還不知道，讓娘子白白生了這麼多天的氣，為夫在這裡向妳賠罪了。」

「少在這裡油嘴滑舌了，我心裡還真不是滋味呢！」溫月坐起身，委屈地看著方大川道：「大川，你說我怎麼這麼小孩子性呢？滿兒不纏著我、黏著我，在你的懷裡朝我揮手的時候，我心裡真的特別酸，像是被拋棄了一樣。」

方大川見溫月眼圈都紅了，便坐起身子把溫月摟在懷裡。「妳啊，真是想太多了，滿兒她還小，哪懂那麼多？我是怕妳擔心一直沒跟妳說，每次妳走後不久，她就開始哭鬧著要找妳，我估計著妳早上走的時候，孩子是把那當成遊戲了。妳沒見到晚上妳回來時，她那開心的樣子，娘還一直說呢，這當娘的啊，誰都代替不了。」

「真的？」溫月抽了下鼻子問道。

方大川見溫月還不相信，信誓旦旦地道：「是真的，難道我還會騙妳嗎？」

溫月聽他這樣說，這才舒服了些，然後有些不好意思地趴進了方大川的懷裡，嘟囔道：「大川，我是不是太自私了些，就因為自己愛滿兒，覺得在滿兒那裡得不到同樣的愛，所以就心裡難受，跟一個小孩子計較。」

「妳才知道啊！我都還沒說呢，自從有了滿兒後，妳的全部心思都放在了她的身上，對我都是愛理不理的。現在看出來了吧，這世上對妳最好的人就是我了，也只有我會陪妳走一輩子，兒女不是不好，只是哪有夫妻靠得住？所以這往後啊，妳可得對我好一些，聽到沒？」

「知道了，孩子的醋也吃。」溫月紅著臉，呢喃道。

過了幾天，房嬤嬤帶來了朱家小姐的意思，說是一切由溫月作主，只要求衣服能在九月十五前繡好就行。溫月也不耽擱，自從知道滿兒白天在家因為想她而哭鬧後，溫月還是把衣裳拿回了家裡，雖說要付出多一點心思，可為了能跟女兒多些時間在一起，溫月還是很開心。

「月娘，看我買了什麼回來？」某天，方大川牽著兩隻羊進了院子，興奮地叫著溫月。

溫月從窗邊探頭看了一眼，對方大川比了下大拇指道：「行啊，說買就買了，不過怎麼是兩隻？」

「妳出來看看啊。」方大川見溫月根本沒有要出來看的意思，又叫了一聲。這些日子溫月整天坐在屋裡低頭繡衣裳，大川怕她傷了身子，所以他現在多半都會強迫溫月多活動筋骨。

屋裡的趙氏和李氏也聽到了方大川跟溫月的對話，便抱著滿兒走了出來。當看到這兩隻小羊的時候，這個向來不知道什麼是害怕的孩子就從趙氏懷裡伸出小手，毫不畏懼地摸了一把。

趙氏見了，有些擔憂地道：「這孩子，就不見她有什麼害怕的東西，昨兒個我在揀菜，菜裡有隻蝸牛，她也是一點都不怕，兩三下就把蝸牛給摔死了。」

「膽子大好啊，姑娘家膽子大些，將來才不會受氣。」李氏卻跟趙氏的想法截然不同，她邊逗著滿兒邊笑嘻嘻說道。

趙氏看了眼李氏，微微動了動嘴角，卻沒有說話。李氏心裡怎麼想的她懂，因為性格的原因被欺負了一輩子，她肯定是喜歡性子硬氣些的孩子。只不過膽子大不大，跟會不會受氣又有什麼關係？夫妻間的日子，又哪裡是比膽子大小的？

「大川，你這羊是在哪兒買的？」這幾天溫月一直想著要弄頭奶羊回來，滿兒已經大了，可以適當地喝一些鮮奶，趙氏這一次也是元氣大傷，多喝點奶對她的身體恢復也有幫助，所以她最近才讓大川多留意些，如果有合適的母羊就買隻回來。

方大川把兩隻羊趕進了牛棚裡，從趙氏懷裡抱過滿兒道：「村南邊周七家的，他老婆嫌養羊累，又不賺錢，所以今年就把家裡的這些羊都賣了。我之前就有跟成子說讓他幫我留意一下，今天他就在地裡把我叫去，怎麼樣，這兩隻夠了吧？」

溫月點點頭。「當然夠了，估計從明天起，咱們一起喝都喝不完。不過大川，你有學怎麼擠奶嗎？」溫月突然想到這個重要的問題，睜大眼睛看向方大川。

方大川一拍腦門，懊惱道：「哎呀，我把這事給忘了，得了，我再去一趟周七家吧，我去學學。」

「不用了，我會。」一直站在一邊的李氏笑著說，見溫月跟方大川都不相信地看著她，她笑道：「怎麼，都不信我啊？我真的會！娘，您還記得不，大川小時候那會兒，咱們家裡有頭母牛生了仔後，我不就給大川擠過牛奶喝嗎？」

趙氏想了想，點點頭道：「嗯，是有這麼回事，我記得當時妳還特地跑去誰家學呢。」她仔細回憶了一下，突然笑道：「妳第一次去擠牛奶時我還記得，擠了半天沒擠出小半碗來，還把那牛擠得哞哞直叫，大川那時候也不比滿兒大多少，在一邊饞的啊，那口水，都夠淌出一條小河了。」

趙氏的回憶令方家的小院充滿了笑聲，李氏紅著臉道：「我那不是第一次嗎？既沒經驗又害怕的，您不知道，我當時都嚇死了，生怕那牛上來給我一蹄子！我是怕您笑我，一直都不敢說。」

「妳啊，就是膽子小。」趙氏拍了拍李氏的手說道。

「是啊，要不我怎麼喜歡滿兒的大膽呢！娘，咱進屋說吧，外面太熱了。」李氏見趙氏難得高興，便想哄著她多說一會兒。

可趙氏並沒有挪動腳步，反而是瞇著眼向院門外看。「大川啊，你看看，那往咱家來的人，是不是孫家的二兒媳婦啊？」

方大川看了一眼，點頭道：「是她沒錯。」

趙氏輕推了下李氏的胳膊，開口道：「大川娘，妳去瞧一下，我怎麼瞅著她走得挺急，是不是家裡出啥事了？」

李氏趕忙應下，往院門口迎了過去。

——未完，待續，請見文創風254《家好月圓》下集

家好月圓

柴米油鹽的農家記趣，
酸甜苦辣的逆轉人生，
日子再苦再難又有何懼？
有她在，生活一定會蒸蒸日上！

波瀾更迭，剛柔並蓄／恬七

別人是高唱家庭真幸福，溫月只能怨嘆自己遇人不淑，
不僅爹不疼、娘不愛，還看到老公與小三勾勾纏，
她一怒之下，借酒澆愁，沒想到宿醉醒來竟離奇穿越？
不過幸好上天待她不薄，除了賜她一位良人，
還讓一直冀望有個孩子的她，一穿來就有孕在身，
只是……這夫家生活也太苦了吧～～
打獵她不會，種田更是沒經驗，這該如何是好呀？
好在她腦筋轉得快，運用現代絕活也能不愁吃穿，
不只繡藝技壓群芳，涼拌粉條更征服了古代人的胃，
可好日子總是不長久，最渣的「大魔王」竟出現了——
失蹤的公公突然歸來，不僅帶回兩個美妾，還說要休掉正妻？
果真是色字頭上一把刀，更何況這狐狸精心懷不軌，
既想謀奪家產，又想當他們的後媽，哼，門兒都沒有！

家好月圓 上

國家圖書館出版品預行編目資料

家好月圓 / 恬七著. --
初版. -- 臺北市 : 狗屋, 2014.12
冊 ; 公分. --（文創風）
ISBN 978-986-328-394-2（上冊：平裝）. --

857.7　　　　103022415

著作者	恬七
編輯	王冠之
校對	黃薇霓　周貝桂
發行所	狗屋出版社有限公司
地址	台北市104中山區龍江路71巷15號1樓
電話	02-2776-5889～0
發行字號	局版台業字845號
法律顧問	蕭雄淋律師
總經銷	知遠文化事業有限公司
電話	02-2664-8800
初版	103年12月
國際書碼	ISBN-13　978-986-328-394-2
原著書名	**《穿越农妇好生活》**，由北京晉江原創網絡科技有限公司授權出版

定價250元

狗屋劃撥帳號：19001626

網址：love.doghouse.com.tw　E-mail：love@doghouse.com.tw